三段论

与

红磨坊

SYLLOGISM
AND MOULIN ROUGE

熊培云

著

岳麓書社·长沙　博集天卷 CS-BOOKY

没有人能走进自己的命运……

目　录

两个朋友

syllogism and moulin rouge

我该如何向似曾相识的人们回忆自己的一生？

杰弗里·霍尔先生获诺贝尔奖的时候，我正对着一只昆虫发呆。在相关网络新闻上，霍尔先生还是戴着他那顶熟悉的绿帽子，圆顶，而且镶着金箍，像一块顽石上长满了绿泥。这个有趣的老头，父亲是美联社跑参议院的记者，曾经希望他多看看报纸，可是他却花了大半辈子时间研究苍蝇的亲戚——果蝇，一群小个子的酒鬼。

记得大概十年前我和霍尔先生曾经通过几封信。那时候他穷得关闭了实验室，正准备去缅因州乡下了结余生，从此对果蝇的相关研究置之不理。因为无聊，他甚至还编了一本有关葛底斯堡战役的教材，差不多是半路出家转行做了"内战学者"。在接受采访时霍尔先生抱怨今天的研究人员像是南北战争时期的农奴，他用的是 serf 这个词，即可以有自己的家室和一定经济条件，但是处处受限。现在瑞典皇家科学院的电话一直打到了乡下，告知他与另外两位研究者一起分享了诺贝尔奖。

我知道愤世嫉俗的霍尔先生是因为研究我们体内的时钟而获奖的。不过对于我来说仅有他研究的那个生物钟是远远不够的，至少我还经常受到来自体内的另一个时钟的折磨，比如大白天的当我正坐在河边看风景时那个时钟突然发出尖锐的叫声，喂，你醒醒。或者，我在和某位相亲对象聊天的时候，那个尖锐的声音又出现了，说你是不是该走了。有一次我刚在办公室坐下来，它又叫了起来，这回我清晰地看见那个时钟从我的身体里跑出来把自己挂在墙上，而且时钟里有个人在不停地扫沙土，那个人分明就是我。每过一分钟，他就会扬起扫帚，用一个近乎沉重的声音对我说你的时间不多了。

现在幸运落在了霍尔先生头上，他本来是要研究果蝇的求偶歌唱节奏的，却无意打开了昼夜节律的大门。虽然十年前选择当了隐士，但是早在 20 世纪 80 年代他就已经完成了这项诺奖级别的研究。我给他致信祝贺，不过并没有立即得到回复。很多天以后他才和我说能拿这个奖很意外。顺便说一句，像霍尔先生这样获奖我是觉得越意外越好。谁要是像屁股上贴着数字的赛马一样年年在候选名单上等观众下注，偏偏年年又落了空，时间久了总会让人心生怜悯，甚至误以为他一辈子只是为了一枚奖章活的。

还好，我什么马都不是。

我，寒屿，知名生物学家，至少媒体和网络百科上是这样说的，主要研究昆虫学，尤其是鞘翅目瓢虫科小型昆虫，如二星、七星、二十八星瓢虫以及异色瓢虫……畅销书《大地上的性生活》的作者。另外，还主持并参加过几个课题，诸如"天敌昆虫防控技术及仿生产品研发""向昆虫学生存"，但这些都是过去的事了。

与此同时我还是一位不知名诗人，写过一些有关森林、昆虫与鸟类的诗，或者其他的，比如佩索阿和机器人。不过除了塞巴斯蒂安以外我几乎没有给人看过。偶有兴致的时候我会读给江逦听。自从他们离开了我，我总会想起他们，有时候甚至怀疑他们是否真实存在过。

如果需要一个其他身份，我更乐意自己是一位牧师，穷一点富一点都没关系。但是……你知道的，哲学家都说上帝死了，而我年纪轻轻就轻信了他们的鬼话。一晃很多年过去，我既没有可以信赖的上帝，也没有中意的羊群，每天只能自己带领自己，包括什么时候睡觉、起床，以及在可能的情况下什么时候和什么样的人做爱，在贤者时刻该不该刷一下无聊的视频，喝一个不含糖的酸奶，或查阅最近一天的网络讣闻。如果昨天没有，那就查前天的。

我的一系列问题是，如果上帝死了，为什么魔鬼还在？如果天堂没有了，作为天堂配套工程的地狱又为什么还没有消失？当然，你们回答不了我的这些问题，否则我自己就能回答。从逻辑上说的确是这样的：（一）如果人能回答这些问题，（二）我是人，（三）我也能回答。

聪明的塞巴斯蒂安也曾提醒我，上帝只是上帝，既然上帝连人都不是，那么上帝即使没死也不会是万能的。我说，你这是逻辑推理来的吗？塞巴斯蒂安说他凭的是直觉。好吧，直觉过于神秘，我们没什么可争论的。

说起来我没有几个信得过的朋友，虽然我一直在和社会上的各色人等打交道，看起来每天都很忙的样子。你知道"眼泪藐视它的知己"，在我们这个世界，朋友都是项目制的，一件事忙完了再亲密的关系也要结束了。社团、单位都一样，不仅人走茶凉，最后整座茶楼甚至街道都可能不见了。俗话说，要想知道一个人的人品怎样，就看他有没有二三十年的朋友。回想起来我上了二十多年学，国内外的同学大都散了，甚至小学被拆得连最后一块砖头也不见了。唯一不错的两个好哥们，想起来就感伤，一个二十岁的时候肉体离开了这个世界，就在昨天晚上我还梦见他在水稻田里教我扎稻草人。那是夏天，乌云像鸟一样在天上飞来飞去，然后他一个跟头翻到了附近土坡上，落地时脚跟站得稳稳的。看得我一时惊叹不已，心想这么大年纪身手还如此敏捷。醒来以后我坐在床边感叹，活着的我已经老了，死去的兄弟依旧年轻。

"水生，这么多年过去你一点也没变啊！"我说。

"作业做完了，我找你下棋。"水生说。

水生是我的小学同村同学。我们生吃辣椒和青蛙，在小沟里屒水捉鱼，而且经常一起放牛，当然也为某件小事吵过架。只是我们气性都很大，之后谁也不理谁，见面都把对方视作空气，看不见的鬼魂。一晃就是三年。有一天放学了，一群孩子在路上走着，突然有人发现有很多覆盆子，大家一窝蜂冲了过去。无意中我喊了水生的名字，他答应了，看了下我。我羞愧地低下了头，那种奇妙的感觉甚至像是怦然心动。按我们乡下的规矩，已经断交的小孩子若要重新建交，通常得有一个和事佬，由他牵头让双方见面，然后互相喊一声对方名字就可以了。这真是一个神奇的仪式，仿佛只需要喊一个人的名字就可以让他死去的灵魂复活。而这次有摘覆盆子的经历，也算是弄拙成巧，就这样我们和好如初。

水生唯一留在世上的是一棵梧桐树。树苗是植树节那天从小学偷着拿回来的，因为有同学告密，为此转天还受到了学校批评。班主任当着全班同学的面要他交代把树苗藏哪了。水生说树苗当时差不多死了，没办法就只好随手扔河里了。接着又说是半路上遇到巫婆被她当笤帚骑着跑了，让我们听得大笑不已。几十年后，过去的学校和当年栽的树都没了，房地产公司在原地起了一片住宅楼。当年那棵梧桐树苗，算是真正做到了苟且偷生，如今也有六七层楼高了。

还有一个哥们叫李慕洋，不到四十岁，他的精神就去了另一个世界。是的，他疯了。

知道李慕洋出事的那天我正和奥德里奇教授等学者在一起开会。由于此次会议主题十分乏味冗长，和其他大多数与会者一样，喝光两瓶水后奥德里奇教授跑到另一个房间去玩沉浸式体验，开始模仿昆虫如何一边飞行一边捕食了。而我因为连续几天没休息好，在会场上一直打着哈欠，此时只想去茶歇处要一杯咖啡提神。

茶歇处一片清静，我上前取了一大杯美式。不出所料，无聊的会议通常都会安排几个漂亮的小姐提供服务。就在我正准备和其中的 X 小姐聊天时，突然接到一个电话。

"哥们你知道我是谁吧？你是我最信任的人，这可能是我给你打的最后一个电话，你一定要录下我的遗嘱，因为我随时准备跳车，以躲避政府的追杀。"

短短几句话，已经听得我毛骨悚然。

我知道电话里是李慕洋，而且是那个命运多舛的李慕洋。李慕洋的父亲做过大队书记，也许是受了父亲职业的熏陶，从很小的时候开始他就希望将来能够做大官，有事没事给人盖章。"不入盖帮，即入丐帮"，这是他的座右铭。和同龄人相比，李慕洋自幼务实，算是少年老成的那种。他曾经语重心长地教育我说，既然每个人注定活得像狗一样，承认这点也没什么不好。重要的是你要上进，你要成为猎狗，这样好歹有个身份。可惜的是李慕洋没有考上大学，后来家里花了很多钱让他读了"黑市书"，但是他最终连毕业证都没有拿着。此时他的芝麻官父亲早已失势，在时代的变革中更没有机会也没有能力为他在体制内谋得一官半职，剩下的唯一能够让他出人头地的工作就是做生意。没想到的是李慕洋刚刚赚了些钱，又被"南派传销"给骗掉了几年。这回他真的是混成丐帮了。

在我印象中李慕洋一直算得上是非常精明的那种人，而他之所以被骗也是因为对公章的执迷。据那帮传销骗子说，现在国家遇到非常严重的金融危机，但是国家未雨绸缪早就做好了准备，像李慕洋这样的人是国家重点培养的精英，当年之所以没有让他考上大学也是因为国家深谋远虑另有安排，旨在组建一条肩负起民族复兴大业的隐秘战线。就这样，几天后，李慕洋来到了南方某个山清水秀的地方打卡上班，天天喝枸杞、骂美国、学习"红头文件"，还象征性地拿一点基本工资。该传销组织给李慕洋的许诺是所有隐秘战士转正后至少是正处级干部……几年前我最后一次见到李慕洋的时候他几乎被骗得身无分文。那时候他知道自己被骗了，但还抱着某种幻想，也许是国家搞错了。而且李慕洋反复和我强调，相较于北派传销的暴力与粗鄙，南派传销甚至给人一种做人上人的感觉。据我所知，多年来李慕洋一直不忘把这种优越感落实到生活中，包括坐电梯时努力保持站在C位。如果人数恰到好处，伴随着电梯的上升，他甚至能找到一种正在登基的感觉。不过幻觉归幻觉，无论如何，有个事实是改变不了的，那就是为了这条隐秘战线，他不仅在一个并不存在的单位认真学了三年文件，还让上百万元的爱国私房钱打了水漂。李慕洋的骄傲是中国人凭直觉就能给世界导航，否则你想想四大发明里怎么会有指南针？可是他偏偏一次次迷失方向。

没想到此刻李慕洋身上又发生了让人崩溃的事情了。电话那边继续说，作为地球上的唯一代理商，前面说好的国家每年要给他一百万的"月租"（月亮租赁费用），但是政府的人从来没有给过。他讨要的次数多了，这帮人就怀恨在心，带了一批刚从监狱里释放出来的犯人要置他于死地。从早上开始满大街都是他们派出的车……

我说李慕洋你那么善良不会有人害你，赶紧回家吧！李慕洋说现在他有家难回，因为父母妻儿也被政府的人买通了，随时有可能在家里对自己动手。还记得当年李慕洋的口头禅是，除了你妈没谁真心希望你过得好。所以他的处世之道就是逢人就说自己不好。而且他的确因此获得了一些好人缘。而现在李慕洋对自己的母亲也不信任了。

李慕洋对妻子疑神疑鬼多少也有我的一点功劳。很多年前，他曾经和我说起过自己的妻子在做爱的时候声音特别大，站在楼下都能听见。于是我便问他，你老婆做爱的时候你怎么跑楼下去了？起初李慕洋大笑，称赞我的逆向思维好，怪不得能考上重点大学。一个月后李慕洋和我坐在一起喝茶，他说不久前自己真的在梦里听到了老婆叫床的声音，而且当时他就站在楼下。我说梦都是反的，当不得真。李慕洋说既然梦是反的那就是他在楼上听，老婆在楼下叫。

李慕洋的日子一直过得不顺，按他的意思是遭了"狗日的报应"。十几岁的时候，他曾经发明一种虐狗的酷刑。那是邻居家的小母狗，主人外出打工的时候这小母狗不知怎么得罪了李慕洋。李慕洋就用钉子和剖开的大可乐瓶子做了一个"丁字裤"，套在小母狗身上，让所有公狗都不能接近它。可能还有其他虐待，最后那只小母狗被活活逼死了。

不过在我的印象中，李慕洋也不是什么天生坏种，过了青春期他甚至还有些常人难及的深刻。记得在我苦寻父亲不得的时候，他曾经对我说，大多数人是活着活着才发现自己是孤儿的。接着他端起一杯又苦又辣的三花酒，邀请我和他一起为这无意义的生命与有意义的人生干杯。几十年过去，酒杯已空，现在的李慕洋一定认为人生也没有什么意义了。

放映队来了，父亲消失了

如果可以在芭茅一样粗壮的水稻里避难

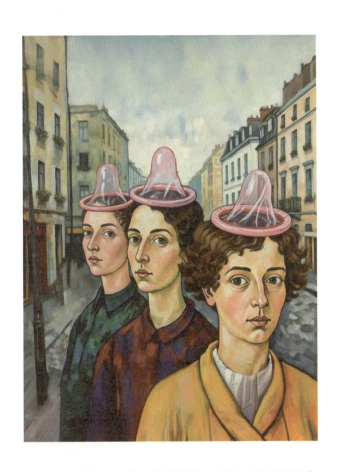

躲过春山矿难，这群有爹没妈的孩子好歹是活了下来

今年的雪化了，明年还会下

我们不断交谈，仿佛进入到一个古老仪式，正在复活
已经消逝的一切

你背负的所谓人生蓝图，在别人眼里可能只是一个空画框

为两个世界干杯

猫是人间的补丁

全世界都在忙着填表

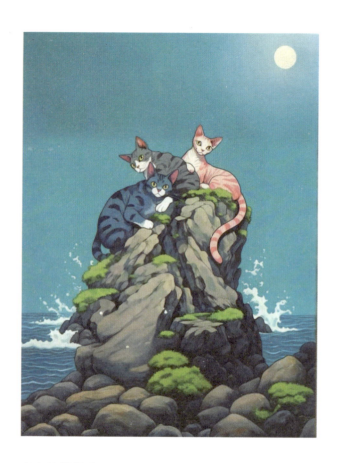

岛上的风很大

带着几个孩子在绿皮火车上，威风凛凛

所有的 NPC 都不见了，只剩下孤零零的自己

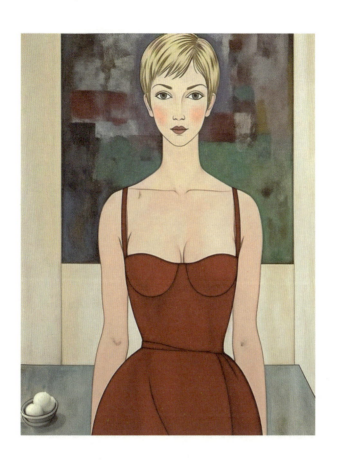

遥远的梦

嘉木舅舅和他五颜六色的烟斗

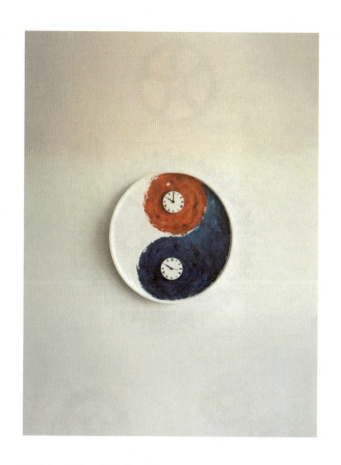

那些红色的，蓝色的，扑朔迷离的阴与阳

一个会自我争辩的齿轮（本书图片均为作者 AI 绘制）

那天我在会场外接了李慕洋一个多小时的电话，直到会务组小姐几次催促说大家在等我一起坐车去餐馆，就差我一个人了。好吧，经过哥们一番亡命天涯的折腾，此时怎么看 X 小姐都漂亮不起来了。到了车上发现奥德里奇教授还没到，他学习昆虫捕食学上瘾了。

等到了餐馆，大家围坐在一起，和往常一样做主旨发言的还是奥德里奇教授，而我们更多只是听着。奥德里奇教授本姓潘，是土生土长的中国人，真正的"知食分子"，不过他更喜欢大家叫他 Aldrich 教授，这样既显得有学问也让学校听起来更国际化。除了头顶五线谱式的发型，我对奥德里奇教授印象最深的一件事是他喜欢吃臭豆腐，尤其是徽菜"千里飘香"。我怀疑他前辈子是腐食动物，刚到学校时我曾经问他是否考虑移民。他说不会考虑，其中一个原因是，到了国外想家乡的臭豆腐了怎么办？此外就是说一些抽象且有学术意味的黄色笑话，比如"什么情况下 0 比 1 大"。

借着酒意，奥德里奇教授先是表演了一段传统相声贯口《八扇屏》，然后说他现在最大的烦恼是女儿已经三十多了还没有找男朋友。"三十多岁的人了，没有一点上进心，高中的时候就跟着一个闺蜜跑国外去了。后来那个闺蜜把她给甩了。前几年女儿回来了，既不想结婚也不想买房子，更不打算要孩子，打仗啊、爆发瘟疫啊都和她没关系，反正历朝历代隔段时间阎王就会出来收人。要不说现在的孩子是最难割的韭菜，只要一句'为什么要……呢？'就什么欲望都没有了，什么困难都解决了。她那个闺蜜我见过一次，整天盼着世界末日早点来。你们猜猜她的理由是什么？"

环顾四周，奥德里奇教授压低嗓门接着说："理由是世界末日有三大好处，第一可以解放全人类，第二不再有人孤独死掉，第三所有的相亲对象和催婚的人也都死了。"

众人大笑。我说现在的孩子真不一样了，我们年轻的时候世界蒸蒸日上，越来越开放，现在的世界是摇摇欲坠的，越来越封闭，以致年轻一代心里没什么热望，没什么可相信的事了。再加上现在的互联网也是极端分子的大联合，让人狂热也让人厌倦……没来得及展开说当年的热望如何让我过对了河却上错了岸，李慕洋又打来了电话。好不容易接通了，那边说信号不好，现在他躲进了山洞……之后我就再也联系不上这个出租月亮的人了。

不是好人不长命或者好人不得好报，而是出现在我身边的好人不长命，好人不得好报。有时候我觉得自己的生活原本是一棵枝繁叶茂、鸟雀和鸣的大树，但不知道为什么身边总有一种神秘的力量在不断地摧残我，毁坏我。当飞鸟被赶走了，周身的叶子和树枝都被打掉了，最后我变成了一根树干孤零零地立在那里，像一盏没有行人经过的路灯，一个没有生命归程的苦行僧。人们遇到我会客气地说这是知名生物学家，有时候也是一位诗人，但是很可怜，他和大多数人一样没一个信得过的朋友。只在逢年过节的时候收到一些群发的短信，让祝福的鸟粪偶尔也落在他的身上。

你也许不知道，我甚至连幼儿园的朋友都没有。当然这件事我不能责怪身边有兴风作浪的魔鬼，因为我没有上过幼儿园。准确说我幼儿园的朋友从来没有到来，所以我从来没有失去。逻辑上是这样的。

为了不那么寂寞，我在家里养了两只小猫。一只叫三段论，那是一只法国纯种的夏特尔蓝猫，是我在塞纳河边捡到的。之所以叫三段论是因为它的身体明显地分成了三段。身子整体是蓝黑的，只在尾巴中间有一圈明显的白色。你看，从头部下来的那片蓝黑色，大前提。尾部浮出一圈白，小前提。至于尾巴尖上最后的那点蓝黑色，毫无疑问那就是结论了。

三段论长着一双金黄的眼睛，后面挂着两个毛茸茸的手雷，不仅毛短，腿也不算长，走起路来是永远的外八字，看起来就像我从未出生的舅舅。我之所以这么说是我觉得我应该有这么一个舅舅，不仅走路外八字，既慢悠悠又威风凛凛，而且能像古希腊圣贤一样教会我许多人生道理。先是大前提，然后是小前提，最后再给出足够我一生顺风顺水的判断。

我的舅舅叫嘉木。你也许知道，没出生并不代表不存在。嘉木舅舅总是教我乐天知命，他的名言是"如果人生都如你所愿，上帝岂不成了摆设？"其实嘉木舅舅并不信上帝，也谈不上不信。有些时候他甚至认为上帝是摆设也不错，像天空一样至少还能够让人看见。然而，凡是能看得见的东西都会被玷污、损耗，所以从逻辑上说上帝一定是看不见的。总之，上帝必须以不存在的方式存在，而且只有不存在的东西才会接近永恒。在我从巴黎回国后，嘉木舅舅也会和我谈论三段论和红磨坊，觉得我没必要为两只畜生耗费太多精力。尤其是三段论，他认为我至少应该养一只白色的猫，甚至称三段论是"冷酷的娘们"。

很可惜，我的另一只猫也不是白色的。它属于加拿大无毛猫，外形有点像古埃及的狮身人面像，但凡这个品种的猫大家都叫它斯芬克斯。自从斯芬克斯来到我家，它就因为通体透红，而且基本上整天都裸露着身子，所以有了另外一个风骚的名字——红磨坊。

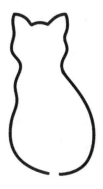

syllogism and moulin rouge

我之所以喜欢猫，不只是因为猫天生可爱，有着婴儿一般滚圆的眼睛，还有一个很大的原因是这"沙龙中的老虎"治好了我的恐蛇症。

　　事情是这样的，从很小的时候开始，我就对蛇有莫名其妙的恐惧，甚至如果有人在聊天时无意中提到"蛇"字都会避之唯恐不及。我怕到了晚上会做有关蛇的噩梦。更别说直视有蛇的画面了。直到有一天偶然在网络上看到一只狸花猫大战眼镜蛇，在一顿持续的暴击之下最后小猫把蛇活活打死了。我忘了那一次是如何兴奋地把视频看完的，接着又反复看了十几遍，就这样纠缠我多年的恐蛇症神奇地康复了。

　　那一刻我感觉自己像是古埃及的太阳神 Ra，借助猫神贝斯特，将蛇神阿佩普打得落花流水。

　　更神奇的是，自从不再害怕蛇了以后我对蛇甚至还有了些许好感。至少从失乐园的《圣经》故事里可以看出蛇最早是有腿的，对人也是有善意的。只是因为启蒙了人类，蛇才不得不接受上帝的惩罚，从此不仅失去了腿，用肚子在地上爬行，还变成了邪恶的象征。而事实上从生物分类上说，世界上大多数蛇也是没有毒的。

"这么说蛇比普罗米修斯受的苦难还大。"说这番话的时候塞巴斯蒂安目光炯炯，像是发现了新大陆。为此他还花了不少时间查阅了世界文明史，发现不仅古中华文明、古埃及文明、古印度文明和玛雅文明中有与蛇相关的创世神话，而且即便是中国现存的许多少数民族中还有相关崇拜蛇神的习俗。

塞巴斯蒂安曾经忍不住和我感慨，蛇也有可能来自外星球，是随人类一起被发配到地球监狱里来的。失乐园的最大原因是蛇告诉了亚当和夏娃自己只是生活在愚昧之中，从此人类离开了不知善恶的天鹅绒监狱。

当然有关蛇的这些猜疑或者觉悟并未妨碍我继续不可救药地喜欢猫。在古埃及的神话中，贝斯特最后由战神慢慢演变成了家庭守护神，而我们的猫磨坊的出现似乎也与另一个守护神的故事有关。

至于我们之所以不养狗，主要是因为我看到的人类世界基本上都是高高在上的。不像猫，至少猫有时候还会站在高的地方。

自从和我在一起后，江遹养猫的欲望也越来越强烈，却又有些举棋不定。去附近的猫舍转了两圈，感觉都很可爱，就是没有挑回任何一只。后来无意中知道《龙珠》里有位比鲁斯大人，她就毫不犹豫地买回了一只斯芬克斯。虽然我经常在实验室或野外同各类生物打交道，但是当江通兴冲冲回到家里并且把这只"无毛怪"从纸盒子里抱出来的时候，我吓得差点跌倒在地上。我说，你不觉得它的皮皱纹太多了吗？

江通说开始她也觉得有点吓人，但是当她想起老家一带的梯田就不觉得有什么了。而且可以给它穿上衣服。紧接着江通列出了足以说服我的几大理由：

其一，想想让人惊叹的比鲁斯大人吧，动动手指就能摧毁一个星球！

其二，斯芬克斯既有猫的自由不羁，又有狗对主人的忠诚。

其三，斯芬克斯长相怪异，属于外星人猫咪。

其四，一只没毛的，加上另一只有毛的，这样两只猫正好有个伴。

"如果你实在介意，我们可以给它来点文身，比如'有的毛是眼睛看不见的，要用心看'，或者一个海盗标志。"

我查了一下，好像真有人给无毛猫文了文身，这意味着我们可以按自己的意思装修一只猫，就像换游戏皮肤。

我说好吧，我投降。最重要的是你说的守护神。

记得斯芬克斯刚到家里的那些天，江遹还问过我能不能从它身上看到人、狮子、牛和老鹰共同组成的人兽合体，我说除了它是母的我什么也看不到，退掉吧，我忍了几天这"无毛怪"还是让我觉得恐怖。但与此同时它也活力四溢，皮肤光洁，而且绿松石一样的眼睛像大海一般湛蓝，这一切让我的反对又不那么坚决。你知道的，蓝色越来越被厂家用作正常工作的象征，净水器的水干净时显示的是蓝色，耳机充满了电时也是蓝色，而橙色仿佛是浑浊与虚弱的。

有一次看着斯芬克斯敞着后腿靠坐在沙发上，赤裸的身子露出巴黎妇人一般白里透红的肤色，我仿佛突然看到了红磨坊的头牌红角。自此我不仅在心里接纳了它，还给了它一个"红磨坊"的花名。反正有红磨坊的地方就应该有猫。对于巴黎的夜晚来说，没有红磨坊和没有 Le Chat Noir（黑猫）是一样寂寞的。

至于"无毛怪"的外观渐渐地也没有我想象中的那么可怕。这点完全出乎我的意料，在稍微大了些以后我发现它的身上些微长了一层薄薄的小卷毛。打电话问猫舍的年轻夫妇，他们含糊其辞地说可能不知哪一代和德文卷毛猫串过。由此我又了解了一下德文卷毛猫，一对夸张的大耳朵，看着真像是外星球来的近亲。

和三段论的谨言慎行不同的是，红磨坊最喜欢发出猫的各种叫声，紧张的时候甚至还会把尾巴夹在后腿之间模仿狗叫。自从养了红磨坊，我可以说是麻烦不断。最开始的时候它胡乱撒尿，害得我一周洗了七次被单。后来不让它进我的卧室，类似的灾难才没有再次发生。然而它和三段论又在屋子里日复一日地打起来了。有时候会撞倒我桌上的水杯，在我打开的电脑上留下一串莫名其妙的字符，或者直接把窗台上的几个花盆全部打翻，渣土洒了一地。让我痛心的是立在阳台上的穿衣镜也被它们的混战推倒摔碎了。有一天为了赶着忙完手里的事，江通甚至还戴上头盔，还好那样的情形只有一次。

为避免内战继续爆发，没事的时候我尽量把两位战神带下楼。小区中央有一大片草地和几个小水池，有意思的是，在那里三段论走起路来像一个训练有素的模特，它东张西望，每一步都很小心。而红磨坊则是一个落魄又放荡的坏女人，所到之处既没有它不爱掺和的事，也没有它惹不起的人。这"无毛怪"走到哪里哪里就是乱世。每天看着它鬼灵精怪的样子，你不知道它的脑子里酝酿了什么邪恶计划。

"给它做节育吧！"

在第十次打翻心爱的化妆品后，江通终于忍无可忍，对我下了死命令。

我问江通，原先不是说斯芬克斯猫既聪明且温顺的吗？江逼说她也不知道是什么原因。有时候性情不稳定，是在买来之前受了什么刺激也说不定。

一个说法是，唯一驯服了人类的动物是猫。我能理解江逼的生气。女人和猫原本是梳洗界的友军，现在猫既然要三番五次造女人的反，作为主人的女人自然会想到要镇压了。

记得还是在念本科的时候，生态课光头王教授讲了一个非常简单明了的观点："同学们，捕食性瓢虫大多有光滑的鞘翅，而植食性瓢虫大多有细密的绒毛。"如果按这个分类，有毛的三段论应该是坏猫，无毛的红磨坊应该是好猫。然而实际上似乎正好相反。可是三段论就是好猫吗？关于这一点我并不确定。唯一确定的是它不主动毁坏我家里的东西，包括不在床上拉屎撒尿。

接下来发生了一件奇异的事情，就在我们酝酿着要不要带"无毛怪"去做节育的时候，它突然失踪了。和红磨坊一起失踪的还有江逼新买的一本《牡丹亭》。

可能是从窗子跳出去的，也可能是从门缝溜出去的。我和江逼找遍了整个小区，又在邻近的几个小区张贴了若干重金寻赏，然而一切努力都无济于事。

"也许是因为妇炎洁？"因为皮肤过于油腻，前几天江逼把红磨坊扔在了挤了妇炎洁的塑料盆里泡了半个小时。

"那不也是为了它好吗？哎，它要是自己跑了，想回来时一定还会回来，不想回来悬赏反而妨碍它的自由了。"

"要不西班牙人说呢，El mejor amigo del perro es otro perro①。"

江逦的意思是红磨坊可能和某只公猫一起出去度蜜月了。现在她再也不能搂着这只小猫一起晒太阳了。

在苦寻了一个月无果后，江逦决定放弃了，可是刚狠下心来，转天她又开始自责。

"也怪我当时生气说要把它给阉了。但愿这小家伙是被哪个好心人收养了，否则活不过秋天就会被冻死在外面。"我们曾经听到小区里一位长期给野猫投喂的老太太说，前年冬天附近有很多猫被冻死了。当时江逦听了就很难过。

我说有时候你可能说话做事鲁莽了点，但即便是这样红磨坊也不至于要出走。万一它死了，也没关系，有一个说法是，如果万物有灵，在做完猫这一世宠物后，接下来就该脱离畜道投胎做人了。

看江逦不说话，我便说算了吧，你当时也只是吓吓它，没想到它竟然当真了。说不定它是帮我寻找失踪多年的父亲去了。

---

① 狗是人类最好的朋友，而狗最好的朋友是另一只狗。

江逦还是不说话。事后我知道江逦是因为刚才我无意间批评了她"鲁莽"，所以在接下来差不多一整天的时间里没怎么理我。而我也云里雾里地郁闷了一整天。不得不说，这样的日子糟糕透了，完全不是我们的日子。直到晚上江逦主动说对不起啊，怪我被红磨坊弄乱了心情。

　　"我看现在最目中无人的主要是两种人，一种是看手机的，一种是打太极的。"江逦接着抱怨，她说自己心情不好也和找猫的时候和人撞上有关，直到现在肋骨还疼呢！

　　江逦曾经异想天开地以为只要把斯芬克斯养好了，这位"比鲁斯大人"肯定可以成为我们美丽的守护神。不过事情的发展并未如其所愿，在红磨坊出走后没过几年江逦就过世了。

　　当然从逻辑上说，可能斯芬克斯没逃走江逦过世得还会更早些，我是说有可能，谁知道呢？我承认有些神秘的事情是逻辑的八爪鱼怎么也抵达不了的。

syllogism and moulin rouge

我和江遹是在一个昆虫展上认识的。展览场地主要是在艺术馆的三楼，而我在四楼有一个讲座。那天我紧赶慢赶在地下二层泊好车，进了电梯，紧接着进来一个白衣女子，她右手挡着电梯，等一对行路缓慢的老夫妇进来，并且连连和我说对不起。起初我以为他们是一家人，没料到老夫妇在一楼就下了，而白衣女子继续留在电梯里。我仔细打量了一下，她身材匀称有致，脸微胖，鼻梁骨感，胸前挂着一个藏银吊坠……因为是侧着身子，可以清晰地看到她背着的浅色帆布包上面有两行英文：

My four problems.

I overthink.[①]

　　为什么明明标榜的是四个问题，后面列出来的却只有一个？在那短暂的相逢中，我竟忍不住浮想联翩。总

---

① 我的四个问题。我思虑过多。

之，这位白衣女子给我的印象是既知性且叛逆，又因为刚才为陌生老夫妇挡电梯的善意举动，那一刻在我心里竟莫名地希望她是去四楼听我讲座的观众。

遗憾的是，她在二楼就提前下了。

大概十五分钟后，我在主持人的介绍下悻悻地开始有关天敌昆虫的讲座。那天的讲座非常成功，讲座结束的时候还有不少观众来找我继续请教问题。而就在我准备离开时，突然发现眼前不知何时闯进了一个熟悉的人影。仔细一看，是刚才电梯里的白衣女子。这让我多少有些喜出望外。当她介绍自己的名字时，我已经隐约觉得我们之间会建立起某种关系。

"名字真好！江遖，一个走之旁，是江南跟你跑掉了，还是江南自己跑掉了？"我笑着说。

"哈哈，没文化了吧？'遖'字，和'南方'的'南'字同音，可能是一个日本汉字，表示天气晴好，在现代汉语里用来赞美所爱的人。"江遖耐心地解释，而我在那一刻似乎只看到了她眼睛里和牙齿上的光。虽然当时我们互相留了电话，但是后来谁也没有主动联系。日子久了，我只记得找我的那个小姑娘是西语和英语翻译，好像还学了日语，少数民族，喜欢跳舞，喜欢约翰·列侬和《牡丹亭》，不害怕蟑螂，讨厌铁板鱿鱼和臭豆腐的怪味，有点离经叛道，喜欢笑，笑的时候脸上一边有酒窝……对了，我想起来了，江遖会法语，她还站在印着几只昆虫的广告牌前和我探讨过如何把中文"恍惚"一词译成法语。

"我想了很久，懊恼于自己怎么也找不到一个合适的词。您知道的，'恍惚'一词是那么美。"

我觉得江遹提的这个问题十分有趣，生活中我也经常有某种恍惚感。而且通常情况下别人请教我问题是关于某类昆虫的，而眼前这个姑娘却问了我一个词。重要的是，我在某个场合同一位法国画家讨论过这个词。那也是一个夏天，我去老友弗朗索瓦在巴黎乡下的老家，看他创作的一系列梦境和部分坛坛罐罐藏品。看完之后我和这位慈眉善目的中国姑爷站在玉米地里谈到了中文"恍惚"这个词，结论是它不可译。

回想了一下，我说 distrait 或者 trance 可能合适，不过很快我又否定了它们，因为"恍惚"不只有心神不宁、如坠梦里的状态，还包括可感受到的时光穿过身体在轻微流逝。不出所料，我又一次走进了思维的死胡同。我说一个研究鞘翅目昆虫的实在给不出好的建议，要不我教你飞吧。江遹听完哈哈大笑。我接着说如果以后想到了，再告诉她。就这样我们才互相留了电话，事后我的确认真想了几天，只是没什么结果，又因为当时学校忙，后来也就把这事忘了。

大概半年后，有一天坐地铁去参加一个有关蛭形轮虫的会议，堵车的缘故，我临时改坐地铁，没想到的是在最后一站临出地铁时看到一名女子倒在台阶上，过去了好几拨人都没有理会。我想应该是低血糖，这是人命关天的大事，于是赶紧找附近的姑娘要了一块巧克力，准备掰碎了喂给她。就近可以看到她脸色苍白，仍处在痉挛之中。当巧克力触到嘴唇时，女孩微微地睁开眼睛，说她只是痛经痛到几乎昏厥，刚才躺了好久，站台上没有一个可以坐的地方，找岗亭里的工作人员要个休息的地方也都爱搭不理，不过谢天谢地现在总算缓过来了一点。

"你要是不介意，喝口热水吧！"我递过手里的保温杯，里面没有枸杞的那种。

直到此时我们渐渐认出了对方，姑娘是江遹，几个月前的昆虫展上我见过她。这次只是换了臃肿的防寒服，笑容还是我在昆虫展上看到的样子。我说我陪你走出车站吧，有什么事还可以照应一下。就这样我们一起出了车站。这鬼天气，外面得有零下二十摄氏度，因为都有事，之后我们各自打车朝着两个方向走了。

和江遹分开以后我一直懊悔不迭，其实这次有关蛭形轮虫的会议并不是生物学会议，我完全可以不参加的。毕竟我只是临时被奥德里奇教授抓了差，壮一壮他研究团队的声威。我说我一个研究瓢虫的，咱一个在陆上，一个在水里，风马牛不相及。此前大家都在讨论中国梦的时候，奥德里奇教授有事没事地总爱请我去打搅蛋。奥德里奇教授电话里说，主题是向万物学管理，没错吧，你可以上去随便讲讲。

"如果我们的企业能够像蛭形轮虫一样在困境中僵而不死，在顺境中不断向其他同行学习，内心强大到可以抵抗几年的干旱甚至核辐射，还有什么是做不好的呢？一个好的企业就是一个打不死的时光旅行者……"

蛭形轮虫是奥德里奇教授专门研究的虫子，二十年在科学上没有大的进展后他决定把这只虫子的精神推广到企业管理中去了。而我唯一感兴趣的是这种虫子在一亿年前就放弃了交配行为，也就是说通过孤雌繁殖，此后所有雄性的蛭形轮虫都绝种了。然而雌性蛭形轮虫学会了从其他生物身上偷基因来不断提升自己，有研究表明在这些古老的单亲妈妈身上至少有几百种来自不同物种的基因。

苦熬了两个小时，会议终于散了。奥德里奇教授志得意满，问我："刚才发言还满意吧？"我说怕就怕企业没有学到什么，极端女权主义者在蛭形轮虫身上找到男人无用的证据了。

"说你最专业的，下次请你主要谈谈企业可以向瓢虫学到什么。"紧接着奥德里奇教授凑到我耳边小声地说，"据我研究，无性繁殖将来是趋势。"

我说好的，让我想想。

"会议袋子你拿了吧？"奥德里奇教授明知故问。

我说拿了。就是因为这个该死的袋子里的千元红包，我错过了亲自打车送江遹去单位的机会。

没过几天，我接到了一个盼望已久的电话，是江遹打来的。这也是我们交往的开始。只是先后喝了几次咖啡，两颗怦怦跳的心终于跳到了一起。

意外之喜是，在江遹身上我闻到了久违的乳香。记得大概是十四岁的时候，一个夏天的晚上，我去路边的一个小摊给我们的大艺术家缪远清买汽水，偶然在那漂亮的女摊主身上闻到一股从成熟肉体中散发出来的香气。这是我第一次知道有些女人身上有体香，我甚至认为那是一种灵魂的香气。为此我在她面前慢悠悠整整喝了三瓶汽水，一边喝还一边说着"真渴"。之后我把这件事给缪远清说了，他听了以后背起画夹趿着拖鞋也从小屋里出来。然而任凭我们沿路找了一个小时，那个灵魂中有香气的女人始终没再出现。

"我怀疑你小子骗我了。"来来回回走了几趟缪远清这回真泄气了。现在我们坐在路边改喝啤酒。

"没办法，可能仙女就是这样的。能重复见面的只是村姑。"我说。

"小老弟，这句话我信！"说话间缪远清猛地拍了一下我的肩膀。

"如果她是仙女，从逻辑上说你和我在一起时不会看见她了，因为只要我能再见到她她就只可能是村姑。"我有些斩钉截铁。

"也对，说不定我在哪个场合会见到我的独一无二的仙女，而不是你看剩下的。"缪远清轻声说。

后来我知道缪远清为什么那么积极想找到那位仙女，因为这一天是他二十岁的生日。他想为仙女画一幅素描，并且让仙女祝他生日快乐。

现在江遇带着这种灵魂的香气出现在我的身边，而且这种香气闻完一次第二次还在。起初江遇的一切都朦朦胧胧的，在我心里她既是一个新人又宛如一个旧梦。奇怪的是，除了这两个女人，我从来没有在其他女人身上闻到这种气味。以至于我怀疑江遇当年是不是在我老家做过小老板娘，江遇说是不是做过小老板娘她自己也不清楚，可以肯定的是我们遇见很久了。

"你当晚是遇到了 fairy's dairy[①]，好有艳福啊！"江遇朝我打趣。

我说也许我真的是遇到了仙女，就像曹植遇到了洛神。可惜我没有能力写下《乳神赋》。更可怜的是缪远清，这仙女好歹我见着了一次，他连仙女的毛都没有

————————

① 仙女的奶场。

看见。

接下来我告诉江遹，其实我们在昆虫展相遇的那个清晨发生了两件神秘的事情，一是我吃的鸡蛋硕大无比，一打开果然是个双黄蛋。接下来我又打开一杯酸奶，杯盖里居然有两把勺子。坐在马桶上刷视频，看到的竟然是双身虫，从小青梅竹马两只幼虫，不恋爱就会死的虫子，不长到一起就不美就长不大的虫子……

啊？竟然会这样，江遹也连呼神秘。

前两年，在我的推荐下，江遹有时候会和我一起玩生存游戏 Ostracism。游戏采取"大逃杀"模式，通常都是我们一组和其他世界各地的玩家一起被空投到某个岛上，然后看哪一组最后能够活下来。熟悉 ostracism 这个词的人知道，它指的是雅典的陶片放逐法。在古希腊为了保卫民主制度不受损害，那些最受民众欢迎或者最不受民众欢迎的人都可能被城邦勒令放逐十年。

"这个玩家画像真好，我们可能是最不受欢迎的人，也可能是最受欢迎的人。反正不那么庸庸碌碌。"听到我的介绍，江遹立即被吸引过来。

"我们拼组吧，你是最好的那个人，我是最坏的那个人。我们都是雅典城的公民，现在接受流放。是坐忒修斯之船到岛上吗？"江遹问。

我说游戏是借了雅典陶片放逐的模式，把有些人赶到了荒岛上，但枪支和运输机都是现代的，所以我们也可以说是现代社会里最好的人和最坏的人。

"为什么不说是未来的雅典？在将来某个时刻陶片放逐又回来了。"

我说有道理。据说第三次世界大战后新石器时代还回来了呢！那我们还是雅典的公民，只是生活在未来社会，一个是最好的人，一个是最坏的人，我们组织了一个好坏同盟。

"叫什么组合？"

"3V Couple 好不好？"

"为什么是 3V Couple？"

"Veni Vidi Vici."①

"好！"

在手把手教了几次后，江通很快上手了。和大多数玩家一样，起初我们总想着活到最后，这样会有礼花在屏幕上绽放，有一种游戏射精了的幻觉。不过麻烦也随之而来，我发现很多时候我们的生命的热情都被绑在了排行榜上。直到有一天江通终于忍不住开始抱怨：

"干吗非要累死累活的，只是玩个游戏，为什么不在岛上逍遥自在？

"为什么一定要打打杀杀的，沿途看风景不是很好吗？"

---

① 拉丁语，我来过，我看到，我征服。

我说如果是那样的话，为什么要开发游戏？既然玩肯定是要刺激了。

"让灵魂成为不死的玩家吧！我们可以换一种方式逃出去。"江遹不以为然。问她什么意思，她说还没有想好。

直到有一天灵光乍现。我发现当我骑着摩托车载着江遹在细雨中游荡的时候，整个游戏世界变得完全不一样了，到处是田园风光，随时可以栖居。虽然是一款"大逃杀"游戏，可是在这乱世中我们的内心如此安宁。就这样我们一前一后骑着摩托车，非常佛系地把这款游戏中的所有岛屿，每一个角落都逛了个遍。

"等都有空了，一起回南方，我也像这样骑着摩托车带你。"我说。

"是的，长江两岸都跑一遍！"

"那我们是不是更换名字？"江遹接着说。

"叫什么？"

"2V Couple。删除 Vici，我们来了，我们看了就可以了。"

"好！"又是一拍即合，生命如此短暂，何必费力去征服那些并不存在或者毫无意义的东西。

自从换了游戏思路后，最重要的变化是那种被人下了药似的游戏成瘾也没有了。让别人打打杀杀去吧，我们放马南山，整个游戏地图都变成了我们的牧场与桃花源。

我说江遄你的脑回路真是和别人不一样，你启发了我。虽然人生比所有的"大逃杀"游戏更残酷一些，因为没有最后的王者，每个人都会走向自己的骨灰盒。而且争论那个骨灰盒是什么材质毫无意义。但是，尽管如此依旧可以安安静静地享受这个过程。现在我们不是被游戏激励机制操纵的玩家，也不是作为游戏道具的NPC[①]，而是自由自在的尘世观光客。

最后我们从线上游戏回到了现实生活中，相信即便是被高维生命设计的某款游戏中的角色，我们仍可以试着"换一种方式逃出去"。江遄说虽然她认同宇宙没有意外，程序是我们的宿命，但程序也提供了地形地貌、微风细雨还有免费的双人摩托车，关于这一点线下生活也一样。

突然她话锋一转："有没有一种可能，有一天如果我们死了，只是一起从这款称作人世的游戏中退出了，从而回到了另一种线下生活？"

我说是啊，我最担心的是退出游戏后就像那年冬天我们一起走出地铁站，外面寒风凛冽，而我们还要各自打上出租，接着车子朝着两个方向开……

---

① 非玩家控制角色。

江逈平时最大的乐趣是去国内外旅行，以前她总是独来独往，最远的地方是冰岛，出门爱住青年旅舍。和其他一惊一乍的女人不同，江逈并不害怕蟑螂。我说那你亲自召见上帝的机会不多啊！江逈说即使害怕蟑螂她也不会喊上帝，否则在上帝面前发抖多难堪。

"一个人不能既害怕蟑螂，又说自己是无神论者。"这是江逈的名言，我不是很能明白里面的逻辑。不过作为比其他人略强的弱女子，现在她也乐得一路上有我作陪。除了可以按部就班地看风景，我们还会一起做逻辑智力题，或者三段论游戏。

由于迷恋海盗文化，江逈经常光顾一个叫"让我们像海盗一样说话"的网站。有人甚至还在每年9月搞了一个"国际学海盗说话日"。平时无事的时候，江逈甚至会冲着我来一句"Ahoy matey！"听得我云里雾里。细问才知道这是典型的海盗用语"喂，老兄"的意思。

有一年秋天在利物浦旅行，正好赶上当地的"海盗"文化表演，江逈觉得百无聊赖于是邀我回宾馆休息算了。

"为什么总是这样？最后坏人输了，好人赢了。"江逈还在为刚才海事博物馆前面的海战表演愤愤不平。

我能理解她的意思，一来这个世界上有无数结局都是坏人赢了的，二来既然是海盗输了为什么不叫"反海盗"文化表演？而且是娱乐就不必那样板着脸孔表演。我说你别那么在意，世界需要正义必胜，需要伪君子，没有伪君子更要乱套了。

"还是做三段论游戏吧，这个简单。"江逦提议。

接下来我们做游戏了。值得一提的是，这次当我将三段论游戏意外地拔高为我们独有的"逻辑俳"之后，江逦更是觉得意义重大，并且乐此不疲。

说来也是凑巧，那次旅游我随身带了一本小林一茶的小书《这世界如露水般短暂》。在开始我们的三段论游戏之前挑了其中一个日本俳句：

> 此世，如
> 行在地狱之上，
> 凝视繁花。

据此我列出的"逻辑俳"则是：

> 此世在地狱之上，
> 我行在此世，
> 我行在地狱之上。

江逦像是受到了鼓舞，说再来一句。于是我翻了小林一茶的另一个俳句：

> 有人的地方，

就有苍蝇，

还有佛。

我说我们一人来一句。据此我变出的版本是：

有人的地方就有苍蝇，

我是人，

我身边有苍蝇。

而江遹的版本是：

有人的地方就有佛，

我是人，

我身边有佛。

我说江遹你的版本明显比我的更高级，因为里面尽显慈悲与希望，看来还是我庸俗。江遹觉得也是。就在她正欲洋洋自得时突然嘟起了嘴，脸涨得通红，说我表面上一团和气，却在拐着弯骂她。直到这时我才回过味来，连忙和她道歉说我不是有意的。你是佛，我才是那苍蝇，你坐好了，苍蝇这就给佛赔罪。而江遹也没有得理不饶人，表示刚才只是佯怒，知道我无意冒犯。两人和好如初，继续做起了"逻辑俳"游戏。

不过我能看到江遹眼里淡淡的忧郁，她总时不时地瞥着小林一茶的书。

"这世界如露水般短暂……"

从我们认识没多久，就听江遹预言自己可能活不长。我说即便是像露水般短暂，小林一茶也活到了六十多岁，这样算下来，我们还有几十年的活头，尽情享受吧！

和我不一样，江遹能歌善舞，和她在一起以后着实过了几年无忧无虑的日子。她甚至还为我张罗着过了一个"人间害虫节"，说老家也过害虫节，但咱可以过得不一样。有一次她甚至煞有介事地从野地里抓了几只蝗虫，当着它们的面表演了现学的魔术。

"臣本布衣，躬耕于南阳，苟全性命于乱世，不求闻达于诸侯。现有魔术一个，特来献给大王……"

虽然江遹在写给害虫的信上会注明"亲爱的XX"，但是我们几乎从来不互相说"亲爱的"，觉得那样既庸俗也无聊。这可能是因为在过往的经验中这个词被用脏了吧，在亲密关系中我们不要情感的通称，只要活生生的具体的名字。

"理论上叫一个抽象的'亲爱的'，不如叫具体的名字。如果嫌重名太多，我们就各编一个具体的数字。比如在你的生日后面加上一个'走马灯数'142857。"

我说，有什么寓意吗？你总有一些古灵精怪的想法。

江逶说，前面是代表芸芸众生中的你，后面代表你永恒中的轮回。

我说还是直接叫我名字吧，否则当你向我求救的时候容易耽误事。

不知道什么时候起我渐渐相信了这样一个道理，那就是一个人的成年是从他不再相信爱情开始的。虽然我的成年来得晚一些，但总归是成年了。许多人畏惧第三者插足爱情，时刻不忘给自己的生活拉响警报，其实在我眼里爱情就是横在男人与女人之间的第三者，是美好感情的破坏王。这背后的逻辑是，一个只为爱情而活的女人因为对我的爱情走向我，也会因为对其他人的爱情离开我，归根到底她爱的是自己的感觉，是爱情本身，而不是具体的我本人。所以，无论这种爱情最初被描绘得多么梦幻，往后的事实都将证明我只是不小心成为了她爱情之网里的猎物。而江逶不是这样，我们相遇的时候已经对爱情党一律敬而远之。如果说江逶身上有什么最值得我赞美的，绝不是通常意义上的什么爱情，而是发自内心的信任、成全以及不可多得的义气。

"别让爱情污染我们彼此的信任。"这是江逶最爱说的话，也是我们的共识。我对她过去的事情了解得很少，但知道她看不起那些所谓的浪漫爱情，就像两个人在一起演戏或者抽烟，开始时都是你侬我侬，等戏演完了烟抽完了留下一地鸡毛也就散了。最差的可能还会闹到对簿公堂兵戎相见。

江遹有一对男女同学，大学刚毕业就结婚了。两人上学期间可谓形影不离，在大家眼里属于海枯石烂不变心的那种，谁知后来因为离婚双方闹得鸡飞狗跳，最后甚至在法庭台阶上都打在了一起。就这样，在正式离婚之后女人进了医院，男人进了监狱。这件丑事成为当地轰动一时的新闻。按江遹的说法，主要是因为女人太作，她大概是人人望而生畏的NPD^①，既自恋又自卑，随时可能引爆。如果谁家赶上一个内耗的人，都会被搅得鸡犬不宁。而男人又不会共情，遇事就喜欢讲道理，即便句句在理，结果也只会一次次火上浇油。

NPD？水仙花？自恋型人格障碍？我竟然如此孤陋寡闻！第一次从江遹那里知道有这么一种心理疾病。爱撒谎、爱表演、爱乱性，错都是别人的，喜欢PUA，缺乏实质意义上的同理心，把身边的人当血包。我开始认真回想与伊丽莎在一起的点滴。那个曾经让我意乱情迷的女人，为了感性之美我几乎原谅了她所有的恣意妄为……可我并不情愿这样去想她，人心怎么能用尺子去量呢？万一她是例外呢？

我是在几天后无意中刷到相关新闻的，当时刚吃完

_____

① 自恋型人格障碍。

晚饭。在我和江遹提起这事时，江遹免不了感叹："本来早想和你说的，忍住了。我那女同学在孩子出生后都没有抱过一次。任何感情都少不了双方得有义气，做兄弟、做夫妻都一样，这样即使两人将来闹掰了也不至于互相伤害。"

接下来我问江遹什么是亲密关系中的义气，江遹没立即回复我，而是继续整理手里的翻译文稿，今天她准备试译希梅内斯的几首诗，包括晚年的 *Yo me moriré*。她不知道为什么西语原文 Yo me moriré 和中文会有那么大的出入，所以想查个究竟。最后发现中译"我已不再归去"是根据英译 I have already no longer return 来的。

"刚看到'我已不再归去'时还以为是说我已经死过一次了，不会再死了。"江遹说道。

两天前江遹还和我感慨 1956 年在希梅内斯获得诺贝尔文学奖三天后妻子即死于癌症。希梅内斯终无法从悲痛中复原，两年后也去世了。

过了好一会儿，江遹才抬起头向我抛出自己深思熟虑的一个"理论"：

"和很多事一样，可能不会有什么标准答案。就拿我们来说吧，我信奉的是，在一起的时候，即使和全世界对着干我也要保护你；不在一起的时候，即使和全世界对着干我也不去伤害你。"

江遹说这番话的时候仿佛把我们的性别做了对调，

不过我感觉她是认真的。我朝她竖起了大拇指，并且告诉她我听得有些感动。不过转天早晨我还是对她说出了不同意见。我觉得这句话前半部分更适合男性，后半部分更适合女性。

江遹没有搭话，也许她是有点生气甚至觉得我的大男子主义不可救药。在闷声不响地喝完一杯牛奶吃完两片面包后，她从冰箱里拿了昨天买的一个小西瓜。伴随手起刀落，西瓜被切成两半。

"三段论先生，请问接下来我们是吃男西瓜还是女西瓜？"江遹看着我，从她的眼神里我能清晰地读出她对我的失望。

而我被弄糊涂了，一时不知道如何应对。

只听江遹接着说："这一半是你的，男西瓜。另一半是我的，女西瓜。你挑一半吧，理论上我们一次吃不了那么多。"

看她煞有介事的样子，我连说自己已经知错了，认真想想我前面的话的确是有问题。在大自然当中也一样，雄性不必然保护雌性，雌性也不必然伤害雄性。

为了转换氛围我和江遹重新聊起了昆虫，直至聊到了鞘翅目的一种水龟子。我常常通过谈论昆虫来观照人世荒谬的生活，而且会编成短小的故事。

和往常一样，江遹开始认真地听着，这也是她难得的放松时刻。

我说有一种雄性水龟子，为了能够有更长的时间寻欢作乐，特别进化出了带吸盘的前肢，可以一直吸在雌性水龟子的后背上完成数小时的交配。而雌性水龟子为了反抗，于是就在背上进化出某种坑坑洼洼的结构，好让雄性水龟子适可而止。核心段落讲完了，接着我说虽然进化好像没有目的，但是有个天道却一直在，那就是造物主给万物以欢愉，也在给万物以节制和自由。

"但是，这场有关性自由的战争一直打。"

"最后雄性水龟子想出新办法了吗？"江通提起了精神，前面的沉闷已经一扫而空。

"没有。"我开始故弄玄虚。

"最后雌雄水龟子双方各请出了二十位长老，它们在柏林湖开了一个小型闭门会议，因为害怕走漏风声所以一个记者都没有请，在经过一周的激烈讨论后，最后双方一致决定都不再继续进化了。这就是我们生物学上著名的'进化停滞'。"

"我不相信，当时就没有一只雄性水龟子有反对声音？"江通轻轻地撩了一下她的短波浪卷发。

"哦，的确有。停止进化的法令草案公布后许多水龟子参加了游行。准确地说你能看到想到的雄性水龟子和雌性水龟子都去了。它们不光是在水里示威，还在天上示威。你知道水龟子又叫射尿龟，它有两根管子，一根用来排泄，一根用来呼吸。但在愤怒的时候水龟子会用它们排尿，你想想那个场面，整个柏林湖烟雾弥漫。"

"哈哈。"

"你知道水龟子它们喊的是什么口号吗？"

"什么口号？"

"时间就是生命。虽然抗议者的目的不一样，但是口号是一样的。"

"有意思，你后面可以写到书里去。"江逦听完高兴得合不拢嘴。

"对，很好的建议。不过唯独有一只水龟子没有去。"我接着说。

"啊，太不集体主义了，它没上过大学吗？为什么没有去？是因为要忙着填表吗？"

"不。是一只美貌与智慧并存的雌性水龟子，当时正在家里争取时间。"

"争取时间做什么？"

"吃西瓜！"

就这样聊着聊着，伴随着不时爆发的笑声，那个夏天的早晨我们一不留神把一半男西瓜和另一半女西瓜都吃完了。江逦把吐出的西瓜籽都装在一个白色的盘子里，说来年春天可以试着种在阳台上，到了夏天我们就可以坐在阳台上吃到自家的西瓜了。

不得不说，相爱是最小的拉帮结派，会激发彼此的野性。而这些也是我最难忘的。

转眼又是一年，北方的冬天总是死气沉沉的。有一天上午读了叶芝的诗篇《茵斯弗利岛》，我突然想出门透口气，于是开车和江遹来到了东郊。

这里也有一座湖心岛，离市区大概有三十公里。

天空瓦蓝，四周阒寂无人。

在湖边的露营地泊好车，几分钟后，走过结冰的湖面，我们来到湖心岛上。

夏日绿油油的芦苇如今已经枯黄一片，还有一些没有落尽的毛蜡烛在湖边昂起高傲的头颅。几只被惊扰的大苍鹭迅速飞起并逃之夭夭。冬日的阳光依旧炫目，仿佛要把这遥远的尘世融化在明媚的天光里。牵着江遹的小手，我把芦苇踩成一个硕大的蒲团，然后分别脱下两人的防寒服，一铺一盖，就这样我们并排躺在北国的春风里。

这天刚刚立春，虽然气温略有回升，但我知道冬天还没有真正过去，大地还没有吐露生机。所幸此刻我可爱的女人可以用藏红色毛衣里的两个小火炉温暖我的身骨。

在嚼完几根枯草后我说江遹咱们继续要孩子吧。

江遹说好啊！

接下来她翻过身像一个巨大的火炉套在了我的身上。

伴随着有节律的起伏，湖心岛渐渐变成了一个露天的铁匠铺，江遹变成了镶着鼓风机的火炉。而我这块生铁，不断地被煅烧、锤打、淬火，直到最后软塌塌地由钢铁变成一块融化的琉璃。

如果那几只惊慌失措的苍鹭没有逃走，它们会听到铁匠铺里叮叮当当的清脆之声，看到这苍茫人世，有人在奏乐，有人在挣扎。

第 04 节 完美的逻辑

syllogism and moulin rouge

幸福的日子总是过得很快，一眨眼工夫几年过去了。现在回想起来一切都是那么不真实，像是一场白日梦。

"我们在一起最大的遗憾是什么？"江通一边练帕梅拉，一边问。

"没有钻戒？"

"不是，要那破玩意做什么？被骗者的勋章。"

"没有求婚？"

"不是。萨特对波伏瓦也没有求婚，但是他们死后还葬在一起。我曾经坐在他们的墓碑前喝酒。"

"那是什么？"

"情书！"

江通说我们从刚认识起不是短信就是电话，每天像打乒乓球一样你来我往，少了写情书时特有的那种忐忑不安以及朝圣者的心。

"本来写信就是把收信的人完全装进心里的感觉，可惜这些好东西慢慢都没了。"

我说想想好像是这样，而且情书被污蔑成"小作文"了。

"找个时间给你补一封吧！"当时我正在打游戏，说话间多少有点敷衍的意味。

江遹叹了口气，接着继续在她的小鹿笔记本上画完一只乌龟。

"为什么画乌龟？"我轻声问。

"不是乌龟。是我们。"江遹说。

"你是说我们对生活太隐忍了吗？"

江遹说她正在看阿里斯托芬的创世神话。据说月亮以前生下了雌雄同体的圆形人，两个头，四只手，四只脚。但是因为冒犯了宙斯，被劈成了两半。

"所以不管男人还是女人都不完整，要努力找到另一半。"江遹说，"可要是真的把男人和女人重新绑在一起，恐怕没几个愿意。"

我说是啊，关系不好的会吵架吵死，关系好的会精尽而亡。

江遹大笑："一个死了，另一个也活不下去了吧？只能被动殉情。"

江遹接着说日语里"殉情"这个词非常有意思，叫"心中"。

自从了解到这个知识以后，每当我再次看到"心中"两个字的时候总会有一种异样的感觉。

猛然想起了前面提到的萨特与波伏瓦的话茬。由于贫困和肺病的折磨，莫迪里阿尼，那位出生在托斯卡纳阳光下的天才画家只活了三十几岁，1920年1月24日早逝于巴黎。

而一直与莫迪里阿尼生活在一起的模特妻子珍妮，这位可爱的缪斯在听到丈夫死讯后的第二天也跳楼自杀了，当时肚子里还怀着已经足月的孩子。让世人欣慰的是，三年后法国人在拉雪兹神父公墓为他们举行了合葬仪式。

哎，为了这位有着高贵灵魂与小丑命运的画家，记得我和伊丽莎还发生过激烈的争吵，不过那都是过去的事了。莫迪里阿尼说："我用一只眼睛看世界，另一只眼凝视自己的内心。"他不知道的是，当年我迷上了他的爱人，准确说是他画布上的幻象。而且，这世上大多数人都只有一只眼睛。

虽然两人互为依靠，不得不承认很多时候我和江通活得像兄弟，当然不是酒肉朋友那种，而是惺惺相惜与牵肠挂肚。有时候也像母子和父女，我们谁也不想占有谁，但是都给予了对方最深切的信任。

有一年的国外旅行，我们特意安排了10月份去马德里参加塞万提斯周。这是塞万提斯迷和西语迷的重大节日，不仅有各类讲座、戏剧表演和音乐会，还有取材于《堂吉诃德》的菜式与美食。

我们是提前一天到的，出了马德里火车站我们先去索菲亚王妃博物馆看了毕加索的一些作品，回到酒店时已是晚上。这时已经饥肠辘辘，放好行李，一起外出觅食。在一个拐角突然遇到一高一矮两个酒鬼，大概隔了十几米，远远望去他们就不怀好意。我让江遹自行先回酒店，自己买完吃的就回去。江遹说让我小心点，然后她就先闪了。我继续硬着头皮朝前走，心想也许不那么糟糕。谁知果然是遇上了坏人，两个劫匪不仅搜走了我身上的零钱还不依不饶，其中一个将我打倒在地还不让出声。我心想人生地不熟的，而且是在晚上，只好忍气吞声，反正至此损失也不算大。

就在劫匪以为淫威得逞时，他们做梦也没有想到自己惊动了人间雷霆。江遹过来了，手里拿了一根木棍。她怒气冲冲，一边用西语大喊 socorro（救命）一边举起棍子对着劫匪乱抡。就这样一个弱女子把两个粗壮的男人吓跑了。我这个懦夫，竟然虚弱到要一个女子来保护自己。当然我也不会过于苛责自己，毕竟在念中学时母亲就没少对我说，尤其是出门在外，"好汉不吃眼前亏"是护身符，是菩萨保佑。我不能对两个恶棍说，看在我认识很多瓢虫而且会填表的分上，你们只能允许自己从我身上拿走一瓶啤酒的钱，而且离开时必须学会礼貌地和我说一声 Adiós señor, buenas noches[①]。

回到宾馆我问江遹刚才哪来那么大的勇气和力量，江遹说"女子虽弱，为母则刚"。

原本我是想要责备江遹的，现在只能悄悄地把话咽回去了。其实对于男人来说偶尔在外面受点欺负没什么，大丈夫能屈能伸嘛。而且自从有了江遹，我更能体会什么是"幸福者后退原则"。对我来说，不和恶棍搏斗，这与不和精神病人讲理是一样的，而江遹的出击可能将我们一起推向危险的境地。侥幸的是，我们遇到的大概是几个初出茅庐的恶棍。我的意思是他们的恶行只是一种休闲或突发奇想式的，就像我在中学时遇到的校园小痞子，你不强硬他们就来欺负你，一旦强硬了又都做了缩头乌龟。

眼下无论如何我首先得为自己不能挺身力克群敌表示歉意。"谢谢你，母亲大人！"我笑着说。江遹也不好意思地笑了。"女子虽弱，为母则刚"，多好的词啊，可惜江遹还没有来得及做一位真正的母亲就走了。此后每当我想起这句话就忍不住掉下眼泪。这个雅典娜式的女人，马德里夜色中弱小的战神，既有智慧也有勇气，可是对于降临在她身上的厄运我却无能为力。

---

① 西班牙语，再见先生，祝您晚安。

如果我能像俄耳甫斯一样有着美丽的歌喉向冥王求情……但是你知道冥王和上帝一样是不存在的。而且我五音不全，连一点想象空间都没有。

和我以前认识的女孩相比，江遹似乎并不那么热衷看电影。当然如果是快乐结局的比如《放牛班的春天》或者《菊次郎的夏天》她不会拒绝，至于其他，尤其是会家破人亡的悲剧电影则一律敬而远之。的确如她说的生活中的悲剧已经够多了。

"我不喜欢这个作家，如果他不创造这几个人物，那几个人就不会死。还有那只黑须小灰鼠。"在耐着性子看完我从法国带来的一部悲剧电影后，江遹愤愤不平。她甚至不愿提到死去的情侣的名字，好像只要提到了他们就会再死一次。

我说你消消气，这个作家非常有趣，最后死在电影院。他还写过一个奇怪的村子，在那里老人被当成牲口拍卖，小孩被关在笼子里，母亲怕纸张会伤到孩子的屁股，宁愿舔掉孩子屁股上的屎……路上走的都是空心人。

江遹没有搭理我，只顾继续宣泄刚才的不满，说有一天她悟出了一个道理，那就是"如果没有莎士比亚，哈姆雷特就不会死"。虽然这句话听起来很荒谬，但是她对这句话背后更深层次的逻辑坚信不疑。

"都说是上帝创造了人类，所以如果没有上帝，人就不会死？"我说。

"可以这样理解。赋我生命者必赋我死亡。"江遹迟疑了片刻，接着说，"就像谁说的这世界没有结婚，也就没有离婚。"

"既然哈姆雷特已经死了，是不是应该把莎士比亚给抓起来？"

"是这样的。至少在某种形式上应该把他给抓起来。"江遹说，看得出来她一点也没有开玩笑的意思，接着她纠正了一下，"当然不一定是法律。"

"地球上死了那么多人，是不是也要把上帝抓起来？"

"是的，但不一定是法律。"

"有你喜欢的作家吗？"

"当然也有。我喜欢汤显祖，而不是莎士比亚。"江遹说。

"为什么？"

"因为莎士比亚杀死了朱丽叶，但是汤显祖让杜丽娘复活了。"

对于江遹近乎激烈的反应起初我并不能理解，毕竟电影里的人物通常都是虚拟的，而且里面每天都有成千上万的人死掉，和现实并没有多大关系。然而这背后却是江遹的一整套创造/生育的价值观。

"想了很久，我们还是不要小孩吧！否则将来他会像我们一样死掉。如果这孩子从来没有出生，也就是说他永远也不会死。"

这是江遹又一次和我提到不想生育的决定。

不过一年后的某个中午她改主意了。这回江遹又不知道从哪里搬来了一套理论：

"人最终都会死的，但是人存在的过程是杀不死的。比如我活到了六十岁生日的那天，当天我死了。死掉的是我六十岁以后的所有可能性，也就是说六十一岁，六十二岁，乃至一万岁的我在那天同时都死掉了。但是我从零岁到六十岁之间的任何一天都还活着，只是它们已经成为过去，也就是我生命的一部分。如果有人想让我在十八岁死掉，那他必须穿越到我十七岁的时候。因为人被消灭的只可能是未来，而不可能是过去。所以，人是不应该惧怕死亡的。太阳可以消灭我们留在雪地上的脚印，但是太阳消灭不了我们曾经在雪地上留下脚印这个过程……"

我说这些你都是从哪里学来的，我有点惊讶。

江遹说这是她自己想明白的。

"完美的逻辑！"我把江遹拥在了怀里，我庆幸自己遇到了一个聪明绝顶的女人，而现在她将愿意为我留下第二代。

江遹连连为这些年的推脱道歉，说不在理论上把传宗接代的难题解决，她就无法真正配合我养育自己的孩子，现在问题没了，拦路虎被打跑了。我说没事，当年苏格拉底也像她一样，相信未经过思考的人生是不值得过的。

从那天中午开始，我和江遹先是庆贺一番，然后重启造人计划。

也是从那天中午开始，我这个年轻的农民不再只是在地里挖土，还在努力地把心和种子一起埋进一个女人的泥里。

在一阵翻云覆雨之后，我们单曲循环，一起进入了贤者时刻。

"起初上帝造人，伊甸园不造人，可是那叫什么伊甸园？那不只是男女混合宿舍吗？"江遹娇嗔道。

我会意一笑，接着问了江遹一个神学或者生物学上的问题。

"你说上帝是男是女？孤雄繁殖还是孤雌繁殖？"

"按《圣经》的说法，上帝应该是男的，因为女人只是从男人身上取下的肋骨。"

"所以是孤雄繁殖，对吧？"

"是孤神繁殖吧？"

"可是亚当和夏娃不是神，人的出现只是上帝给自己解闷吧，像造了两个玩具，和繁殖没什么关系吧？"

"不是有耶稣吗？耶稣是神子。"

"哦，那就是孤雄繁殖，同时也是孤雌繁殖，不过世界仅此一例。"

我们信马由缰地聊着，不知不觉我睡着了。

醒来时耳畔的法语歌又一次播到了关键部分。女人要心爱的男人不要去远方，因为 On a tant d'amour à faire, tant de bonheur à venir, Je te veux mari et père①。

"你坦白，我不笑话你，make people 和 make love 的感觉是不是有什么不一样？"

"嗯，虽然这样有点功利，但是……海浪来得比以前更猛烈了！"江遹转过头在我脸上亲了一下。

我说你这个小海盗，你让我的推波助澜找到了额外的意义。

"是啊，你一个耕地的一次次打翻我春天的小船。"

…………

已经决定的事情，江遹从不含糊。在接下来的日子里，一有机会她就会邀我和她一起努力造人。有时候还会根据自己在网上找到的经验之谈坚持靠墙倒立若干分钟，让万有引力和幸运之神充分站到我们这一边。

除此之外，江遹甚至为孩子想好了十几个名字。

"孩子在天上玩，看到我们已经准备了一些特别美好

---

① 我们还有那么多爱要做，那么多幸福正在赶来，我要你成为丈夫也成为父亲。

的名字，就会早点下来。"这是江遹的理论。我觉得也是这样的。

"现在咱家一共两件大事，一是把孩子生下来，二是你拿诺贝尔生理学或医学奖，这玩意不需要填表。第二件事如果难办，将来我和孩子可以给你颁一个，求人不如求己。总之先集中精力把第一件事办好了。"

江遹说完这句话，又扑到了我的身上。

那时疫情起来了，大家过得小心翼翼，宁愿被关在小区里。我们小区有位孕妇出现了流产征兆，准备去医院保胎，但是保安和防疫人员怎么也不让她出门，最后孩子没有保住。

为此江遹还替她难过了好长一段时间。

打开手机里的《明天会更好》，单曲循环。这是我从1985 年开始一直听到现在的歌曲。

"你知道赤马红羊劫吗？人类每隔六十年就有一场大的劫难。"

我自说自话，突然有些累了。为了对付同类，一个把核武器都发明出来了的物种能有什么希望和尊严？许多人决定不生孩子，其实也没什么大不了的，说到底他们不打算参与人类的未来。如果把一个人比作一个种群的话，那么这就是一个种群决定自我灭绝。乍听起来是很残酷，不过无所谓好无所谓坏，恐龙再有几亿年又怎样？重要的是恐龙带着自己的样子曾经来到这个世界上。蚂蚁也一样，总有一天会消失。我甚至认为，人类在自我毁灭之前被大自然抢先毁灭，或许是人类的幸运。说到底，宇宙只是一个小小的舞台，有哪个演员会一直占着舞台不下去呢？

在小区的公园里，有一个仿制的达利的作品——《背负时间的马》。最初是我经常独自在旁边的长椅上坐着，看天上的云彩和地上的昆虫，当然也感受时间的幻觉在身上流逝。江逦来了后，变成了两个人坐着。这里始终很少有人来。江逦说其实这世界上没有统一的时钟，每个人都有自己的时间。我说是啊，更糟糕的是我自己也没有统一的时钟，在我的体内有许多时钟，体内的几个敲钟人东一榔头西一棒槌，经常乱作一团。不过现在好了，不仅有了统一的时间，而且时间停止了，唯独衰老和死亡还在继续。

由于工作原因此前聚少离多，再加上两个人年纪也不小了，所以几年下来我们始终没有怀上自己的孩子。有一天偶然在网上看到长颈鹿都是站着产子，而且小鹿仔刚从母体里分娩出来时要跌落将近两米，江逦几乎准备放弃我们的原定计划了。

"你说长颈鹿为了孩子着想，就不能聪明一点，找个斜坡把小崽子给生了？或者把腿进化得短一点？"

我说其实达尔文本人也怀疑进化论，那些不成熟的想法后来为世人所信奉他同样觉得不可思议。这个世界的谜团太多了，我也不太相信长颈鹿是羚羊一代代伸脖子伸出来的。

而就在这时，我在业内通讯上先后读到两则国外同行的研究，虽然它们并不相关，但放在一起解读却十分有意思。

一是越是聪明的果蝇产卵越少，而且平均下来聪明的果蝇寿命会短百分之十五。

"江遹，聪明的基因副作用太大了。"我说。

另一则是有关屎壳郎的，如果把屎壳郎分成两组，一组实行一夫一妻制，另一组实行自由杂交，经过一二十代后，研究人员发现实行自由杂交的屎壳郎的睾丸明显更大一些。

"越文明越退化。"我接着说。

当我读到这两则研究通讯时江遹正在靠墙倒立，那是她发明的祈祷方式，我们想尽快要一个属于自己的孩子。然而这样的研究结果让人沮丧。

基于前者，你不得不相信我们是生活在笼子里，不光是语言的通天塔随时会变乱，智力的通天塔好像也有瓶颈。一代代下来，我们只是把知识的雪球越滚越大，但是并没有变得更聪明。在进化停滞的前提下，能保证智力不退化就不错了。

至于后者，人类在追求文明的时候，身体在一代代弱化。

"总结：从脑力到体力，接下来是一代不如一代。"我说接下来该给霍尔先生写封信，让他好好研究一下人类文明的深层次危机。不过我能想到他会拒绝，现在他的兴趣全在收集南北战争时期的各种军帽。

哦，对了，有一次见面时霍尔先生和我谈起霍华德·辛顿——另一位英国著名的昆虫学家，和我一样研究甲虫。霍华德·辛顿有个儿子是人工智能之父。

"将来机器人战争，捡不到什么帽子了！"

"为什么？"我问。

"因为机器人不戴帽子啊！"

"可是不是还有人吗？"

"人到时候只在伊甸园里晒太阳，不打仗。"

"什么伊甸园？"

"人类动物园。"霍尔先生狡黠一笑。

"好吧，希望我们自己的下一代不比我们差就行。"江遹继续维持着她倒立的姿势。

江遹有两个表姐，大表姐办投资移民去了美国。等了好几年终于顺利过关，不过到美国后的第一年因为各种不适应以及所遭受的歧视让她饱受煎熬。用她自己的话来说是"眼泪都哭了一脸盆",再加上校园里"白左当道",孩子对"爸妈"这个称呼以及自己的性别都产生了怀疑。起初大表姐还经常向江湄诉苦,后来加入了当地教会,慢慢地就失去了联系。

至于二表姐则是去了日本。二表姐以前做媒体,在圈子里呼朋引类,这些年在日本的京都、大阪一带聚拢了许多中国人。而江湄之所以决定要孩子和二表姐家有个可爱的外甥也不无关系。

"真的是知冷知热,听表姐说每次到朋友家去,他都会精心准备一份礼物。大家都叫他中国小王子。这话不假,记得有一次,夏天看到我有些愁眉苦脸,就说:表姨我们一起出去走走吧,我给你去买冰激凌,他和爸妈移民京都后,不到十岁就和班上一个叫由美子的小姑娘——他的小玫瑰——谈恋爱了,而且他们还约定十五岁的时候结婚……

"有意思的是,夏天曾经开发了一个小游戏,遇到黄金就加分,遇到钻石就减分。表姐问为什么钻石要减分,夏天说因为钻石没有实际价值,碳元素到处都有,而且现在还有人工钻石。表姐又问,要是由美子就是想要钻石怎么办?夏天说那当然还是要给由美子买,因为不买的话她会伤心,而买毫无实际价值的钻石只是损失了一些钱。表姐还问了夏天为什么不娶中国姑娘,夏天的回答是因为中国姑娘收彩礼……"

因为这些温馨的记忆，如果只生一个孩子，江遹特别希望是男孩，最好有着夏天那样的温柔和开明。

"到时候他一定会把我这当妈妈的宠上天。"江遹边说边抚着肚皮。

谁知道就在江遹打算辞去工作彻底回归家庭的时候，她却在非洲出事了。都说艺不压身，可江遹是个例外。因为会几门外语，同时又能替公司应付各方面的事情，公司答应等江遹出完这趟差再考虑她的辞职。糟糕的是，虽然她当时并不情愿，但也没有坚持。

像是一个梦，江遹消失了。我能给自己的唯一安慰是，虽然时间对万物是不平等的，但是万物死而平等。

第 05 节 避难所

syllogism and moulin rouge

"'遖'字，和'南方'的'南'字同音，可能是一个日本汉字，表示天气晴好，在现代汉语里用来赞美所爱的人。"这些年江遖最初和我说的话总是不停地回荡在耳边。现在那位我想继续赞美的人走了。回想我和江遖在一起的日子，虽然因为种种阴差阳错没来得及养育一个孩子，但是我们的生活总体上还算是丰富多彩。除了秉性相投，当然这一切与家里养了两只猫也有一定关系。

　　三段论的生活每天都过得有条不紊，即使后来被关在笼子里也能推测出我把它关在笼子里的理由，如果不能改变现状充其量叫两声就睡觉去了。醒来时还会鼓励我好好工作，如果可能一定要为即将发生的灾难做好万全之策。

　　"主人，准备好求生绳子吧！一旦发生火灾你会逃不出去。"虽然只是住在三楼，三段论难免忧心忡忡。

　　有时候我会好奇三段论看上去为什么既冷酷又柔顺，

而且善解人意。后来塞巴斯蒂安帮我查到了一些资料，说这种夏特尔蓝猫最早是从法国格勒诺布尔附近的一家修道院里培育出来的。而且因为皮毛好，当地人为了贩卖它们的皮毛，差点让夏特尔蓝猫绝种，所以它的那种谨慎甚至世故是刻在骨子里的，已经刻进了世世代代的基因。

红磨坊消失一年以后，江遹从路边捡回了一只橘红色的小猫。我们在网上查了许久才确定这是一只彩狸，由三花猫和花狸猫杂交而来。江遹之所以把这只猫捡回来是因为它的右脸有一块印记，看起来像戴了独眼眼罩的海盗。我说叫它"杰克船长"吧，反正你喜欢《加勒比海盗》。江遹说在路上她已经想好了名字，还是叫它"红磨坊"吧。这样名义上原来的两只猫还在，开始可能不习惯，但叫叫也就习惯了。就这样我们有了第二只红磨坊或者 Moulin Rouge II（红磨坊二世）。

和我的专业不同，江遹本科学的是物理。谁也没有想到的是，这位物理系的高才生最后改学了西语翻译，而且毕业后没过多久就被单位派到了非洲，之后又是南美。很不幸最后江遹是在非洲感染疟疾死的。由于发病急，当地医疗条件差，公司派专机将她直接送到了瑞士也没有救过来。据说最初转院的时候江遹还偶有胡言乱语，接下来是深度昏迷，甚至连呼吸都要靠机器维持，就这样没等我赶到日内瓦时她便已经撒手人寰了。

如果我能劝动江遹早些辞职就不会有这出悲剧，记得那时候她常会拿《喜剧之王》里的经典台词"你养我啊"来和我开玩笑，可是我为什么不坚持呢？现在说什么也晚了。还有一大遗憾是，虽然我们相处几年，一起走过了世界上的许多地方，可我没有带她到长江边的江南去走一走。这是她未竟的梦想。

现在我孤身一人，每天与两只猫为伴。至于江遹留下的东西，除了捡回来的那只红磨坊外，剩下的就是墙上的一堆面具和十几本旅行日记了。

我和江遹住在靠近郊区的地方。一个高档小区，除了公寓里面还有几排别墅，过去住了不少外国人，现在却很少见到他们的踪影。还记得在我们认识的人里有一个中国老板，他经常在家里举办流水席，中外宾客络绎不绝，现在连他自己都失踪了。不是进去了就是出去了，我想。不过既然不知道就一直不知道也挺好的，我懒得去问个究竟。人不是有薛定谔之猫的困惑吗？

现实是全球化突然间变成半球化了。原来热热闹闹的世界，像是经历了一场乳腺癌手术，两个乳房切掉了一个。或者说，地球像切西瓜一样被切成了两半。

说到这，忽然想起我在小区经常遇到的一个法国女人，她一边侧峰突起，另一边却是平原，想必就是做了这种残酷的手术。我丝毫没有嘲讽她的意思，现在世界就是这个样子，失去了一些东西，也失去了美和平衡。当然有些事情可能只是个习惯问题，如果女人本来就只有一个乳房，男人也不会觉得有什么不好，毕竟人身上的器官并不必然是成双成对出现的。

非常遗憾，江遹最想有一个《牡丹亭》里的后花园，谁知就在我们计划着将来换房子时她已经出事了。作为弥补，我在墙上贴了一幅《牡丹亭》的海报，只因为上面有"良辰美景奈何天，赏心乐事谁家院"。

我们的家是一个两室一厅的小房子。不过虽然两个房间都很小，但是有一个大厅。在大厅的西墙上挂着一二十个面具，有三星堆的、印第安人的、维京海盗的——看起来既像外星人又像是一个栗子，还有几个威尼斯的，包括半遮脸的 Colombina（鸽子），奢华的 Dama di Venezia（威尼斯贵妇）以及猫脸 Gatto（猫）。威尼斯面具是江遹在意大利旅行时忘了买后来又托朋友特别捎回来的。

"那是我第一次真正接触面具，在威尼斯也只是匆匆路过，当时没来得及买，在回中国的飞机上我后悔死了。"每当江遹回想起这段经历时像是回忆一道错过的美味甚至唯一的男人。

"还有什么错过没买的？"

江遄说在瑞典的时候看到一个带翅膀的头盔。这种翼盔比牛魔王似的角盔好看多了。不过她当时在商店里找了一下，没有找到合适的。

我说现实中找不到的，那就想象一下吧。实在不行下次去南美旅行的时候捎一只巴西角蝉回来，这种昆虫头顶上像是长了一副球形螺旋桨，我第一次知道它时就觉得它比蜻蜓更像外星人的直升机。实在不知道比翼盔好玩多少倍。

江遄说好吧，在这点上她听昆虫学家的。

除了上面提到的那些面具，在江遄精心布置的面具墙上还有一个是侧面镶嵌着红玫瑰的，那是江遄过生日时我找南方的厂家为她定制的。这个玫瑰面具除了有与众不同的荧光蓝，背面还特别印了 Scholé and Smile。scholé 这个词是江遄教我的，在古希腊语中 scholé 本是"闲暇"的意思，很少有人知道它竟然是 school 的起源。回想我当年为了学校的各类毫无意义的考试都忙成什么样了！还有我们屡败屡战、论持久战的小司马老师。

可能因为这些旧物还在，我总觉得江遄没有真正离去，只是我说话的时候再也听不到她的回应了，包括她爽朗的笑声。是这样的，江遄的消失让我的生活至少塌去了一半。当然不仅仅是我和她再也不能一起做三段论游戏或者互相说笑话了。

"如果每天能够换一个面具出门就好了，而且遇见谁也不用摘下来。"江遹说。

我说，你是害怕化妆耽误时间吗？你天生丽质，有那么好的骨相，基本涂点口红就可以了。

江遹说不是，以前在威尼斯有的人一年还戴八个月面具呢，那是法律规定的上限。

"是吗？那可真有意思。全年化装舞会。"

"你知道的，我喜欢面具不是为了演戏，也不是为了坑蒙拐骗。一方面是因为面具让人自由，你看平时那些站在你面前滔滔不绝的人，那是他们自己吗？有几个不是戴着人皮面具？反而那些在网上匿名的人，会更真实一些。为什么我对朋友圈那么反感？现在已经实名到令人窒息。此外，我喜欢面具还因为在不同的面具下可以想象自己可能拥有的人生。以及，有了面具相当于为自己日常的表情覆上一层铠甲。"

我说你的这个说法还真不错，戴面具不是为了伪装，而是为了一劳永逸的表情管理。当然逻辑上也可能推出是为了节能环保。

"对于现在来说，更重要的是……"看起来江遹又开始沉浸在自己的推理世界了。

"是什么？"

"如果我走到大街上去，现在到处是摄像头，戴上面具就可以把身体和灵魂都伪装起来。"

"这个我同意。如今一个送外卖的破公司都在搜集人脸认证，他们真好意思。国家也不管管。"

"现在你知道面具是什么了吧？"

"是什么？"

"世界上最小的避难所。"

好吧，我说那咱家里有一墙的避难所，而且每一个面具里面都藏着一个平行空间。

而现在避难所还在，江通却消失了，也许是去了另一个平行空间。有一天我甚至看见在面具的间隙里有一只蜘蛛坐着它苗条的电梯下来了，直冲着我笑。这些年来，时间仿佛静止于一片废墟之上。在我的心里，江通渐渐变成了我回不去的伊萨卡岛，走不出的滑铁卢。

"如果我先死了你会怎么办？"记得是在红磨坊失踪后的某个晚上，江通突然这样问我。

"放心吧，女人通常都比男人长命。"我告诉江通类似情况不会发生。

"我是说，如果我先死了呢？"

"那我就进京赶考，等着你复活。"

江通笑了。这是她期待的完美答案，而她之所以喜欢汤显祖甚于莎士比亚就是因为杜丽娘能够死而复生。

"人类在自然面前已经够渺小的了，作家和编剧们为什么不对众生好一点？在大地上死了一次，又在文人笔下死一次。"

当时我对江遹的这个想法不以为然，直到她再也没有回到这个家里，我开始理解她希望我是柳梦梅，她是杜丽娘。

情不知所起，一往而深，生者可以死，死可以生。生而不可与死，死而不可复生者，皆非情之至也。

——汤显祖《牡丹亭》

和满墙的面具相比，该如何面对江遹留下来的日记？打开还是不打开，这是一个问题。不过秉着"存在，但是从不出生"的原则，我只是简单看了最新的一本日记就放弃了。

我仿佛看见江遹一边盯着我一边说现在到处是摄像头，戴上面具就可以把身体和灵魂都伪装起来，而日记也是她小小的避难所。为此我愿意我的生命中有两个江遹，一个是完全向我敞开一切的江遹，另一个是戴着面具的江遹。我的意思是，过去没有摘下的面具，现在也不能摘下。

显然嘉木舅舅也比较认可我的做法，他觉得还是留下一些未知的东西更好。而嘉木舅舅给出的另一个理由是将来的人类对我这一代的考古将围绕着大数据展开，在这种"电子掘墓"面前，每个人都将被扒得体无完肤，比如你哪天买了避孕套和验孕棒，哪天偷偷和情侣入住某家酒店，提前买了一盒伟哥……既然每个人都被迫在探照灯下生活，那么哪怕只是在亲密的人那里保持一点人的神秘性也不是坏事。至少他会认为人是需要一点隐私的。

"没有奇迹，没有例外，没有偶然的拐弯，只有一条大直道，所有景观都一览无余，所有人都只能奉行一加一等于二……生活在这样一个既没有黑暗也没有秘密的世界，真的是既乏味又可怕！"

记得那天下着倾盆大雨，嘉木舅舅是倚在门框上和我说出上面一连串话的。

我说你完全不用担心，反正没有出生，只要我不和人提起就没有人知道你的行踪。

嘉木舅舅说他不是担心自己，只是觉得保护隐私很重要。

"更可怕的是，那些日记就像伊甸园里的苹果，你翻开它就等于吃下它，说不定接下来你就会被逐出伊甸园了。"

我说当年我就是在知道了伊丽莎的一些秘密后被命运逐出了伊甸园的。现在我保证不好奇了。就像江遄躺在我的身边，我不去切开她的肚子，她还是完整的人。

虽然完全信任江遹，但我不知道自己是不是"一朝被蛇咬，十年怕井绳"。

此前我曾问过江遹是不是被拐卖的儿童，为什么几乎没有和父母来往，得到的两条线索，一是她的祖上是江西临川（今江西抚州）人，但不知道哪一代开始外迁最后变成了少数民族。也可能江遹是潮州人，印象中我好像在哪里见过她。应该是在某张照片里，看上去只有十几岁，脸上涂着胭脂，提着一个花篮一颤一颤地走在小街上。后面是她同样青春年少的同伴，而在整个队伍里就数江遹最温婉动人、落落大方。二是发生在她童年的一场婚变让那个三口之家分裂成了老死不相往来的三国。

我孤独的雅典娜！我清婉的杜丽娘！看她平时若无其事的样子，最初我甚至揣测江遹是和我父亲一样的人——对于从前认识的人来说是永远消失在人海，对于眼前相处的人来说又像是从天上掉下来的。

"每个人都有其孤独的来处，也会有其孤独的去处。有时候我真觉得一切生命就像是大雾里的海盗船，开始看着可能挺美的，毕竟是雾中风景，人类的足迹嘛，但接下来实际上没有谁会真正欢迎我们。即使你从来不劫掠，逢人就馈赠礼品，即使告诉他们你是世界上最善良的人。"

记得说这番话的时候，正是我在家陪江遹过中秋的那天。当时她已经动了辞职的念头，不知许了什么愿望。那也是我们启动造人计划的第二年，不过事情比想象的要困难多了。

"我准备放弃了。"江遹说。

"放弃什么？"我说。

江遹说她不想生孩子了。现在只有两类人爱生孩子，一是有钱人，他们需要继承人，为自己一生辛苦寻找意义；二是穷人，还想着通过人多力量大来改变命运。至于中产阶级，日子过得好好的，何苦受那罪！

看着江遹沮丧的样子，我知道她是遇到事情了。

过了几分钟她告诉我外甥夏天在日本被人打掉了两颗牙齿。

"那么善良的一个孩子，被一个同学霸凌了。夏天比那个同学高了快半个头，可是没有还手，因为他不知道如何打架。表姐说，即便是这样，夏天还劝父母不要去找那家人算账，说是让同学当着那么多人的面道歉太难为情了。可那家人也真好意思，死活不肯公开道歉，闹到区役所也没用。那孩子好像没这根弦，两个小朋友之前其实是好朋友。有一次他们相约去动物园，结果赶上转天下雨。夏天撑着伞在雨里等了两个小时，那孩子没有来，事后也没有道歉。

"夏天真的是一个小菩萨，牙都被打掉了还在为别人着想。十几天都没有哭一下。你知道他唯一着急的事情是什么吗？"

我说，是什么？

"夏天从医院回来后花了半个小时找掉落的两颗牙，但是只找到了一颗，所以他有些着急了。他想把落下的两颗牙带回去给妈妈用盒子装起来，以前换牙的时候都是这样做的。表姐说起这事没忍住和我哭了起来。"江通说。

我长叹了一口气，说如果回到80年代，所有移民的人都相信自己去的地方会既富裕也更文明，那种幸福是确定的，就像当年的美国梦一样。如今整个世界都在崩坏，去哪都提心吊胆，甚至包括巴黎也不像从前的样子了。布罗代尔的警告，那一代人都当作了耳边风。哎，以前是"贫贱不能移"，现在恐怕是富贵也不能移了。

我谈不上富贵，如果在美国小镇上有所房子不小心着火了，而赶来的私营消防队和我讨价还价，就这样眼睁睁看着房子化成灰烬，那也是件非常难为情的事情。类似的故事是我从梁巨轮那里听来的。

再早个一两百年还有个逃禅的去处，现在地球太小了，小到完全不够人类逃亡了。要不马斯克怎么总想着往火星上跑呢！哎，地球真的只是人类的摇篮，可是许多疯子总想着打翻这个摇篮，再放上一把火。你知道的，全球化也是一场场有关不同种族、宗教团体和政治正确分子的细碎的战争，拼成一个更加巨大的战争。记得嘉木舅舅和我说过，其实第三次世界大战很早以前就打响了。

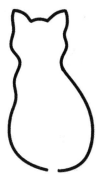

syllogism and moulin rouge

最早知道三段论这个概念是在我读初中的时候，当时有一位复姓司马的老师，五六十岁了，虽然个子不高，但我们都叫他大司马。大司马老师本名司马白，满脑门都是皱纹，主要负责教我们英文，同时带了一位年轻的女实习老师。据说大司马老师是学农学的，解放前毕业于中央大学，有时候会在课余培育杂交水稻，希望研发出一个改良品种可以让水稻长得和芭茅一样粗壮。但是……众所周知，他没有成功。大司马老师喜欢在校园里散步，课间休息时我总能看见他一只手摸着额头，另一只手越过皮带插入小腹。而学校里那些生性调皮的男生暗地里爱开他的玩笑，说大司马老师每天就顾着两头，一下课就一手摸大头一手摸小头。

　　言归正传，就是这位老师在一个大雨天教我们唱完了儿歌《十个印第安小男孩》，接下来他又讲起了我们闻所未闻的亚里士多德、柏拉图和苏格拉底。这便是我特别喜欢的大司马老师，我心中的王牌。虽然他教的只是英文课，但在课堂上总是天马行空，什么知识点都信手拈来。我出国留学的梦想最早也是在他的课堂上点燃的。

"外国的月亮并不比中国的圆，但是外国的月亮比中国的月亮多一副眼镜。"大司马老师上课风趣幽默，第一节英文课他就以自己独特的方式教我们记住了英文单词moon，以至于好多年以后我在看见月亮时偶尔还会想起大司马老师戴眼镜的样子。和江通第三次见面时我便和她提起这位英文老师，当时她对我也是充满了羡慕。

精彩的还在后面。谁也不会想到，这一天的课将在很大程度上改变我后来的生活。兴之所至，在说到亚里士多德的时候大司马老师和我们介绍起了"洗逻辑"（syllogism）。

　　大前提：所有的人都只有一个头，

　　小前提：你是人，

　　结论：你只有一个头。

这就是三段论。

大司马老师为举例证明说出上面这段话。当他把这段话写在黑板上的时候，班上的那些坏孩子都笑了起来。他们挤眉弄眼交头接耳笑大司马老师明明有两个头，却张口说瞎话说自己只有一个头。作为男人，如果只有一个头那就麻烦了。

我站了起来，作为初三一班的英语课代表说大家不要这样说我们的大司马老师。站在旁边的那位女老师以为我在捣乱，便用非常流利的英文短语要我 shut up（闭嘴），害得我结结巴巴一时竟说不出话来。有同学就在边上起哄，老师你看他的嘴不是本来就闭上了吗？

我之所以护着人司马老师是因为他曾经在我们村下放过，当时村里人同情他，只让他放牛，不让干重的体力活，这样他不仅能看书，还能照顾他的智障儿子。听村里人说，冬天的时候大司马老师每个月都会带儿子去县城里的公共澡堂洗一次澡。我还遇到过一次，父子俩差不多一般高，儿子总是低着头走在前面，大司马老师走在后面，像一个孤独的牧羊人。

没有人知道其实大司马老师还救过我一次。有天晚上，我正在路上走着，嘴里嗍着一根冰棍，突然听到后面有人正吱哇乱叫，转头一看是一队日本兵正朝我跑过来。差不多就只有两三百米的距离，眼瞅着越来越近。我吓得一激灵，于是赶紧往前跑。前面离我不远处是一片森林，只要跨过中间的水稻田我就可以躲里面了。然而当我跳下水田发现水稻实在是太矮了。就在这时有只蚂蚱说，不要回头看，一直朝前跑。我想肯定要被日本人的乱枪打死了。但是眼下我也只能死马当活马医，继续跑吧，只是脚陷在泥里怎么也快不起来，还不如开始在小路上跑，即使死至少也跑个痛快。可惜了，这辈子还没有谈过恋爱入过洞房就要死了……就在我停下来准备仰天长啸的时候，没想到天空竟然被绿色的芭茅遮挡起来。

"我们不是芭茅，是水稻，刚长起来的，大司马老师派我们来救你了。"水稻齐声说。

紧接着另一个恍恍惚惚的声音飘了过来，说大司马老师其实是一个秘密诗人，他因为写诗已经被捕多次。

事情的经过就是这样，大司马老师在梦里救了我，他是我的恩人。我不能梦醒了就什么都不认了，我不能说在梦里救了我不是真的救了我。我不能忘恩负义。所以当其他同学嘲笑他的时候，我就有充分理由挺身而出了。

印象中大司马老师和我单独聊天时说过意味深长的一句话："法律并不必定保护人类自身。"虽然当时我听着不是很懂，但即使是根据大司马老师教我的三段论，在我运用熟练后也可以轻松得出最后的结论：

凡我所经历都是我的现实，

凡我所梦都是我的经历，

凡我在梦里被救即我在现实被救。

女老师的呵斥让我觉得自己受了莫大委屈，一气之下，我跑出了教室，直接去松树林里练习踢腿去了。那天我穿了一双刚刚买的球鞋。当时还是初夏，林子里凉风习习。每天中午，我们有不少男生都会到这里来活动手脚，不是用拳头砸树，就是互相踹，看谁的腿更硬，脚桩最稳，谁先倒下。我因为身体比较瘦弱，比芦苇强不了多少，算是这片松树林里的常输将军。奇怪的是，这天松树林里有一种诡异的气氛，我看到几只鸟正在枝头上吃自己的翅膀。没多久它们便从树枝上掉了下来，一起死了。更奇怪的是，我后来又看到了几次。而且看到一条白色的蛇在远处哭泣。多年以后读到詹姆斯·赖特的诗歌《树枝不会断》，我便立即想起了这个场景。这世上有足够多的树枝供鸟类栖息，可是没有哪只鸟会拥有永恒的翅膀。江通说当时我看到有鸟在吃自己的翅膀，可能是潜意识里想逃学，不想让照本宣科的课堂把自己的翅膀吃掉。我说当时想逃学倒是真的，而且逃学后去得最多的地方是秋水寺，不过最后还是免不了庸庸碌碌以所谓优异的成绩考了大学。

松树林的南面是一排教工宿舍，今天受了气，我正好可以在那里耀武扬威。当我走近一排教工宿舍时，听到了《枉凝眉》的歌声，于是就站在那停了下来。说来也是凑巧，透过那间教工宿舍的窗子，我看见一位老师正和一个年轻女孩在亲热。这位老师就是我在后面会提到的小司马老师。就这样，大司马老师课上关于人究竟有几个头的小插曲早已经被我忘个精光，现在我脑子里想的只剩下那个女孩的名字了。

直到很多年后我和江遹一起去蹦迪，当领舞的老男人站在高台上疯狂喊着"大头小头甩起来"的时候我又想起了大司马老师，那时候他已经死去很多年了。而他的智障儿子在大司马老师死了以后，学校把他托付给食堂里的一位师傅照料，据说因为洗澡着凉，没多久也死了。

暂且抛开上面这个悲伤的故事，细想起来我的那些调皮捣蛋的同学是对的。人的确是用两个脑袋在思考的，有时候跟着理性走，有时候跟着情欲走。特殊情况下他还会跟着心灵走。如此一来人就像蚯蚓一样被截成三段，它们分别是上中下之理性、心灵和情欲三部分，这是我的三段论。而且这三段既可能是各活各的，也可能两个部分合成一组，孤立第三部分。三部分能在一起协调的，则实属罕见。你大概知道，虽然情欲能带来新生命，但情欲往往也是毁灭性的。而心灵追求又鼓励自我牺牲，有时候它强大到会压倒情欲。至于理性同样可能压倒一切，既然人不能在一个山洞里藏进大海，我们这小脑袋瓜子为什么开口闭口都是天空、群星甚至整个宇宙？

当然我致力研究的瓢虫这三段基本都没有。严格来说，昆虫的交配本能和人的情欲也是有着天壤之别的。

简单说，现在我相信的三段论是这样的：

（一）

世界是荒谬的，

我的生活也是荒谬的，

我在世界之中。

（二）

所有的生活是荒谬的，

所有的荒谬是真实的，

生活是真实的。

伊丽莎

syllogism and moulin rouge

在爱丁堡做交换时曾经遇到一个巴基斯坦老头，他是一家小餐馆里唯一的招待，我经常到那里吃印度咖喱饭。一来二去混熟了就会听他讲自己在巴基斯坦和英国的故事。老头本名拉贾帕克萨，以前在巴基斯坦的一所中学教历史，虽然对英国的殖民过往耿耿于怀，不过来了英国后他还是希望别人叫他爱德华。

有一次，爱德华在嘲笑我作为中国人只能生一个孩子后，又得意扬扬地向我炫耀他不仅在巴基斯坦有三个老婆，而且在这座被称为"北方雅典"的城市还有一个本土情人。

更让爱德华骄傲的是这个英国情人的阴道是纯棉的，他说他非常享受。

我说这是我听过的最糟糕的比喻。因为这个没有水分的比喻，我甚至怀疑他的英国情人是一个老处女。

"你知道的，东方人不容易进入西方女人的身体，不是因为东方男人身体不行，而是因为西方女人下身装了一把观念锁，你想 through thick and thin[①]，可没有点魔法东方人是进不去的。"

我说那你加油！那时候我还年轻，做爱的事情只是稍微听过一些，刚说完就忍不住哈哈大笑。没多一会儿，一老一少两个男人肆无忌惮地谈起了性。

爱德华说，在女人那里男人不仅要身体进得去，精神也要进得去。像他现在这样的年纪，拿着一张西方女人的照片意淫，虽然身体没有进去，但如果精神上进去了，就算是"体外射精"也会带来快感。

我说中文里有两个成语可能特别准确地形容了这种快活，一个是排山倒海，一个是天人合一。

爱德华听后对"排山倒海"这个成语尤其感兴趣，还特别嘱咐我写下来，说是要给他的英国情人看。在知道我是从巴黎过来做短暂的学术交换时，他还一遍遍建议我回巴黎后一定要到红磨坊去看看，那是法国人给全世界开放的情色码头，作为东方人理应好好珍惜这让世界充满情欲的机会。如果没有忘记他，务必代他向法国女人问好。

现实中的红磨坊在上学的半路上，当时我就住在蒙

---

① 同甘共苦。

马特高地，脑子里装的总是劳特累克的红磨坊海报、奥芬巴赫的音乐、暧昧的舞台灯光下飞扬的大腿，但是我从来没进过。直到有一次塞巴斯蒂安说走吧，他请客，我才有机会越过许多人头看到露着胸脯的女人。这些浓妆艳抹的尤物，她们头上插着羽毛，屁股上夹着丁字裤，时常做一些撩人的动作，骄傲得像一群可以下蛋的公鸡。回想那一夜我也算是混迹于上流社会，在灯红酒绿中阅尽人间春色。红磨坊的好处就是它严格挑选舞女却不严格挑选客人，你只要买得起一张门票就能够进去。有意思的是，当时我明明是在人间天堂，耳朵里听到的音乐却是《地狱中的奥菲欧》。我不知道观看这样的盛世繁华和欣赏一张照片没有什么不同。更别说，照片还可以随身携带，现场却转瞬即逝。

对此，塞巴斯蒂安的建议是安心享受即可，人生只有片刻欢娱。如果不能沉浸其中，人生就没有欢娱。我说这倒也是，人生都不长久，命都不是我们的，何况附着在上面的灰尘。我承认，在这世界上没有谁能拥有一粒尘土，虽然命运最后会把我们还原为一粒粒尘土。仰望星空，你一定心怀敬畏，可是那浩瀚无垠的宇宙又如何呢？就像诗人熊培云说的，唯有观念是盛放永恒的容器。毕竟，和渺小的人类一样，宇宙也并不拥有自身。

从塞巴斯蒂安那里我第一次知道红磨坊也是法国康康舞的发源地，它原本是一种社会底层妇女如洗衣女劳动时跳的舞蹈。典型动作是高踢腿、大劈叉和撩长裙，有时还会半裸着身子，一边跳舞一边模仿鹅叫。有人认为是下流放荡，有人认为是妇女解放。我说这两个本质上没什么区别，下流放荡和妇女解放都会给男人必要的好处——可以到女人的磨坊里去拉磨。塞巴斯蒂安说可惜以后人们互相拉磨的机会都没有了。机器会把人赶走，人再也不需要人了。

那时候我还是想尽量满足自己给女人拉磨的欲望。我爱上了法国姑娘伊丽莎，她个子不高，长着一双清澈的眼睛和两座怎么也绕不开的山峰，像是从杂志里走出来的。我们是通过小王子认识的，当时我从 FNAC 买了一盒《小王子》的有声书，一路上边走边听，后来干脆在路边的长椅上坐了下来。

在我不远处是一个流浪汉，他低着头斜靠在墙角，其中一只破鞋前面裂开了口子，草草地被白鞋带绑着，像是一只皮制的草鞋。最引人注目的是他手里举着一根竹竿，竿子的末端系着半米左右的绳子，绳子下面悬着一个可乐杯。毫无疑问，流浪汉是在向往来的路人行乞。这个造型让我仿佛是在异国他乡遇到姜太公。想想巴黎这样的大都市的确像原始森林，人既是人也像各式各样的动物，街道既是山路也像河流，所以一个乞丐坐在路边钓鱼也没有什么不可以。只是那一刻我并不想变成上钩的鱼，只是远远看着，一欧元也没舍得给……然而我在另一个地方上钩了。就这样我一边听着《小王子》一边浮想联翩，不知道过了多久伊丽莎像鱼钩一样游了过来，她穿着精致但是看起来很沮丧，也在我那把椅子上坐了下来。我是鱼，我闻到了酒味。大概是看到我在听《小王子》，伊丽莎夺走我右耳里的耳塞，和我一起听了起来。这也是后来当我们决定在一起时她会说我是她的小王子的一个原因。

"我的名字，是不是中文的'一粒沙'？"伊丽莎似乎对中文很感兴趣，要我把这三个字写给她看。

我说可以这么理解，而且这是一个非常有趣的解释。

那个下午是我最春风得意的时候，虽然天下着蒙蒙细雨，差点把我淋成了落汤鸡。不得不承认，在伊丽莎低头看我写的"一粒沙"时，她幽深的峡谷在我面前几乎一览无余，刹那间我对眼前这个春意萌动的女人已经起了歹念。当时我的逻辑很简单。美女喜欢男人，我是男人，美女喜欢我。同样，如果我疯狂地爱她，她必定也会疯狂地爱我。

最开始故事的确是这样发展的。伊丽莎的目标是成为巴黎国立高等美术学院的学生，申请了两次都不顺利。不过她对艺术的狂热是显而易见的。在确定交往的第二天，她就带我去了蓬皮杜艺术中心。在那个炼油厂一样的地方，我们着重看了俄罗斯裔画家夏加尔的两幅画。一幅是《埃菲尔铁塔前的新人》。在那幅画里，埃菲尔铁塔是蓝色的。铁塔底下，夏加尔与太太贝拉正甜蜜相拥。另一幅是《双重肖像和一杯葡萄酒》。据说夏加尔在创作这幅作品时，正是他与妻子贝拉结婚两年后。画面上，贝拉身穿白色婚纱，夏加尔坐在贝拉肩上，手中高举葡萄酒，头上还有一个紫衣小天使。当时我在想，也许我和伊丽莎一起看这幅画就是在我们结婚前的两年。

"为什么夏加尔骑在妻子的脖子上，这有点欺负他的女人了！"说这话的时候我明显有点讨好伊丽莎了。

"不是不是，"伊丽莎并不领情，她没打算站在贝拉一边，"看来你是对夏加尔的画不了解，他和妻子经常是飘浮在空中的，也就是说是飞起来的，他们一个是艺术家，一个是艺术家的缪斯，不受地心引力的影响。试想一下，一个气球飘在另一个气球上面，有时还会翻转过来，继续贴在一起，这是一件非常浪漫的事情。"

傍晚两人坐地铁一起回到伊丽莎的住处，这是一个顶楼，有斜窗和可以走出去的小平台。在进屋的时候伊丽莎挽着我的胳膊说我是第一个到她住处来的男人。这让我有些受宠若惊，同时也为自己多年来的迟到在心中暗藏歉意。

"这姑娘多正直，正直到连性爱都没有。"这是伊丽莎给我的第一印象。大概也是从那一刻起，潜意识里我就有了一种想帮她不那么正直的冲动。

记得那天我们开了两瓶波尔多红酒，也许只是说漏了嘴，经过闲谈才知道其实伊丽莎不是法国人，而是多国混血。

对于这个血统复杂的家族，若干年后我并不十分准确的记忆大概是这样的：

伊丽莎的爷爷是中国人，大半辈子生活在哈尔滨，据说年轻时还拉过洋车、做过胡子（也就是土匪）。奶奶是印度人，早年从上海逃难到了东北。1950年伊丽莎的父亲随家人经西伯利亚来到莫斯科，并在当地娶了一位教绘画的漂亮女教师，也就是伊丽莎的母亲。同样复杂多变的是伊丽莎小时候信仰东正教，读高中时交了一个波兰裔男友之后又离经叛道改信了天主教，不过在我看来她只信自己。为了追求艺术，前几年伊丽莎只身来到巴黎。她最欣赏的艺术家是生于贝尔格莱德的玛丽娜·阿布拉莫维奇。而伊丽莎的外婆正好是塞尔维亚人……嗯，大概是这样。不过现在回想起来，我知道这些话只能听一半信一半，或者都不信。

"为人类的精华干杯！"我举起酒杯。当时我是这样想的，虽然伊丽莎不是生在法国，但是在巴黎生活的女郎至少可以说是半个法国女郎。就这样我们继续开怀畅饮，聊着聊着酒劲上来了，伊丽莎一口一句 mon amour（亲爱的），紧接着一边吻我一边脱去我的衣服。然后我们顺势滚到了地面已经铺好的画布上。当我的埃菲尔铁塔填满了她的塞纳河，一切如此美妙！又像一堆干柴遇到烈火，两具年轻的肉体就在画布上燃烧起来。

几个回合之后，两人已经气喘吁吁，伊丽莎站起身打开一大罐蓝色颜料，用布料分别涂在我和她的身上。我是客人，现在只能客随主便，一切任其摆布，而酒后的疯狂还在继续。在伊丽莎的示意下，我们抱在一起把蓝色的身体之印留在了画布上，根据不同的体位一共四幅。直到这时候我才意识到在蓬皮杜看到克莱因的作品《蓝色时代的人体测量》时，伊丽莎为什么会朝我邪魅一笑，说我们的作品应该会比克莱因的作品更好一些。伊丽莎说她喜欢提纯了之后的蓝色，它不仅是宇宙最本质的颜色，也是爱情的底色，而这幅画将是对我们爱情最好的见证与纪念。那一刻我知道我要彻底沦陷了。我像是一只暗夜里的青蛙，在伊丽莎浪漫的强光照耀下开始一动不动。我甚至认为，伊丽莎就是我要寻找的可以永远在一起的女人。

如果可以用什么来形容伊丽莎，她是醉酒的玫瑰。伊丽莎经常穿着一件红裙子来找我，然后我们疯狂地做爱。年轻的时候为了避孕，通常我会中规中矩地戴上杜蕾斯，然而用了两次伊丽莎都觉得不舒服，像是床上有其他人。她这么说的时候我想起乡下给猪配种，如果公猪过于肥大而母猪后肢承受不起时，守在边上的猪场配种员会将公猪抬起，另一个则把公猪的长矛往母猪的体内放。这杜蕾斯就相当于站在边上的那两个配种员。我说是不舒服，人类已经进化到这里了，技术上前不着村后不着店也没有其他更好的办法。可是伊丽莎依旧无法忍受。她甚至认为这种做爱的方式实际上是在搞种族隔离，是在两个相爱的人之间修建柏林墙。我记得国内正好是清明节的那天，当我还在伊丽莎体内探宝时，她翻起身，拿起床头早已备好的剪刀，直接把我身上的杜蕾斯拽出一截然后剪掉，尽管那一刻她是那么地小心翼翼，可是面对眼前这一幕就是再威猛的男人都会觉得毛骨悚然。

不过出于对伊丽莎的信任，包括信任她对幸福的渴望，我还是纵容了她的胡作非为。就这样没多会儿杜蕾斯变成了一条透明的七分裤套在我的身体上。

"Parfait（完美）！"

为了延续某种荒谬感，我靠着剩下的半截杜蕾斯继续在她身上大兴土木，直到它卷成一枚皮戒指套在我身上。很多年以后想起这件事我会忍不住笑，就像看到一个孩子因为身体发育太快，腿露在了外面。

自从伊丽莎对杜蕾斯实施斩首行动以后，我再也没有和她一起用过杜蕾斯了。伊丽莎觉得那种人与人之间的隔膜太反人类了，所以宁可吃紧急避孕药来伤害自己的身体。

偶尔伊丽莎会用老式拍立得相机给我们拍春宫照，好作为以后的创作素材。有一次，她据此创作了一幅波普艺术风格的画，然后从塞纳河边找来沙土、碎石和枯叶，用它们的混合物将画作打磨做旧，说是要绘制一组历经沧桑的爱之杰作。伊丽莎说她这样做也是受到克莱因的启发，克莱因曾经把一幅已经完成的画绑在汽车车顶上，然后驾车远行，只为了让大自然的风吹日晒继续完成下一步。

而且伊丽莎真的这样做了，她找人借了一辆老掉牙的二手车带我去诺曼底兜风，车上绑了那幅她即兴创作的画。一路上我们聊萨特的情人与加缪的车祸，不时开着车主的玩笑，说在法国谁的车最破谁就一定是左派。由于车况不好，大约过了五个小时才哆哆嗦嗦来到艾特塔小镇，不过随后很快我们就走在了离象鼻山最近的海滩上。在蔚蓝大海的映衬下，这一天的伊丽莎显得尤其风情万种。我一次次举起相机给伊丽莎拍照，不断夸赞她比任何一届世界小姐和传说中的海伦都漂亮。伊丽莎认为我说的是对的，于是突发奇想要拉我进海里游泳。就这样我把相机和鞋子都扔在了岸上。大概几分钟后，当我们回到岸上时，发现怎么也找不着相机、衣服和鞋子了。还好，在意识到是被海水涨潮卷走了时，我还是冒着危险努力把它们一一捞回。可惜跟了我几年的相机。随后找到附近一家数码相机销售点，工作人员拆开相机里面的电子元件，已经白茫茫一片。

"走吧，它已经死了，停止呼吸了。"我说。

按计划本来还要去一趟圣马洛的，那里有世界上最高的潮水和夏多布里昂的墓地，现在一切都泡汤了。还好，回巴黎时我们只开了四个来小时。

这次的诺曼底之行让我一度非常懊恼，不是因为故地重游遇险，而是有些东西一旦失去了就越发觉得它美得不可方物。相机和存储卡坏了，伊丽莎的那几张海伦照只能留在我的脑海里，直到未来某一天我在海边的那一帧帧记忆也都渐渐消失了踪影。

我被感性之美俘获了，我知道自己当时已经不可救药地爱上了伊丽莎。就像一只蚂蚁遇到猎椿，当猎椿从腹部的那个圆孔里释放出麻醉剂的时候，我竟如此迷醉。我愿意把一切甚至生命都奉献给它。当时的确是这样想的。如果可能，我愿意和伊丽莎结婚。想象清晨醒来，一起躺在宽大而明亮的床上。明智之士都知道，对于热爱自由的人来说，结婚不只是精神上酷刑，也是肉体上的死亡。而我已经准备好了这种双重丧失。我不是爱情党，但是为了爱情我已经准备好随时就义了。

哦，令人晕眩的爱情！

由于被盲目的热情燃烧，伊丽莎经常通宵达旦地失眠。也许还有其他原因，我不确定。那时候她想通过画插画养活自己。和她在一起的时候，我总是半夜被她叫醒听她讲创作灵感。有些突发奇想甚至有些残忍，比如将一只鸟的翅膀折断，然后在翅膀上涂上红色的油彩，让它在画布上留下"飞翔的印迹"。实话实说，虽然我没有看见伊丽莎真的这么去做了，但她的这个想法让我消化了很久。毕竟在我看来光有美是不够的，还要有善意。

或者只是因为心情不好，伊丽莎需要有人陪自己说话。而她真正让我觉得骇人听闻的事情是为了获得某方面的灵感竟然跟踪了一个男人，一周以后她放弃了，她说那个男人虐待了她，最后还说要是能跟他上床就好了。我相信伊丽莎只是和我开玩笑，听完也就一笑。毕竟在一起的时候我以为我是幸福的。后来我知道她的这种渴望是真的。因为在她的罗曼史名单里有那个男人的名字，就叫"被追踪者"。但是伊丽莎并没有在上面画上一道横杠。这意味着他们俩是清白的。

有一天，伊丽莎告诉我她的身体里住着两个女人，一个荒淫无比，甚至想去当妓女，另一个只是简单地热爱艺术，而且两个人长得一模一样。如果可能，她想找一对双胞胎，朝着两个方向培养他们，一个像卡萨诺瓦一样风流温顺，一个像佐罗一样神秘霸道，让他们都成为自己最随心所欲的情人。我听完一笑，说伊丽莎你在搞艺术创作呢！而且创作的灵感是来自80年代法国电视台的一则征婚广告。紧接着我问她那我在哪？她说你在边上拍照。

像许多爱情一样，"量变会导致质变"这句话是不错的。在伊丽莎和我完成了足够多的体液交换后，我们

101

的关系果然发生了质变，而且是不可逆的质变。不是冰化成了水，而是生鸡蛋变成了熟鸡蛋，熟鸡蛋变成了坏鸡蛋。

这件事说来也简单，端午节那天，伊丽莎想和我一起过中国节日，那时我已经从十三区搬到了博马舍大道附近。那是一所稍微高档一些的房子，临着街，而且离伊丽莎想报考的学校不算太远。一大早起来，伴随着莫扎特《费加罗的婚礼》的旋律，我在家里为伊丽莎做了一顿红烧肉，蒸了几个豆沙粽子。经过一阵紧锣密鼓的忙碌，在正式开始吃饭时我们还特别聊到了博马舍戏剧中伯爵的"初夜权"是否真实存在以及费加罗如何机智。没想到的是，在吃完粽子后伊丽莎竟然有些过敏，准确地说除了欲望中心——她自称那片略带栗色的灌木为"红磨坊"，浑身都起了红色的疹子。我连忙打电话给住在不远处的留学生兄弟，几分钟后梁巨轮送来了几粒抗过敏的药片。

梁巨轮长得风流倜傥，是我在诺曼底认识的中国留学生，那时我们一起住在大学城里。虽然只有几个月的时间，但也算是打过不少交道。现在又凑巧先后住进了巴士底狱广场附近，有点他乡遇故知的感觉。梁巨轮取了个"皮埃尔"的法语名字，不过有时候我直接管他叫"石头"，法语里的pierre就是"石头"的意思，这一叫仿佛让他现了原形，有点降维打击的意思。不过梁巨轮也不懊恼。唯一让他烦恼的事也过去了。

两年前梁巨轮在文学课上新编了一个有关法国民族英雄维钦托利的故事，在课堂上讲完时老师和同学都赞叹不已。谁知本以为会拿高分的，最后却拿了最低分，那些原本为他欢呼的同学后来也都渐渐冷淡了他。为此梁巨轮一直不知道原因，也没有人告诉他。直到前不久他无意中发现自己的奇思妙想此前已经有人写过了。虽然他也是原创，但是在时间线上即使真是巧合他也是有口难辩。

我刚到诺曼底的时候，梁巨轮已经在那里学了一年语言了。不过他学得并不是太好。为了让已经光明了的生活更美好一点，梁巨轮给自己买了一辆不知道转了多少手的雷诺车。乍看起来，有点在留学生群体中混成了成功人士的派头。一天晚上，梁巨轮近乎神秘地邀请我去附近的圣米歇尔山海边转转。我说去吧，这座雨果眼里的金字塔，我还没有看过它的夜景。没过多久，两人到了海边，简单看了一下重新泡在海水里的孤岛我们就准备走了，前后也就停了几分钟。没想到的是，在临走之际，梁巨轮给我留下了一个这辈子都不会忘记的惊世骇俗的场面。

"大海啊，给我个法国姑娘操一下吧！"

看着他声嘶力竭的样子，我站在海滩上笑弯了腰。

我说石头你得用法语喊，否则法国的大海听不懂。

于是石头又用法语磕磕绊绊地喊了一遍。

"La mer, donnez-moi, une fille française pour..." [①]

"法语'操'怎么说？ pour 什么？"

我说我也不知道，实在不行你就说 fuck，但是要客气点。

"Fuck you, s'il vous plaît ！" [②]

这下我笑得差不多直接躺在了海滩上。

梁巨轮说你笑什么。我快笑疯了，他竟然不觉得好笑。我说时间差不多了，咱先回去吧。我突然意识到在这个地方许愿可能不是太吉利。毕竟米迦勒是天使长，是随时会帮上帝打架的守护神。之后随梁巨轮回大学城，听了一路在国内创业的艰辛以及华人在外的不易。梁巨轮有一个堂兄，在美国上学时甚至还捡了一段时间人们扔在洗衣店的二手衣服。

"咚咚咚"，大概是在临睡前，梁巨轮敲开我的房门，说是刚才带我去了海边，于情于理应该给他两欧元的汽油费。

我说好。

"现在给我吧，要不明天忘了。"

---

① 大海，请给我，一个法国姑娘为了⋯⋯
② s'il vous plaît，法语"请"的意思。

我说没问题，正好桌上有，我就给了他一枚硬币。不过我觉得梁巨轮要的不是汽油钱，而是一张戏剧票钱，是他让我有机会看了一场留学生性苦闷的即兴表演。很多年后，我在蓝调时刻咖啡馆里和江通回忆起留学生活时偶然提起了这件事，她也笑得前仰后合，弄得整个咖啡馆的人都以为这里跑来了一只刚下完蛋的母鸡。

梁巨轮坐了一会儿，吃了一个粽子准备走了。这时伊丽莎身上的疹子也差不多下去了，连连向梁巨轮表达救命之恩，她当时的确吓坏了。梁巨轮说这是小事，以后需要帮忙随时可以找他。几天后梁巨轮特别和我唠叨找个外国女人恋爱如何如何不好，通常只要过了三十岁皮肤就会松松垮垮，如果生育了整个身材更会提前发福变形，而且和西方女人上床的时候她们的体毛太扎人了……我说你操什么心不好，管这破事。我之所以生气是因为伊丽莎的体毛的确有点扎人。然而没多久我发现梁巨轮做的事更扎心——我怀疑他和伊丽莎鬼混在一起了。

也可能是当日英雄救美后美人夺刀表示甘愿以身相许，而英雄不敢不从，最后忍痛把莫斯科这家原本属于我的红磨坊占领了。这在逻辑上说得通，所以我要深明大义，选择一边流泪一边宽容。

自从伊丽莎把我给她准备的礼物扔在地上的那一刻

开始，我就知道人的理性和感性都是荒谬的。那时我们已经在一起两年了。我觉得我的情感和善意被漠视了，更让我无法忍受的是我发现事实上自己早就从那个高高在上的小王子变成了忍气吞声的小乌龟。一个馒头掉在地上，如果我不知道，吃起来依旧会津津有味。而现在不可能了，我甚至知道它被人踩了几脚，用什么鞋踩的。在经过几次激烈的争吵后，我明确表示不想继续帮伊丽莎拉磨了，我说她的磨坊里驴子太多了。而且每只驴子的蹄子上都踩着其他不同国家驴子的粪便，包括我兄弟梁巨轮的。

接下来是一段颓废的日子。某一天我喝醉了酒，倒在地板上。我想起那个被伊丽莎跟踪而且一直念念不忘的男人，迷迷糊糊中有了以下推理：

伊丽莎只爱她得不到的男人。
我将是伊丽莎得不到男人。
伊丽莎即将爱我。

其实爱与不爱已经不重要了。回想两年来我没有见过伊丽莎一位朋友，而我把所有朋友都介绍给了她，就知道在她讳莫如深的生活里我是一个并不存在的人。

我决定养猫了，我需要猫的怀疑主义和温柔引导我，慰藉我。忘了是哪个名人说过，当他每换一个情人时就会收养一只野猫——一个畜生走了，一个畜生来了。也许他和马克·吐温一样养了几十只猫，我要和他一样洒脱、豁达就好了。

很快我有了自己的第一只猫，并且给它取名 Syllogism——三段论。当时我刚从塞纳河边的阿尔玛桥隧道里走出来，那是戴安娜王妃出车祸的地方。在阿尔玛桥边上立着一个"自由之火"，那明晃晃的金黄在细雨中显得格外耀眼，像是真的要烧起来。正是在这个巨大的火炬边上，我遇到了三段论。

"猫是人间的补丁。"当这句话浮现在我脑海里的时候，那一刻我觉得自己要活过来了，至少不那么难受了，而且离哲学家也不远了。仅有感性的世界是不够的，我还要为自己撑起理性的雨伞。

第一个博士毕业后，我还想参与研究的主要是诗歌。有一件事你可能知道，"昆虫学界的荷马"法布尔同时也是一位诗人。我希望通过对诗歌的研究和学习可以为自己的生活增加一些灵气，同时还能够名正言顺地在巴黎多待几年。不过现在世界变了，我已经被莫斯科大军攻陷了，接下来只能窝在幽暗的地堡里硬着头皮把博士读完，并在读完博士之后的一个月内立即回国。

至于博士论文，最初我想找一个与昆虫假死行为相似的研究对象。不过这方面的材料实在不好找，想来想去只有庄子的假死试妻和《基督山伯爵》里的假死逃狱。而这些与我的设想相差甚远，最后还是集中精力直接研究具体某个诗人的作品，我觉得自己对诗人的生活可能更有感情一些。这也是为什么后来我把兴趣转到了对美国自白派诗歌的研究。无论如何那是一段非常愉快的经历。与此同时我也试图从事物中获得慰藉，虽然谈不上十分成功。后来我和江遹聊起曾经错过的选题，借助互联网和她的外语能力，她还真的给我找了一堆有关假死的资料。有些资料是我自己忽略了的。比如《罗密欧与朱丽叶》里的假死，阿加莎·克里斯蒂小说里的一系列假死。不过时过境迁资料再多我也无心做了。而江遹在看了一堆资料之后也免不了感叹，是不是假死不重要，人这一辈子说到底是会不断复活的。江遹出事后我倒是希望她只是经历了昆虫或者文学作品里的假死，可惜这个愿望毫无悬念地落空了。

　　而我当年之所以能够从伊丽莎的泥潭里走出来也和嘉木舅舅的劝告有关。有一天我刚从附近的 Franprix 超市买了两根法棍回来，外面正飘着大雪。当时我已经几天没有正常吃饭了。一根法棍可以顶一天，这就算是两天的饭量了。就在我走出电梯时猛然发现嘉木舅舅夹着一把雨伞站在门口等我，脸上挂着他招牌的笑容。

　　"久违了，嘉木舅舅！请进请进。"我说。

"可怜的孩子，好久没见，你觉得今天的雪大吗？"一进屋嘉木舅舅就开始了他的提问模式。

"感觉比我在巴黎哪一年的雪都大。"说话间我看了看落在青色屋瓦和院子的雪。

"不用等到明年，用不了几天再大的雪都会化掉，是吧？"

"当然是这样的，嘉木舅舅。"我递上一杯热水。

"而且这样的大雪明年或者后年可能还会下，是吧？"

"按正常情况是这样的。"

"那好吧，既然你承认这一点就不妨想象一下，你是大地，女人是大雪。你会因为落在身上的大雪融化了紧接着毁掉自己吗？"

"当然不会，嘉木舅舅，我有毁灭自己吗？"

"可怜的孩子，前几天你在塞纳河边坐了很久，就在米拉波桥那里，我都一帧一帧地看见了。只是我没有告诉你当时我也在那里，因为我相信你会挺过来。但是你要知道，只要坐在那里，你就已经处在危险之中了。糟糕的是，你甚至还买了一个'塞纳河无名少女'的面具蒙在了自己的脸上。"

"我没有……我只是好奇加缪为什么说这个女子的遗容是'蒙娜丽莎的微笑'。不过我的确想过像诗人阿波利奈尔说的那样如何能够含笑而死，但不是现在……"说话间我把小猫从怀里掏出来，并脱下羽绒服，"是三段论救了我。"

"你不要瞒我了，那是后来的事。我知道整个事情的前因后果。当时你口袋里装了什么我知道。可怜的孩子，你现在只有五条命了。"

"为什么？"

"原来你还剩七条，我提醒过你。前几天你在塞纳河边冒险，虽然你认为当时自己并没有跳下去，但是另一种可能性已经让你丢掉了一条命。现在站在我面前的只是最幸运的那个你。"

"好吧，还有一次是什么时候？"

"在诺曼底海滩，为了一个破相机你竟然下了海。"

"有时候我的确是有些鲁莽，连我自己都不知道为什么会那样做。"

"当时你差点被离岸流卷走了。还是那句话，现在站在我面前的只是最幸运的你。"

"那些不幸运的我呢？"

"因为你暂时是幸运的，那些不幸运的你已经在另一个空间消失了。每一个你消失的时候周围都有亲人哭泣。从逻辑上说，只要你还活着，你就是最幸运的，但是每一个不幸的你都带走了你的一条命。现在你只剩下五条命了。哦，还有一条死于别人的情绪黑洞，那就只剩四条了。原来的九条命差不多丢了一多半。"

我说好吧嘉木舅舅，现在站在你面前的我的确幸运，我这算是劫后余生，也算是半截入土了。

嘉木舅舅没再接话，只是从我手里掰走了一块长棍面包嚼了几下。

"法棍还是刚出炉的最好吃，你应该在那家超市直接吃完，买刚出炉的，既然它有自己的面包房。"

我说中午的我刚才已经在那吃过，带回来的是晚上和明天的。

"法棍和大雪一样年年有，别饿着也别噎着，最好不要吃凉的，放了几天的更不要吃，小心把牙崩掉。"嘉木舅舅朝我撇了撇嘴，"可怜的孩子，别把自己看得那么轻，也别把自己看得那么重。既然每个人都注定是卑微的，那么每一寸悲伤注定也是卑微的，不要把它们看得太重了。"

说完最后一句，嘉木舅舅就消失在茫茫飞雪之中。

从理性上说，我知道嘉木舅舅是对的，在悲观的人眼里，世上所有的花朵竞相绽放只为迎接自己的枯萎；而乐观的人会说，只要花朵曾经开过就是永恒的绽放。我何必那么在意呢？就像从一数到一百，不能因为此刻数到了一百，就说前面的五十没有意义。很多事情过去就过去了。与此同时，我必须承认，人最难过的还是那一道道感性的窄门。

我没告诉嘉木舅舅，我迷恋伊丽莎在很大程度上还因为她丰硕的乳房。有一次她和一个朋友还一起称了各自乳房的重量。方法是这样的：先称伊丽莎的净重，再称朋友托起乳房后的体重，两者相减就知道了。正巧让我撞上了结尾，当她们向我描述整个过程时大家笑得是多么开心啊！我说这个方法比中国神童曹冲的称象游戏有意思多了！当伊丽莎趴在我身上两只乳房开始摆荡的时候，我曾经在心醉神摇中想起苏东坡的"乱石穿空，惊涛拍岸，卷起千堆雪"……

那些天我总是梦见伊丽莎穿着红裙子，站在蓬皮杜艺术中心上面要往下跳，我拉住了她，结果我自己掉下去了，而她和一群男人在屋顶上哈哈大笑。

现在一切正在悄悄改变。真应了那句 Every dog has his day①。在此之前，我绝不会想到原以为一生都难以释怀的伊丽莎，真的会伴随着另一场大雪化掉了。也许嘉木舅舅是对的，伊丽莎只是我生命里的一个幻觉，我在意时就存在，不在意时就消失。我以自己不可救药的感性花几年时间在心里堆的这个雪人，等到理性的太阳终于出来时，发现严格来说它连一场大雪都不是。那一刻我看到自己真的重新活过来了。

后来我知道，和我在一起时，伊丽莎曾经和一个叫刘易斯的南美画家有过短暂的交往。我在网上看过刘易斯的照片和作品介绍。他是标准的光头，曾经在蓬皮杜

① 人人终有出头之日。

艺术中心办过展览。对于我来说，光头刘易斯完全是陌生人，不过他画的人物却吸引了我的注意。在他的画里每个人永远戴着一顶粉红色的圆顶礼帽，而面孔千篇一律，像画家本人。我总觉得像什么却又想不起来。有一天我突然意识到，那些粉红色的礼帽是避孕套，哈哈，我突然笑出了声，这样一来所有的人物都是精子了。躲过诗人布劳提根笔下的春山矿难，这群有爹没妈的孩子啊好歹是活了下来，而且长大了。如果有这些人物的电话，我真想和他们交朋友。

和嘉木舅舅说起这件事的时候，他指着其中一幅画说他想给每一个人捐一辆二八大杠自行车，听得我再次哈哈大笑。笑着笑着突然伤感起来，我想起了父亲，当年他就是骑着二八大杠消失的。自从他失踪以后，我这颗长大的受精卵像是被抽走了父亲当年的那粒一将功成万骨枯的精子。这样一来，我就只是一颗长大的卵子了。那颗肇事逃逸的精子，只在卵子上浅浅点了一脚就跑了。

离开巴黎之前，我对生物防治技术比较感兴趣，有意去相关农科所或者生物公司就职。我甚至觉得生物防治直接关系到一个国家的兴衰。试想，19 世纪末澳洲的吹绵蚧入侵加利福尼亚州后，由于当时的农药对这个身披蜡质的害虫并不起效，几乎摧毁了当地的柑橘园。后来澳洲瓢虫随之来了，只用了差不多一年时间就让加州柑橘产业起死回生。然而我的一切并不那么顺利，最后阴差阳错进了一所大学。

事实上，那时候我并没有下定决心离开巴黎。也许是不想我太难过，嘉木舅舅一改此前"既来之则安之"的态度，他希望我回中国去。

"故乡的雨和他乡的雨没什么不同。"嘉木舅舅说。

"我喜欢西方，自由自在的。"我说。

"可是在骨子里西方人比东方人活得绝望呢！西方有西西弗斯，东方有愚公。西方人觉得自己是受到了天神的惩罚，永远在周而复始的劳役之中。而东方人知道生活的艰辛，虽然也是日复一日地做事，但相信有些事需要一代代去完成——你家被日本鬼子烧掉的老宅子，那也是花了两代人的时间才盖好的。而且，东方人相信这种诚心诚意甚至会感动上苍，所以中华文明能够源远流长。从一开始中国人的精神世界里就有一种时间感。人对神也是平等的，大家以诚相待就好。不只是人想到天上去，神仙也想到人间来，所以七仙女还想着下凡呢！更重要的是因为有这种时间感，老天爷也站在中国人这一边，才有了几千年不中断的中华文明。而进入后现代社会以后，这种时间感正在消失，取而代之的是活在当下和各种享乐主义。许多人在问，时间都去哪里了？你看互联网起来以后它甚至代替了日出日落，而天空也不过手机屏幕大小，整个宇宙都被折叠起来了。在古代，宇宙是展开的，人站立在天地之间，而现在，人真的缩小到看不见了。"

"而且我亲爱的姐姐病了，她那么大年纪了更需要你的陪伴，"嘉木舅舅接着说，一副不容置疑的语气，"你要知道，每个亲人都是你生命里的菩萨，所以你也得回去了。"

"可是……我喜欢塞纳河，喜欢这里的白夜、自由、宽容，这里的气氛更适合我。"我嘟囔着，"富兰克林说过的，哪里有自由，哪里就是我的祖国。"

"可怜的孩子，人活在世上，是有人情的地方才有祖国，不是有自由的地方才有祖国。荒郊野外很自由啊，可是哪一棵草是你的祖国？那样的话，你真的是把自己活成一只蚂蚁了。如果一个地方没有值得你在意的人和在乎的事，祖国只是你脑子里的一个观念，那样的祖国是难以寄托的。况且，若只是把价值观当作自己的祖国，这一点你躺在床上或者闭上眼睛就可以实现。找价值观相同的人，说到底是自恋，是找会给你鼓掌的镜子。"

接下来嘉木舅舅越说越激动甚至有些不依不饶了，在连续用了几个"可怜的孩子"之后他开始总结，说人生是从一个幻灭走向另一个幻灭，但你还是要相信人情是高于价值观的。因为你是一个有血有肉的人，不是一把带着刻度的尺子。而这个糟糕的世界总是把人变成一把把尺子，而且不锈钢的看不起塑料的。尤其在成年以后人就是这样一天天衰老甚至直接死掉的。你看大街上，那里有无数的人，要么心里没有自己，要么心里没有别人，在这一点上东方人和西方人一样。

在我极度悲伤的时候，嘉木舅舅还和我说过这样一句话："可怜的孩子，你可以把死神当宠物养，但是千万记住要把它关在笼子里。"

syllogism and moulin rouge

我是在回国时的飞机上正式成为孤儿的，之所以离开巴黎主要是因为母亲病了。姑姑回忆说母亲为了看到她唯一的孩子回来眼睛一直都没肯闭上。此后若干年虽然时常留念巴黎带给我的自由气息，但是一直没有动力再回去了。也许就是因为当年流连巴黎的温香软玉（准确说是一位冒名顶替的法国女郎）而耽误了照顾母亲，所以我心怀憎恨。就像歌里面唱的，年轻时我曾经有两个爱人，一个是故乡，一个是巴黎。而自从母亲过世以后我在这两片土地上都没有亲人。是这样的，父亲失踪了以后，当时故乡还在。自从没了母亲，此后无论在哪里我都是异乡人。还记得母亲说过，人都是像投进大河一样被投到了人世，老天爷怕我们重新浮到天上去，就在每个人身上绑着一块大石头。你一口气能憋多久，就能在世上活多久。哎，人世太沉闷了，回想起来那天在法航飞机上我真应该敲开窗子，然后在云端大大地喘上几口粗气。那年我三十岁，别人是三十而立，我是在三十岁那年感受到了彻头彻尾的懊悔与孤独。

大概是入职大学的第三个春天，农历二十四节气的春分日，那天天气很好，我同时收到了两封信，一封信是关于吉拉尔教授的。发信人斯蒂芬妮女士，据说她的父亲尊敬的吉拉尔先生在达尔贝达也就是卡萨布兰卡的一家宾馆里再没醒来。此前一天父女俩还一起在海边散步。毕竟达尔贝达是吉拉尔出生的地方，他在当地有很多朋友，所以差不多每年春天女儿都会陪他过来度假。当天的聚会中吉拉尔先生碰巧遇到了意大利的理论物理学家布扎蒂，两人相谈甚欢，甚至还喝了点酒。而斯蒂芬妮也在边上见证了这次精彩的相聚。

"虽然只见过一面，看得出来布扎蒂先生是个很有趣的人。他说自己研究了大半辈子物理，而物理学告诉他有超过百分之九十五的物质人类是看不见的。但是，自从变成诗人以后，他发现整个宇宙都变得亮堂起来，原来看不见的东西现在都能看到了，包括黑洞以外的白洞。如果需要，你甚至可以把月亮想象成一个白洞。媒体说布扎蒂先生是'物理学界的诗人'，无非是他作为物理学家从黑洞进去，又作为诗人从白洞出来。"

斯蒂芬妮说吉拉尔先生退休以后差不多完全抛弃了昆虫而迷上了量子物理，他觉得量子物理改变了整个世界。近代科学让月亮变成一块丑陋的石头，而量子物理又让月亮变回了时有时无的梦幻。在吉拉尔先生看来，从前数学家只相信"世界皆数"，自从有了量子物理，就在科学上证明了"世界皆诗"。那天睡觉前，吉拉尔先生还告诉女儿，如果精力允许，他甚至想像薛定谔一样完成一部《吉拉尔的昆虫》，当然不能写得太厚，毕竟年事已高。转天早上，斯蒂芬妮发现父亲迟迟没有起床，当时便有一种不祥的预感——美好的生命总是会带着些许遗憾离开的，这样下辈子他们还会再来。不出所料，当斯蒂芬妮小心翼翼地推开父亲的房门时，吉拉尔先生果然出事了。

"当时有两只海鸥落在窗台上，我进父亲房间的时候它们都没有走。好像是为了迎接父亲的灵魂。那一刻我觉得父亲可能还待在房间里。而理智告诉我再也不会看见他了。父亲羽化了，等他重生时也许会从昆虫学家变成物理学家。"斯蒂芬妮在信中说。

相较而言，斯蒂芬妮比我不知道幸运多少。在回信中我安慰了她，并向她的两个 ankle biter① 问好。我还告诉她其实在我很小的时候父亲就失踪了。当年村子里考出了第一个大学生，为了庆祝这桩天大的好事，作为生产队队长的父亲特别跑到县城请放映队的人来放一场露

---

① 小孩。

天电影。转天傍晚放映队来到村子里放电影了，然而奇怪的是连续两天父亲却不见了。我真正意识到父亲失踪的时候正在举起右手瞄准天上的飞鸟，幻想通过意念的力量徒手就可以将它们击落。那天傍晚的天蓝得极不真实。转天一大早我和母亲去问县里放映队的人，他们说当天谈好放映的时间后父亲就直接回村子了，坐的是手扶拖拉机，没听说他还有其他事。手扶拖拉机上的所有人也都证明父亲中途下了车，说是抄小路回了村子。然而全村没有一个人看见父亲的影子。

还有人说父亲去找过大司马老师，大司马老师说的确有这么回事，但那也只是商量杂交水稻的事，而且是在去找放映队以前。事发后几个月内，村里村外的人胡乱猜测，一时间各种谣言都有。有的说他是被老虎吃掉了，有的说他是跟着某个穿红衣服的女人一起私奔了，有的说他可能得罪了什么仇家，还有更离谱的说法是他被外星人抓走了，但是都没有切实的证据。乡里的书记是个上了年纪的秃子，我曾经看见他站在我家门前挠帽子，说寒队长好歹也是一名干部，为人正派，按说不会这么无组织无纪律，怎么可能和别的女人跑了呢？他的眼睛却一刻不停地打量我的母亲。那段时间这个可怜的女人终日以泪洗面。谁也不知道父亲究竟去了哪里，只有她心乱如麻，不时把缝纫机踩得震天响。更多人觉得这件事从一开始就有些闹鬼的迹象，否则好好的一个大活人，怎么会为了请人放一场电影自己却消失了？怎么想都觉得不对劲。紧接着甚至有恐怖的传闻说电影有可能会吃人……

有一天，村里来了个算命的。那人问了母亲几个问题，然后说了句父亲五行缺水，可能是在附近有水的地方遭了难。仔细想想有水的地方最大可能就是天堂河了，于是母亲就带上我卷着凉席被褥在天堂河边守了整整一个星期，可是没有看到一点有谁在河里出事的迹象。为此母亲非常生气，就骂算命的人是五行缺棺材。母亲怀疑算命的是书记找来的，两人沆瀣一气本来就没安什么好心，所以五行缺棺材的还包括书记。

父亲失踪了，只有母亲在寻他。母亲说，一个人失踪了，没有人去找他，这就不是一个人失踪了，而是所有人都失踪了。

同样泪流不止的其实还有我可怜的姑姑，她觉得大哥的命苦，自己的命更苦。早些年姑姑经常带表姐梵花来我家里做客。姑姑没有外嫁太远，两个村子只隔了四里地。逢年过节的时候我没少到姑姑家喝米酒。由于梵花和我年纪差不多，姑姑总是开玩笑说要让梵花给我做老婆。她不知道很快我就有老婆了，而且是"公共老婆"。

村里有一户养蜂人，家里有个淘气的儿子叫大龙，当时不到十岁。一个冬日下午，几个孩子在堆满了草垛的禾场上玩。除了大龙，还有他的妹妹燕子。不知道过了多久，在大龙的撺掇下几个人做起了"性游戏"。当时燕子被哥哥要求躺在稻草堆下面，然后每个男孩子在她身上趴一下。当大龙在边上读秒从一数到三，"亲热仪式"就算结束了。就这样最后所有男孩都懵里懵懂必须尊燕子为"蜂王"，这大概是我一生中最早经历的一个圈套，和其他蜻蜓点水的无知小孩一样，我们莫名其妙变成了一只只工蜂了。

在当地的方言里一个人四仰八叉地仰身躺着叫"摊尸"，燕子"摊尸"的事很快传开了。孩子们一时的玩闹虽然谈不上多有伤大雅，但是话到嘴里终归是不好听。之后梵花再也没有来过我家，我去姑姑家的时候她也把我当陌生人。我觉得我失去了爱情。

几年后梵花提前发育了，那时候我已经规规矩矩喊她表姐。我迷恋无意中看到的表姐的乳沟，当时她正拿着扫把在扫水泥坪。我想抱住她，和她在稻草堆里躺一个下午，躺到月亮爬上来照耀她雪白的肌肤。哎，青春萌动的年纪，也就是这样想想。我最后一次看见表姐是在夏天，一个早晨我去姑姑家借牛，表姐刚刚起来，站在门口系她那条熟悉的蓝裤子。当她把裹住的上衣从裤子里拽出来时，我的心都快跳出来了。

直到父亲失踪的这一年，表姐在外面已经打了几年工。当然我也长大了，长大了就知道曾经以为会永远陪在自己身边的人都是过客。

　　随着时间的推移谈起父亲失踪一事的人渐渐变少，而我也习惯了，况且失踪不是死亡，这意味着有朝一日人可能还会回来。那时候流行意念挪物，有段时间我幻想着通过意念将父亲召唤回来。只可惜我功力不够，杂念太多，最后只好作罢。此外就是不断地做梦，我怀疑自己经常做梦可能和父亲的失踪有关。

　　上高中的时候我曾经梦见过父亲给我画了　幅藏宝图，他神秘兮兮地告诉我可以借此藏宝图挖出他埋在菜地里的几本日记，然而在我印象中父亲从来没有记过日记。自从学了昆虫学，我宁愿相信父亲是在某个特定的环境下羽化了，而且这种羽化会不断翻新。

　　父亲先是去了某个地方做了摆渡者，他和我说过自己最喜欢的工作就是做一个摆渡者，然而有一天掉水里淹死了，之后上帝就让他做了一阵子的天堂管理员，在厌倦了这份差事后放了一段时间牛，而且一边放牛一边画画，后来变成了红色的鞘翅目瓢虫，在老家的菜园子里飞来飞去，不满意后又投胎做了瓜农，遇到几个偷西瓜的，打了起来。可能还去过马达加斯加，传说那里有中国人的后裔……

　　在另一个晚上，我还梦见前面提到的算命的人死了。后来我和母亲提起这件事，母亲说我的梦真准。算命的死没死不知道，据说他拐卖一对找他算命的母子后来让公安给抓了。

"不信好命，只信歹命，那个做娘的也是喜欢自己寻死。她总找人算命，说她命好的人她从不待见，觉得人家是为骗她说好话。而说她命坏的人她就奉若神明，觉得那人高深莫测非得找人要破解之法。为此每年都花钱若干，最后好了，被人给卖了都不知道……听说在山里被折磨得要死。"

母亲此时的意思很简单，算命和恭喜发财一样就是图个吉利。人只有凡事往好里想，生活才会朝着好的方向走。

关于父亲失踪的事我也和江遹谈起过，她的反应倒是出奇地冷静，说实体和幻象之间的切换本来就说不清道不明，要不这世界哪来那么多神秘的事情。

"实在不行，就当你父亲的失踪是没有办完离职手续就走了的员工，他不办手续总有不办手续的理由……"

虽然乍听起来觉得有些不近人情，仔细想想江遹说的可能是对的。

"你知道为什么说我和父亲是一代人吗？"有一天晚上洗完澡后我突然问江遹。

"为什么？"当时江遹正在读格拉齐亚·黛莱达^①的小说。

———————————

① 意大利作家，1926 年获诺贝尔文学奖。

"我和父亲出生的时候都没有接生婆。我们都是各自的母亲用镰刀割断的脐带。"

"啊？怪不得有时候我觉得你长得像水稻！"

江逓朝我眨了一下眼，舌头发出"嘚"的一声，像一滴雨落在水缸里。

我说我失踪的父亲长得更像水稻，我们是同一块水田里的兄弟。

大概过了十年，我在巴黎先后读完了昆虫学和文学的博士。花几年完成异色瓢虫乙酰辅酶 A 羧化酶基因克隆及表达分析，本来我最想研究的是昆虫假死行为（death-feigning），包括假死行为与代谢率、环境背景色的关系以及触发机制等，不过相关课题并没有得到导师的支持。吉拉尔先生出生在摩洛哥的海边城市达尔贝达，20 世纪 60 年代举家迁回法国，是位十分虔诚的"昆虫知识分子"，他给我们上第一节课的时候就开宗明义地说道：

"以赛亚·伯林说过知识分子有两类，一类是狐狸，一类是刺猬。前者知识广博，后者研究艰深。但是我更欣赏的是'昆虫知识分子'。什么是昆虫知识分子？第一，必须有翅膀，知识分子必须有自己的想象力。第二，必须有外骨骼，必须能够坚持自己的观点，不能弱不禁风。第三，要不断变态，羽化，一生不断追求变化，不断超越自己。"

自由讨论的时候，我说汉语里有一个词叫"雕虫小技"，在中国常常被大家用来嘲笑我们的昆虫学专业。

"那是无知，你知道果蝇，让他们去数一数果蝇培养了多少诺贝尔奖获得者。我希望有一天你们当中也有人拿诺贝尔奖。"

这是我印象中昆虫学最天马行空的一堂课，顺着这个话题最后吉拉尔先生的结论是，在座的同学更可能拿诺贝尔和平奖，因为未来某一年作为生物学家的我们通过基因控制等手段平息了发生在昆虫与人类之间的战争。

"也是在这一年，瑞典皇家科学院从昆虫手里夺回了原本属于自己的土地和房子。"众人大笑。

离开法国，最怀念的是吉拉尔先生的讨论课。吉拉尔先生听力很差，在我眼里他对市井生活几乎一无所知。不过有时候他还会提一些非常有趣的问题，比如：一只雄蜂有没有可能有外公而没父亲？一位女同学说她只记得亚里士多德说过，母亲通常会对孩子更好一些是因为她比父亲更确定孩子是自己的。吉拉尔先生说在现代社会孩子经常会被抱错，除非做亲子鉴定，否则母亲也不一定能确定孩子是自己的。之后话题转到了他非常熟悉的摩洛哥，有"世界第一种马"之称的穆莱苏丹，据说他名义上有八百多个子女……"名义上"是我添加的，这也是出于学者的谨慎。

和吉拉尔先生在一起做的最热闹的事是参加反资本主义游行。吉拉尔先生是老派知识分子，有一次他请了一位科技人类学的教授到课上来参加联合讨论，结果他讲得太有激情了，以至于没有给客人留多少时间，仿佛是请人家来听他的课。在这次课上吉拉尔先生收获了不少掌声，我印象最深的是他说资本主义本身不是罪恶，但它是一个巨大的变压器，既可能极大地放大人性的恶，也可以极大地放大人性中的善。

"但是各位注意，这巨大的善也会是一种间接的恶，它会像迷雾一样笼罩在我们的周围，让我们对即将到来的更大的恶乃至世界末日都浑然不知。"

斯蒂芬妮的来信是一个活得好好的人死掉了，而接下来的一封信则是死人悄然复活了，是伊丽莎。

伊丽莎在信中说她预计 6 月份会在中国长春，如果有空我们可以模仿阿布拉莫维奇与乌雷来一次长城上的相聚与告别，这样我和她曾经的爱情故事就圆满了。自从看到这封信，我对伊丽莎的模仿艺术充满了厌恶之情。那个晚上，坐在电脑前，我想问伊丽莎为什么不能有自己的东西，为什么总是在模仿别人的创造，不过写了几段话又全都删除了。那些毫无意义的浪漫，已经消逝的东西就让它永远消逝吧。无论好事与坏事，过去就过去了。

此后我与伊丽莎再无联系，我终于从她的幽深的山谷与拥挤的磨坊里逃出来了。许多年来有关伊丽莎的唯一消息是知道她去了美国，而且她的一个妹妹在伊利诺伊州做代孕，这是梁巨轮对我说的。梁巨轮说他认识的一个华人兄弟参加雇佣军去乌克兰打仗了。

"自从遇到一个谎话连篇的女子后，我这位兄弟差不多脱了一身皮。兄弟说与其死在那些虚伪浪荡的女人手里，还不如死在战场上。女人没有什么是她们需要忠诚的地方，除了自己的欲望。我说其实男人女人都一样，但在一定条件下忠诚的人还是有的。关于这一点真的是不能要求太高。给公交车加油，给共享单车上锁，给大海当门卫，这些都是蠢男人才会做的事……"

"上战场就不蠢了？而且是去杀无冤无仇的人。而且让我彻夜难眠的东西，往往不是现实政治，而是腐烂的世道人心，是人性中的幽暗，政治只是人性的表面。"我说。

梁巨轮无奈地摇了摇头，说反正那兄弟是甘心为自由而战了，他需要存在感，如果这种存在感还带着点神圣的光环更好。至于自己，此时的石头早已返璞归真和一个非裔女子结婚，并且生了三个孩子。印象中梁巨轮曾经嘲笑中国女人嫁给非洲男人是找了猩猩，现在他该笃实地相信人类命运共同体了。

"Iyan当时帮我解了围，她早就随父母入了法国籍，而且法语本来就是母语。"

梁巨轮接着和我说起多年前在红磨坊被一群阿拉伯人欺负的事。至于伊丽莎的命运，如果梁巨轮说的是真的，后来的俄乌战争对她可能没有多大影响。而她妹妹代孕的事我宁愿那是一个谣言。我知道在乌克兰有很多年轻女性参与代孕是真的。因为一代代政治精英的短见与无能，这些可怜的女人为了几万美元的收入，把一个曾经强大而富庶的国家变成了"世界代孕工厂"。

也许伊丽莎还在坚持她的克莱因蓝人体艺术，或者一次次阿布拉莫维奇式的告别，也许没有，这已经不重要了。我不再参与她人生的实验。伊丽莎唯一教会我的是，轻佻的女人和不对等的爱都是地狱。

生活就是这样，一旦换了时空，再刻骨铭心的前尘往事也会化为云烟，以至于此后突然想起觉得它不真实，仿佛是一个道听途说的梦。而我之所以能和梁巨轮一释前嫌，与此前在巴黎街头看到一个艺人有关。那人分饰两角，两只手在头上抢一个绿帽子。现在既然那个绿帽子已经丢掉了，我们更不必左右手互搏了。而且重要的是，自从娶了非洲姑娘，梁巨轮经常惦记别人老婆的"孟德综合征"总算好了。现在他唯一感兴趣的是在中文互联网上溜达，偶尔看到贪官污吏的新闻就留言"杀！

杀！杀！"。后来当我和梁巨轮再次提起伊丽莎的事情时，他一脸茫然："一粒沙？什么一粒沙？兄弟，抱歉我没有听懂你是什么意思。"

　　按江遒的理论，梦与现实本来就是分不清的，如果纯粹从经验来说，现实中的经验和梦里的经验是差不多的，唯一的不同是后者更环保，也更安静。说这番话的时候，江遒带了一个秘鲁口哨罐刚从南美回来，正急着和我分享自己的见闻。一个容器，装上水晃动时竟然会发出鸟鸣，害得两只猫竖起了耳朵。当时江遒已经决定辞职，准备专职在家里做翻译，并且带回来了几本西语书。她在飞机上已经读完了比森特·维多夫罗的《阿尔塔索尔》，觉得这个老头太有趣了。如果可能，江遒想把它翻译出来。即使不为出版，纯粹出于兴趣也是值得的。

　　"维多夫罗说诗人是一个小小的神，而诗歌是对理性的挑战，因为它是唯一的理性。一位诗人应该说出除他之外再无其他可能被说出的事物。"江遒把维多夫罗的名言和我说了几遍。

　　刚回来的那几天江遒前所未有地兴奋，当她听我说此前总是做噩梦时，又开始滔滔不绝。先是说印第安人对梦如何重视："当地人相信一个记不起自己做过什么梦的人如同行尸走肉！"接着又说印第安人的一个头领如何因为做了一个梦就把大好江山送给了欧洲的殖民者。

更有意思的是，江遹还画了一头小象贴在了床头。我问江遹为什么画了一头小象，江遹就笑我没文化，说这是貘，世界上最安静的动物，也是一种森林里的神兽，夜晚的时候在世界各地游荡，专门以噩梦为食。

"当然如果你不舍得，也可以请求它把梦境吐出来，但是要趁早，天亮之前貘就会退回到林子里去。"

我说那是得赶紧跑，不跑就会被人类给吃了。接着我问江遹，隔天夜里请貘把梦境吐出来还给我行不行？

江遹笑着说当然可以，但是还给我的梦境会有些臭，因为貘已经帮我消化了。江遹接着说如果这个神兽不管用的话，她还有其他办法帮我驱赶噩梦。那就是从印第安人那里学来的捕梦网，不过做起来有点复杂，像是编织渔网捕鱼。我听了以后觉得太麻烦了，就说既然道理和貘是一样的，我信任野兽甚于陷阱，好歹我和野兽还能说上话，说不定一回生二回熟后面能成为朋友，甚至貘还会帮我申请几个科研项目。我没说的是江遹画的那幅貘太可爱了，怎么看都像是一头小象，连带江遹也像小象。

我曾经询问过江遹，你的逻辑思维那么好，当年为什么放弃物理转学西班牙语？

"笑话，完全是因为笑话。"江遹说完，我如坠雾里。直到她从旧物堆里找到一个笔记本我才相信她说的是真的。

"西班牙人太好玩了，我当时想去西班牙生活。"

在这个泛黄的笔记本里，江遹记了很多条西班牙语冷幽默，有些她还在旁边标注了中文。

Hay tres tipos de personas: los que saben contar y los que no.

（世上有三种人，那些能数清楚数的，和那些数不清楚数的。）

看完大笑不止。江遹说你要是想看就拿去看吧，我保证你会笑一下午，有不懂的我给你翻译。我说看一条就够我笑一天的了，你还是慢慢地给我讲吧。我讲虫子的，你讲西班牙人的。但在我心里，不管哪一条笑话都不如江遹改专业的这个理由更好笑，更具有穿透力。

"学了那么多年理论，有一年我突然觉得非常乏味。各种和物理有关系的书我翻都不想翻开。我隐隐约约听到一个声音，没有牛顿地球照常运转，但是如果没有堂吉诃德，不仅世界少了一些乐趣，人性中也有一部分丢掉了。你知道有些物理学家最后其实也发疯了。最出名的有牛顿和费恩曼。有时候我真不知道当我们打开一个神秘的盒子时，究竟是得到的多还是失去的多。其实宇宙有那么多的奥秘，无论我们怎么去了解都只会是徒劳。最重要的是活着……"

"所以你就改学笑话啦？"

"当然不只是笑话，也是哲学。你看这个，El tiempo es el mejor maestro. Lástima que mate a todos sus alumnos."

"什么意思？"

"时间是人类最好的老师，遗憾的是它杀死了自己所有的学生。"

我说这句看似是笑话但是很有道理，所以时间也不站在人类这一边啊！

想起有一天我问江遹为什么外语学得那么容易，她说自己很注重方法，其中一个是语义联想。比如 manifold，可以拆成 man、if、old 三个词，变成"男人如果老了"。男人老了自然是"多种多样的"。又比如 horrendous，发音接近"好人都死了"，意思自然是"非常可怕"。

最后江遹带着某种神秘的口吻对我说，世界的秘密打散在不同的语言之中。

斯蒂芬妮的厌倦

syllogism and moulin rouge

吉拉尔先生去世的消息来得很突然，在我印象中他的身体至少是可以活到九十岁的那种，实际上八十不到就走了。虽然大地上的每个季节都会死人，但是发生在春天的死亡事件尤其让人相信春天是一个残酷的季节。

　　斯蒂芬妮女士原本在诺曼底大学教授诗歌史，我曾经蹭过她的文学课。记得第一堂课她正好讲雅克·普莱维尔的《公园里》。后来一发不可收拾又听她讲鲍里斯·维昂，一个伟大的诗人和逃兵。

　　斯蒂芬妮有着一双迷人的蓝眼睛，脸上分散着淡淡的雀斑。那时她不仅年轻，而且机智幽默，课上各种笑料信手拈来。比如维昂是不听劝吹小号把自己吹死的。萨特挖走了他的情人后，维昂也想把波伏瓦弄到床上。虽然有机会下手，不过关键时候他还是系紧了裤子。更有趣的是维昂写过一篇想象力奇特的《岁月的泡沫》，整个故事和结尾一样悲伤。主人先后死了，他们的宠物小灰鼠想自杀，于是请猫来帮忙。根据猫的建议，小灰鼠把脑袋伸入了猫的口中。在人行道上，只要有人踩到猫的尾巴，随后猫一合拢嘴小灰鼠就会被咬死。这是一个彻头彻尾的悲剧。当然读者可以说小灰鼠最后也算心想事成，因为接下来将有十一位女盲童从人行道上经过……

虽然是旁听，但斯蒂芬妮的课我从来没有落过。我之所以这么好学当然还有文学课之外的原因。如果不是斯蒂芬妮当时已经结婚并且生了两个儿子，也许我会追求她。而在梁巨轮嘴里，我已经让斯蒂芬妮女士有了婚外情。不得不说有时候谣言也是一种祝福。

无论如何，我要感谢美丽大方的斯蒂芬妮，正是通过她的介绍我认识了她的父亲，著名昆虫学教授吉拉尔先生。没想到的是，斯蒂芬妮后来辞去教职独自做起了城市史研究，为此跑遍了地中海沿岸和两河流域。在她寄给我的新书《从乌鲁克到巴黎》中有这样一段话："荒野是上帝之造物，城市是人之造物。作为不可救药的人本主义者，我更愿意在大城市里呼吸，漫无目的地游荡，那里有我们的新森林。而荒野虽然有白天和黑夜，但也只有白天和黑夜，时间和空间在那里都是静止的。如果说城市生产活力也生产纷争，荒野则更适合孤独者的回忆和一个人的祈祷。"正是因为读到斯蒂芬妮的这段话，几年前让我既打消了自己离开城市的念头，又燃起了离开城市的念头。

那天晚上我叫来了久违的嘉木舅舅，我们在一家即将倒闭的咖啡馆里坐了下来，他嘴里第一次叼了一个烟斗，旁边还有女子弹奏钢琴。

奇怪的是嘉木舅舅低着头半天没有说话，我才发现他在玩手机。

"干什么呢？"

"你过来看看就知道了。太好玩了！"

我站起身，站到嘉木舅舅的后面，发现是约翰·康威的生命游戏。

"我正在创造二维生命。"

我说这个类似冯·诺伊曼自动细胞机的游戏，以前我接触过。

"有点像贪吃蛇，没什么意思。"

"谬矣！谬矣！"

嘉木舅舅说他是因为约翰·康威死了才注意到这个游戏的，接着他放下手机，说最近一段时间他在研究孤独，如果可能他还想写一本关于人类孤独状况的百科全书。当然不用考虑发行的问题，他只需要面对我这个唯一的读者。

"你找我来是因为孤独吗？"

"是的，嘉木舅舅。"

"其实是你观念上的孤独，或者预期的孤独。"

"为什么这么说？"

"听着，可怜的孩子啊，人总是喜欢用自己的脚去理解别人的鞋，从自己的观念出发去理解别人的行为。和自己一样的就称为知己，不一样的就称为异类。当然更多情况是后者，所谓知己难求。这种互不理解最后完全可能变成一种观念上的孤独，而且往往是在人越多的地方越孤独。为什么他们那么顽固、愚昧或者冷漠？你会问自己。但是，可怜的孩子，你想过没有，人为什么很少会站在人的角度去理解万物？我的意思是你不会用人的观念去批评一头狮子猎杀一只羚羊，或者鲸为什么只生活在海里。你放牛的时候也不会觉得身边的牛沉默不语会让你孤独，因为你要的是牛的陪伴而不是牛的理解。你玩麻将的时候也从来不要求其他牌友必须懂你，但是在玩牌的时候你们都很快乐。后来你养猫了你也没有盼望在生病的时候它们会给你送上一杯热水。为什么你非要把预期的水位抬得那么高而让自己整天泡在孤独的河水里呢？心理预期不一样，随之而来的感受也会完全不一样。当你把周围的人比作万物，也就是说每个人都是和你不一样的物种，当你不再渴望从他们那里得到积极回应，不再苛求把自己的观念当作他们观念的答案，承认在你周围的所有人都是陪伴你的人而不是理解你的人，这样你就不会有我说的那种孤独了。"

不出所料，每次只要我听到"听着，可怜的孩子"

这几个字的时候，接下来嘉木舅舅就可能会有长篇大论。我说的确不能高估人与人之间的互相理解。渴望他人理解自己，这种预期本来就是心理上的炎症，如果不及时消炎止损，甚至可能毁坏我的心脏。比如说奥德里奇教授，如果我把他想象成一头牛、一只猫或者一只鞘翅目昆虫的时候，我会立即觉得他可爱多了。

嘉木舅舅继续说，可怜的孩子，宇宙是个下雨天，你来到这个世界和离开这个世界就如同一把雨伞的打开和收拢，对别人来说本来没什么意义。不过既然来了又不想立即走，眼下最重要的是你要撑稳自己手里的伞，走稳自己脚下的路，时刻避免滑倒和掉到泥坑里去。我不在的时候你要多逗自己开心。如果想要荣华富贵就去山坡上看云，或者到河边打水漂，看石子一颗颗沉进水里。你不需要有什么事业和朋友，到处是人性之雾，越是在成群结队的地方迷惑与欲望就越多，不要困在别人的观念之笼里……还有，每天要多晒太阳，多呼吸新鲜空气，多喝水，多睡觉，心里装着神明，而且神明也是爱睡觉的那种，他必须存在却又懂得谦卑，不会经常来惊扰你。总之可怜的孩子，你是自由的，这世上有一些不值钱的东西反倒是你真正需要的。

说回熟悉的斯蒂芬妮，当年在诺曼底我差不多是爱上了她。为此课后会经常找她请教一些法国文学上的问题，她的蓝眼睛忽闪忽闪总是乐此不疲。虽然后来和她天各一方平时很少联系，不过我觉得她属于能够倾心交谈的人。而我不仅能理解斯蒂芬妮的那位自诩"昆虫知识分子"的父亲，两个淘气可爱的孩子，我们曾经在一起做简单的填字游戏，也理解斯蒂芬妮日常的幽默与对某些固有知识或观念的厌倦。如果有机会我也想和她一样抛下一切，换一种工作就是换一种人生。可能我面对的还不是哪个地方的问题，而是扎根在我基因里的那种古老的厌倦，如同里尔克所说的古老的敌意。

"古老的敌意？看来这个知识点我得补一补。"

"有位诗人叫里尔克，他说在生活和伟大作品之间有古老的敌意。你知道的，就像江遹，她本是我生命中的伟大作品，但命运对她的存在有古老的敌意……可我看到更多的却是古老的厌倦。"

"可怜的孩子，你对世界的厌倦是天生的。我记得你小时候只要大人多抱一下就会哭，玩具玩腻了就会扔在一边。当然那时候毕竟什么东西都匮乏，所以就算你想厌倦可能实际上也不会那么快。不像现在，现在的人太可怜了。小时候商店里的娃娃多，上学的时候各种笔多，成年以后床上的性伙伴多。想不厌倦都难。"

我说前几天我在动车上接到一个电话，是多年没联系的一个女性朋友，当时她正在泰国旅行，我一直以为她过得很幸福。几年前她嫁给了一个家财万贯的人类学博士。没想到的是她和我说最近又换了几任男朋友。我以为她早就离婚了，表示很惊讶。她说为什么要离婚，婚姻、爱情、自由她都要。以她不以为意的语气，好像我是个怪物。按说她这不算是厌倦了，只是比较贪心。

"其实是厌倦。她连厌倦本身都厌倦了。其他人是厌倦了就想跑，她是只要厌倦了就不再浪费感情了。"

"为什么我也厌倦了现在的生活，而我没厌倦的一切却总是不能长久……"我指的是和江遹在一起的那些日子。

"江遹是个好姑娘，可惜生命如露水般短暂……有没有想过，正是因为江遹不在了所以你也就没有机会厌倦她了？就像从来没有真正开始一样。这么说你也是幸福的。你不仅曾经拥有她的实体，而且永远拥有她的幻梦。"

我说也许那年的昆虫展江遹出了二楼电梯以后我们再也没有遇到，谁能确定现实不是梦呢？如果她是真实的，我更愿相信她是我生命中的一个例外，就像我未出生的嘉木舅舅在所有虚构中是一个例外。人活着总得有几个不会被厌倦的例外。

听我说到自己，嘉木舅舅显然有些不好意思，转过身说如果有不会厌倦的事情，能做什么就去做吧，至于将来，谁知道呢？

我说还没有想好，不过我真羡慕你嘉木舅舅，也许真的是没有开始的人生是最美好的。

"其实最近我还在准备第二本书，书名暂定为《论厌倦》。"嘉木舅舅说，"每个人在年少的时候都有梦想，有些人实现了它，有些人没有实现。奇怪的是，实现了梦想的人往往不久后也厌倦了梦想。而没有实现梦想的人反而梦想一直都在那，因为他没有机会厌倦，他一辈子都在等待或者寻找机会。这么说，当一个人实现了梦想，梦想也就破灭了。而如果他没有实现梦想，梦想就还是完整的，甚至一尘不染，在他那里还是圣洁的。人性这个迷宫还真是有意思！"

"我的梦想总是在实现和破灭之间。"说这番话的时候，我突然想起我的奶奶，她当年没有机会上学，但是对于写在报刊书本上的每一个字都非常敬畏。有一次我准备撕一份报纸擦屁股，她知道后立即放下手头的事跑过来呵斥我，大意是你这孩子怎么可以亵渎文字那么神圣的东西！回头想想这和嘉木舅舅说的有点像。与此相比，焚毁破坏书本的人反而是那些饱读诗书的人，在他们那里文字随处都是，早就不是什么稀罕之物了。

"最近又想当诗人了，但是怕有一天我会厌倦。"我说。

"这世上绝大多数人都在漂泊，只有诗人才有故乡，无论这个故乡是在过去还是在将来。你想做就去做吧。"嘉木舅舅脱口而出，"不要害怕重复本身，关键得看重复的后面是什么。你看农人割稻子，站在几亩地里，眼前全是稻子，如果你时刻纠结于怎么割了一棵还有一棵，那样干活首先在心里就会累死，但如果你想的是有个两三天总会把它割完吧，难得有完整的几天经受这番历练，就不只是无聊地割稻子。这样的时候你会明白割稻子和推石头上山不一样。"

"这和我说的是两回事……"

"你可以好好玩一下生命游戏，它可不只有滑翔机，可能关系到人类的起源。"

"为什么？"

"你想想，它的规则那么简单，每个格子不是生就是死，不是白就是黑，但为什么只要重复的次数多了它就会产生令人意想不到的各种复杂图案？这个复杂图案不就是你所生活的世界吗？这个世界就是建立在某个简单的规则上的，然后无数次重复。有的重复会走向无聊，就像沙滩上堆满鹅卵石，但是有的重复会创造生命，而且是各种各样的生命。"

嘉木舅舅意犹未尽，稍后又抛给我一个问题："你也想想，一个人天天吃饭，而且可以在同一张桌子上反复吃，而做爱可能会厌倦，会喜新厌旧，为什么？"

"有趣的问题！"

"因为吃饭是为了活下去，而做爱是为了活得更好。换句话说，你吃下的饭是粮食，你做过的爱则是艺术。"

"有道理。"

"为了活下去，粮食是不怕重复的。但是艺术就不一样了。沃霍尔的波普艺术，不管是政治领袖还是国际明星，当他们的肖像被无数次重复、复制，表面上看意义好像是被强化了，实际上是被瓦解了。就像流行性感冒一样，一个人被反复感染以后可能就产生抗体了。"

"继续说，嘉木舅舅！你说到我心坎上了，现在满世界都是凡·高的画，的确是看得我直反胃。凡·高如果活过来，看到自己的作品像小猫小狗一样随处可见，他可能还要自杀一次。不过问题是，同样的重复，为什么我和江逎在一起时没有厌倦？哪怕是在做爱的时候。"

"因为你没有把江逎当作艺术，而是当作生命中必不可少的东西。像食物、空气和水。人生就是这样，如果你只当自己是在活着，你就会和树上的鸟一样该吃虫子时吃虫子，该睡觉时睡觉，哪有时间厌倦呢？人只会对那些额外的东西厌倦。当你硬要把人生想象成艺术，人生可能也会变成一种额外的东西，以至于稍有不合心意的事你就会厌倦，甚至烦躁不安。"

"好像是这样的，嘉木舅舅。现在我是既厌倦了拉磨一样的工作，厌倦了刀片一样的表格，也厌倦了等待。"

"你在选择方面浪费太多时间了。"说完这话嘉木舅舅稍作迟疑，紧接着从怀里掏出一把木制手枪，"这是你小时候我做的，当时你哭着喊着说别的小朋友都有。转天我就做好了，而且是经典勃朗宁，你知道第一次世界大战就是从这把手枪开始的，比三八大盖精致多了，只是我一直没有给你，我怕这种火器会养大你体内的暴脾气。不过昨晚我想好了，毕竟你这么大了，内心早已经平和，而且严格说这也不是火器而是木器，再加上你五行缺木，这东西可以派上用场了。如果遇事犹豫不决，你就拿这把枪吓一吓那个优柔寡断的自己。"

说完嘉木舅舅拿起烟斗，"咚咚咚"在桌子上敲了几下，哼着无名小调走了。

"这世界像露水般短暂……"

我双手捧起桌上的勃朗宁。它有着暗红色的外形，一面刻着"嘉木制造"几个字。翻过来是一行字母加数字 FN Browning M1910，FN 是比利时兵工厂的名字。这的确是普林西普刺杀斐迪南大公及其夫人的那款手枪。轻轻地把枪举到鼻翼附近，然而我闻到的只有一股沁人心脾的樟木的清香。

想起很多年前和江遹在萨拉热窝的那场旅行。在这座据说是住着一半活人一半死人的城市，随处可见的是墓园和弹孔。旅馆就在香蕉河岸街附近，黄昏时分在看完米杰尔卡河畔不过几十平方米的暗杀博物馆后我们第一次走上了拉丁桥。此时南斯拉夫已经解体多年，在此之前这座其貌不扬的小石桥曾一度更名为普林西普桥，而现在普林西普被认为是恐怖分子。

"人类历史真荒谬啊！"我说，"它总是结果决定过程，也就是后来的事情决定前面的性质。不像你以前做过的物理学实验，是过程决定结果。两套截然不同的逻辑。"

"是啊，荒谬。有的人来到这世上，只为打两枪就走了。有的人活了一辈子，可能只为了等那两枪……"

"然后十几亿人卷入一场战争，几千万人死亡。"

"那都是过去的事了。不过我更感兴趣的是暗杀博物馆里的那两支枪。"江遹有些漫不经心，眼睛还在盯着桥头那间粉红色的博物馆，"你有没有觉得其实命运有时候就像恐怖分子，你不知道他会躲在哪座桥头伏击我们。普林西普开枪是因为他热爱塞尔维亚，可是你说命运这个恐怖分子他开枪是因为热爱什么？"

是啊，直到现在我也想问，命运这个恐怖分子总在我周围打暗枪，他图什么？无论答案是什么，毫无悬念的是，和所有人一样有一天从这支暗枪里射出的子弹也会落在我的身上。为什么命运会乐此不疲？为什么有生命的事物终将消逝，而无生命的事物却可以天长地久？

几位姑娘

syllogism and moulin rouge

回想起来，相较于伊丽莎时代的轰轰烈烈，我回到国内后的有些生活则显得既平淡且轻盈。

我和雪妮已经很多年没有联系了，不知道现在如何。她是我最早在农科所认识的同事，那时我刚回国不久。其实我在农科所只待了不到一个月就走了，严格来说实习期都还没过。之后辗转到了现在的大学。有一天雪妮主动联系了我，问我还记得她吗，我说不记得了。雪妮说在单位的开水间我们经常见面，后来知道我调走了，直到最近才偶然有我的联系方式，这次打电话来就是告诉我别忘了还欠她一张电影票。这时我才想起她是那个经常和我一起打水的小姑娘，水稻研究室的文员。因为有大司马老师培育水稻的往事，我在开水间特意和她聊了一会儿。这就算互相认识了。后来有一次打水我们还绕着单位小转了一圈，听得出来她对我这喝过洋墨水的男人多少有些崇拜。

而我最初回答的也是一些诸如"巴黎好玩吗？""外国的月亮是比中国圆吗？"或者"你觉得世界上哪个国家的月亮最圆？"之类的无聊问题。就在我表现出某种厌倦的时候，她突然问我有女朋友吗？我如实回答现在还没有，不过也不着急考虑，以后再说。她说也是，男人总是以事业为重。接着说其实她还没有谈过恋爱，她今天真正想问我的是，这世界真的有美吗？

　　我说当然有美，好的诗歌、小说、电影还有艺术品都很美。本来我还想说布罗茨基说过美学是伦理的基础，不过考虑到她可能听不懂就只说了前半部分。

　　雪妮说她在这方面完全缺少经验，好看的衣服有一些，但从来不知道什么是真正的美，如果真像我说的那就找个时间请她看电影吧。

　　我没有明确拒绝雪妮的提议，这大概就是我欠她一张电影票的由来。

　　重新联系上了以后雪妮又主动找过我几次，虽然有点后知后觉，我还是知道雪妮有意和我来往。由于我那时候也处于情感的空窗期，加上抵挡不了雪妮的雪山诱惑与情窦初开的清纯，我们就试着交往了一段时间，不过很快就散了。具体说来看电影也是其中原因之一。

　　我们本想在电影院随便找部普通电影看，可是到了以后我觉得实在没什么可看的，就带雪妮回了我的宿舍。按计划我准备带她看《霸王别姬》，就在我轻描淡写说到这部电影的主题是"我是谁?"时,雪妮说还是换一个吧,于是我费了半天劲在网上找了一部 20 世纪五六十年代的系列短剧 *The Twilight Zone*(《阴阳魔界》)。此前雪妮和我抱怨过自己如何怀念童年,于是我挑了一部和童年有关的片子。An anecdote is an antidote,一个好的故事就是一份好的解药,这是文学课上斯蒂芬妮反复强调过的。短片讲的是中年人马丁偶然回到了自己的童年,并且十分留恋旋转木马,结果父亲把他赶出了家门,希望他回到自己的世界去。父亲给出的理由是在马丁的那个世界一样会有旋转木马,只是他还没有找到……大概就是看到这里,我发现雪妮变得扭扭捏捏,满脸通红,以至于我不得不按下暂停键,开始仔细检查雪妮的身体。直到这时我才发现她全身起了很多疹子。我问雪妮怎么回事,她说自己也不知道,可能是食物过敏了。

几天后市博物馆有莫迪里亚尼的展览,我觉得有必要去看,就带着雪妮去了。

"原来女人的脖子拉长后会那么美,这就是传说中的天鹅颈啊?可是天鹅颈也没有这么美!"雪妮由衷地赞叹。

然而很快前几天的状况再次出现,在看了几幅长脖子女人的油画后她又开始全身不自在,果然出疹子了,而且比上次还厉害。没办法,不知道又是遇到什么食物过敏了,我们只好赶紧离开展厅,她去找卫生间用凉水擦了一下才见好转。

我问雪妮，你以前经常这样吗？她说没有。

又过了几天，我约雪妮去海边公园玩，因为赶时间看日出我们是一大早去的，两人都没吃饭，没想到她还是过敏了。这回是我在草丛里找到一只大红瓢虫，这差不多是我最喜欢的一种瓢虫，平时不容易见着，像一辆英国红的甲壳虫，于是抓过来给雪妮看。哎呀真美啊！就这样，很快又过敏了。我们只得仓皇离开公园，大概过了两个小时，雪妮的疹子才下去。我说你这肯定不是什么食物过敏。雪妮傻傻地看着我，像是看着一口陌生的池塘，这次她是真的一头雾水。

为什么我们一共见面三次，结果每次她都出现严重的过敏症状，而且一次比一次严重？几次接触下来，对于雪妮之所以频繁地出疹子我心里渐渐有了答案。这是我从逻辑上推理出来的，我猜想雪妮是得了一种病，我把它叫作"美好事物过敏症"。简单来说只要看到美好事物，而且在心里是真的认为美好的，她就会浑身起疹子。有一次她看见我特别违心地填的课题申请表，居然也真心觉得是美好的，这次轮到我浑身奇痒难耐了。关键是她也没有真正觉得我美好，否则她早就过敏了。

就这件事我在网上检索了些资料，对照起来有点像是佛罗伦萨综合征，以前有人会在看艺术品时出现头晕眼花、呼吸困难的情况，但是从来不会像雪妮这般频繁发作，而且是针对一切美好事物。

接下来我们友好地分手了。我的推理很简单，既然雪妮对一切美好事物过敏，当她与我相处久了，只会有两个结果：

（一）我希望生活是美好的，我也是美好的。如果雪妮觉得我是美好的，那么接下来她的日子会暗无天日，因为每天她都会因为我而变得奇痒难耐。

（二）我希望生活是美好的，我也是美好的。如果雪妮觉得我是不美好的，那么我再努力都没有意义。接下来我的日子会暗无天日，连带着她的日子依旧暗无天日。

雪妮是我遇到的第二个有过敏现象的女人。毫无意外她勾起了我的某些糟糕的记忆。为了不让美好的人与事物折磨雪妮和我，在喝完两杯美式咖啡后我终于决定悄然离开了。实话说，我为这件事纠结了很久，我不想日后觉得自己背信弃义。雪妮的过敏症我在很多人身上都见过，只是形式不一样，但她是我真正想祝福却又无能为力的女人。十几年后偶然听说她嫁给了畜牧所的一个研究员，该研究员下海后通过养牛发了财，如今已经在上海和北京买了房子。

进入高校后我也试着通过熟人介绍谈过几次恋爱或者只是相亲，然而那些女人通常都太过精明或者务实。每次与她们见面回到家里我都感到疲惫不堪，仿佛刚刚参加完一次乏味的面试，诸如家里有什么人，收入还行吗，多长时间出一次国，会自己开车吗……一切都是表格化的。结果当然是不欢而散，简单来说我被她们直接变成了昆虫，并且带到了她们爱情牌的显微镜下观察几个小时，最后她们发现抓错了昆虫。

"哦，先生对不起，本来我是想找青蛙的，家里偏让我找蟾蜍，可是你是一只兔子。"

最后两次约会则是因为我们完全说不到一起。

一次是与某家三流社会学期刊的编辑 Q 女士。Q 女士当时三十多岁，出门之前我已经预感到这又是一次见光死的会面。我们一共聊了一个小时，她迟到了一个小时。我的印象是 Q 女士不仅有严重的职业倦怠，还有严重的职业病。我不明白为什么整个聊天的过程 Q 女士都板着脸。她先是说现在国内没什么好的学术文章，接着又说其实许多文章投到信箱里她都懒得看……

没看过怎么知道不好？逻辑如此混乱我差不多已经准备走人了。

Q 女士说心情不好的时候会找其中几篇回复作者，教他们如何写好一篇学术论文。

"很多语言、结构、立意都不规范。"

"学术文章又不是政治报告，哪有立意一说？"

"总之，所有作者都是病人！"说这话的时候Q女士往咖啡里又添了一块方糖。

这是我印象最深的一句话。

接着Q女士开始像医生一样诉苦，有些病人如何素质低。在中秋节甚至有一个神经病作者特别给她寄了一块牛粪干。

"牛粪干"这个词让我忍不住在心里哈哈大笑，我甚至听到身体里的屎壳郎都笑得花枝乱颤。

Q女士大概是听到了我胃肠里的喜剧，说我不够尊重她。

其实这时候我已经有些忍无可忍了。我决定和"牛粪干"划清界限，免得它碎成渣掉到了我的身上。我说我是昆虫学家，只是研究昆虫，但是我从不教育一只昆虫如何做昆虫，更不会想象出哪一只是正确的昆虫。

你能猜想到后面的事情，这一天没等我贡献一个昆虫的故事Q女士就背着她的棕色PRADA（普拉达）小包拂袖而去了。

最后一次是Z女士，心理学博士。无论如何我想快乐地结束我的相亲生涯，所以找了市里最好的一家餐厅。Z女士是我同学介绍认识的，在密歇根大学拿的学位，不过我很快发现留洋几年没有改变她头脑中的一个奇怪的观念——凡是书本上写的东西都是对的。

显然这又是个逻辑问题，毕竟即使是同一个作者十年前和十年后的观点都可能大相径庭。那一刻我差不多决定放弃了。我承认有这个想法是我的问题，不知道从什么时候开始我戴着一副逻辑的眼镜寻找心中的女人。难怪介绍人骂我喜欢在女人面前讲逻辑，注定找不到女朋友。我说的确是这样，我应该像尼采说的那样：到女人那去吧，带上你坚挺的鼻子，而不是瞻前顾后的三段论。

作为回报，Z女士很快也看穿了我的一切。就像一开始她就看穿了人类的一切，"女人想嫁皇上，男人想娶仙女，才不会管皇上是谁，仙女是谁"。

当时我们就坐在市中心最高的一家旋转餐厅里，也许是因为这里光线足够明亮，的确非常有利于我们互相看穿对方的一切。

Z女士一边剥着螃蟹一边看着我，我猜想她应该是剥开第三只螃蟹时看穿我的。

一开始气氛还好，Z女士说你是昆虫学家，我是学心理学的，说点有趣的事吧。

有趣的事？那首先就是大地上的性了。于是我便说了几个，最后谈到了动物界的贞洁观念，我说为了把自己的基因传递下去，几乎所有雄性生物都有一种本能，那就是希望下一代是自己亲生的。随后我举了个昆虫的例子。日本有一种虎凤蝶，在交尾时雄蝶会把精包送入雌蝶体内，当然这是生物界最正常的行为。不同的是，雄蝶还会分泌一种黏液，用交尾栓把雌蝶的生殖器盖上。这样雌蝶就不能和其他雄蝶继续交尾了。这相当于人类社会的贞操带现象。而蜻蜓也把阴茎进化成马桶刷一样的东西，为的是能够尽量把其他蜻蜓的精液给排出去。我说其实我不太相信进化论，因为所有这些机巧更像是某种高维的东西制造出来的，而不是进化出来的。

Z女士没等到我展开下去，直截了当地说我"变态"。我笑着说从生物学上来看，变态和飞翔差不多都是昆虫追求的生命状态。大多数昆虫都经过全变态过程，也就是小时候的样子完全不同于后来飞起来的样子。为了引申观点我接着说客观上人也一样，虽然身体上变化不大，但在精神上基本都会有化蝶的过程，以至于当我们回想过去，发现小时候的自己完全是一头没有灵魂的幼兽。如果再往深里说，传说中人死以后变成鬼或者仙，可以飞起来，也是人类的一种"变态想象"。就像两只同属鳞翅目的毛毛虫死了以后一只羽化成了蛾子，一只羽化成了蝴蝶。

看得出Z女士对我的花言巧语越来越不耐烦了，我知道她已经看穿了我的本质，这是几十年来连我自己都不曾看透的东西。如果不是她态度发生了微妙的变化，可能我还会说等明年开春了一起去山上看小动物们的性行为的，这对于生物学家不算什么，可是现在只能自讨没趣了。

　　其实我和Z女士讲的内容与我在准备的一场讲座有关。当我对形形色色的昆虫了解得越多，越觉得它们是人类精神的不同来源。于是我想写一本书，通过昆虫各种看似诡异的行为来揭示人类的生活状态。比如螳螂，很多公螳螂都会在交配的时候被母螳螂吃掉，而且通常情况下是上半身被吃掉了，下半身还在继续交配。只有经验丰富的公螳螂才有可能全身而退，但那也是少之又少。又比如蝉，它的听觉范围比人类广，许多低频的声音人类听不到蝉可以听到，但为什么旁边有人开枪蝉也听不见？这不是因为蝉像法布尔说的那样是一个聋子，而是因为蝉学会了充耳不闻——生命太短暂了，它要把全副身心都投在求偶和交配上，没有必要去关心人类和世界的事情。

　　仅就上面两个现象来说，在人类社会这样的人也是广泛存在的。关于前者，当然我还没有沦落到这么悲惨的境地，想想我还是幸福的。至于后者，每当想起蝉的这种境界的时候，我就有些自愧不如了。

　　接下来我开始大张旗鼓地走神了。又浪费了一天的时间！这一天唯一的收获是过来时在地铁一号线里面。当时大多数人都低着头看手机，唯独我的右侧有一个白衣女子一直在打电话，电话那边大概是她刚认识没多久的男朋友。白衣女子抱怨所在的互联网公司压榨员工，并且羡慕自己在石油公司上班的表姐，去年在非洲生了一场大病，公司花了几十万将她紧急空运到了瑞士的医院，捡回了一命……哎，与其坐在这里蹉跎岁月，不如把我派到非洲去挖矿。

由于缺少共同话题，而且互不买账，那顿饭实质上是不欢而散。此后我和Z女士再也没有主动联系。然而仅借一顿饭就能看穿我的心理学博士，据同学说她后来被一个在案潜逃的杀人犯给骗了。那人换了假身份，不仅和她结了婚，还让她生下了孩子。倒霉的是Z女士的那个儿子，上初中时被同学忽悠着吃了"邮票"，年纪轻轻就染上了毒瘾。幸好Z女士通过孩子的自残行为发现得早，及时介入才不至于让孩子被这种新型毒品毁了一生。

"世界太疯狂了，真的是连孩子都不放过。"同学接着绘声绘色地说，仿佛他亲自尝过"邮票"的滋味，"难以想象，上面印着花花绿绿的卡通图案，别说是孩子，成人也分辨不了。谁要是沾上这东西，起初会觉得自己像天使，飞啊飞，慢慢就飞到地狱里去了。"

很多年来我一直不理解为什么有人把心理学当作科学。昆虫学可以作为科学来研究，人体学也可以，但是如果心理学可以算作科学，那么占星术和塔罗牌应该排在它前面。我小区就有一位心理医生，时不时地给人做心理咨询，从来没有把自己的坏脾气咨询好，最后唯一的孩子被逼得跳楼自杀，只留了一句"愿我们来世不见"。依我分析，大概率是因为这位心理医生从一开始就把自己的孩子当病理标本研究了，所以她的孩子变成一只昆虫从笼子里逃跑了。

自从和心理学博士 Z 女士见过一面后，我更愿意相信类似"我们星座很搭""我们八字很合"或"你五行缺樱桃"之类的鬼话，好歹那是从虚无到虚无，有时候务虚更接近人生的本质。按我遇到的一位哲人的话，科学的尺子是丈量不出人生的虚无的。总之几次相亲没有给我带来一点快乐。有时为了不虚此行，也给生活找点乐子，我会在回家的地铁里把最近的那场遭遇想象成和某个昆虫国的国王聊天。比如编辑 Q 女士是一只慵懒的蜘蛛，她是蜘蛛国的女王。而心理学博士 Z 女士则是高高在上的寒蝉，统辖的是知了国……可惜，对于这个无聊的人类相亲活动我很快就失去了兴趣。否则，只要凑足几十只昆虫，我的相亲记也就可以直接印成另一个版本的《昆虫记》了。

"五行缺樱桃"是我和伊丽莎开玩笑时说的，严格来说也不算鬼话，这是人话，而且是我说的。当时伊丽莎对中国传统文化感兴趣，毕竟她身上有一部分中国血统，于是有一天我就和她讲解了五行。实话说对这些玄而又玄的东西我自己也只是一知半解。经过推算她是土命，我是水命，土克水，她应该克我。不过接下来她的一个提问把我也弄糊涂了。

"那大洪水的时候土去哪了？"

想了想，我说许多事情一条逻辑线说不通，土把水围起来，形成河流和湖泊，可以说土克水。如果大洪水把整个世界都淹了，只有少数人靠着不知其是方还是圆的船来存续生命和种子，则可以说是水克土了。至于人是怎么来的，根据传说是水和土相和形成泥巴，然后跑来个喜欢玩泥巴的神捏着捏着就有人了。我说究竟谁克谁我也搞不清楚了，不过我们最好还是搅拌在一起，这样未来就会有新生命了。

伊丽莎知道我在撩她，于是爬到我身上开始剥衣服，同时不忘继续追问她五行缺什么。

我说你五行缺樱桃。

过了好一会儿，伊丽莎大概明白了我的坏心思，脸竟然红了起来。

事实上我的确给伊丽莎买过几次樱桃，不过显然她并不喜欢水果。十几年后，当巴塔克兰音乐厅等系列恐怖袭击发生时，博马舍街区也在其中，我不禁想起了伊丽莎，想起那个一旦浮现就挥之不去的场景。

那是一个春光明媚的上午，我们被一阵震耳欲聋的喧闹声吵醒。楼下正在经过一支游行队伍。他们旗帜招展，从共和国广场出发，高喊着 à bas les États-Unis（打倒美国）等反美口号，整个场面可以说是既快乐又愤怒。而伊丽莎做的最惊世骇俗的事情是裹着一条橙色的浴巾站在阳台上和游行队伍招手并且呼应他们的口号，这时偏巧浴巾没绑住掉了下来，引得下面的人群一阵欢呼。而我只能一脸错愕地站在一边，像是急着扶起一个即将摔碎的花瓶。

"这个场面有点美！"事后我说。

在我脑海里重复了很多遍，巴黎、游行队伍、情侣、浴巾、阳台以及一条下坠的浴巾、青春勃发的身体、栗色的红磨坊……伊丽莎曾经试着简单画过这个场景，可惜都不是我理想中的样子。

记忆里伊丽莎最不缺的是快乐。我曾经和她在一起寻欢作乐，但是后来又互相变成了空气，这就是生活。

自从和伊丽莎散了以后，我一共有过七八次极不愉快的相亲经历。我曾经在一个空旷的场地上参加一个抽奖活动，主办方声称中奖率非常高。他们是对的，我的确中奖了，奖品是"再抽一次"。选择大多就是这样从一个虚无走向另一个虚无。你以为新的机会来了，但依旧是一个一无所获的机会。总之，我累了，我们都像是在实验室里看虫子一样看着对方。在做了最后一次的努力并且失败以后，我毫不犹豫地从所有或明或暗的笼子里退出来了。这段生活最后以一个三段论结束。

我爱女人，
女人心中有苍蝇，
我爱苍蝇。

有时候逻辑可以帮助我看透生活。既然逻辑上是这样的，为什么我不直接爱苍蝇？我可以全身心地爱我正在研究的各类瓢虫，如果出不了大成就，可以更换赛道，去爱那只已经催生了几个诺贝尔生理学或医学奖的果蝇，说不定撞大运可以出霍尔先生那样的成就，拿一个"炸药奖"。此外，我还可以加盟任何生物防治技术公司，有意者甚至打算给我股份大家一起创业。或者专注研究昆虫仿生学，把瓢虫的飞行特征和机械发明结合起来。我认识的一位昆虫学教授，发现七星瓢虫从两百米的高楼往下降落时完全不张开软翅仍旧可以平安落地，因为它两个半球式的鞘翅通过微张形成一种榫卯结构，通过摩擦瞬间达到迅速吸能的效果。如果把相关原理合理地用到无人机上，即可避免无人机在失控降落时摔坏。原谅我的胡思乱想，同样有榫卯结构的女人如果叉开双腿从天上掉下来一定会安然无恙。如果伊丽莎在我身边，据此她大概率会画一幅这样的画，一个裸体女人和一只七星瓢虫同时降落在某户人家的屋顶上，他们看到了什么，一个神秘的故事由此展开。

二十年后新闻里说荷兰政府都准备给老光棍发妓女了，而当年我这还算年轻的老光棍只能捧着一个经常打马赛克的手机。

你知道的，和很多贼心不死的男人一样，自从有了手机我就有了自己的电子后宫。在那里人生最无奈的事情不是鞭长莫及，而是阴阳两隔，是朕在外面发呆，各路磨面爱妃在屏幕里面跳舞。

塞巴斯蒂安曾经问过我为什么不去找妓女，像奈保尔[①]一样潇洒。我说我也不知道。也许只是因为力不从心，人不可能同时死于多种热爱。打个比方，如果是和妓女在床上死了，就不能说我是死于文学。

其实刚从法国回来的那年我是去过歌厅的，带我去的是从前的一个大学同学，做小生意发了点财。那天晚上他叫了两个小姐来陪我们唱歌。没过两分钟他就和其中一个小姐啃在了一起。而我不识时务，一直在和另一个小姐讨论昆虫。就像一个有知识没情欲的傻子，扯下女人的内裤只为了抽走里面的皮筋打邻居的玻璃。

大约过了一刻钟，同学忍无可忍，说你不要就别浪费，都给我算了。就这样他带着两个小姐一起上楼了。

---

① 英国印度裔作家，2001 年获诺贝尔文学奖。

我和那个风尘女子可怜的一点缘分就这样被葬送了。

那时候我在司梯街附近的一个居民楼里租房子，在我隔壁有个单身女子，东北人，家里经常有陌生男人出入，时间久了，我知道她是从"皮条胡同"出来的，她也知道我想吃廉价肉。

有一天我回来有些晚了，女人推开房门直接问我，大哥有性生活吗？

我直截了当，说没有。

女人笑我，那就来 happy 一下呗！

我支支吾吾，说抱歉我有。

我没有撒谎。那段时间我过得并不开心。我的意思是，生活 fuck 我，我也 fuck 自己，我和生活是一伙的。

如果需要一个三段论，此时大概是这样的。

人有性生活，

我是人，

我有性生活。

可是我为什么偏偏没有性生活？可我明明是人。咣当，三段论又崩溃了。

大概就是这样，刚回国的时候我决定随便找个人结婚算了。我已经放弃爱情了。这世界上没有爱，只有命运。有一天我突然意识到男人女人合不合适更多是受制于际遇，而不是让人费心劳神的爱情。嗯，love is destiny（爱是命运），脑子里突然冒出这句话，而且要自动译成英文，仿佛这个想法立即得到了全世界的认可。你想想，即便是亚当和夏娃，他们得以喜结连理、子孙满堂也不是因为爱情，客观上说是因为没得选。选谁呢？你看伊甸园繁华得像一口枯井，掉在里面的总共就两个人，除了夏娃就是亚当，除了亚当就是夏娃。总不能选蛇或者苹果吧？当然如果是现在，可以这样选，还可以选自己在水中的倒影，许多人都回到电子山洞玩手机了。但是如果那样就没有后来的人类的故事了。哎，也许亚当、夏娃被赶出伊甸园只是上帝的一个计谋。上帝太无聊了，想看人类上演戏剧。所以直到今天对于人间的悲剧他都不闻不问，他习惯了当观众。哪个观众会跑到舞台上去和演员辩论呢？如果那样戏就没法演了。上帝不想介入人间，是因为上帝不想否定自己，本来就是为了解闷，何必入戏太深？

可是，随便找个人也不是那么容易。如果哪一天遇到了鼻孔朝天的女人，我会在心里说你不是你妈十月怀胎生的，而是你爸花两个晚上从坟地里盗来的，所以你一开始就价值连城，像我这样的普通百姓高攀不起，只能敬而远之。当然这种话我只能在心里说说，在表面上至少我会盯着她的胸脯看，嗯，的确是高攀不起的样子。

算了，我又决定自己一个人过了。我有自己的伊甸园，里面有蛇、苹果和我。如果寂寞了就去找蛇和苹果。当然，我还有一群五颜六色的甲虫。

不去想这些不开心的事了。无论如何，从前那种糟糕的生活不能再继续了。我决定去过传说中快乐的单身贵族的生活。早睡早起，漫无目的地和遇到的人聊天，独自看电影，打保龄球，每日亲自为自己做两杯咖啡，当然最好是蓝山咖啡。如果经得起折腾，顺便还可以利用我的专业知识赚点钱，甚至创造历史。不是说历史是贵族的墓地吗？这贵族也应该包括单身贵族，像伟大的伊曼努尔·康德一样，做一个孤独而自由的帝王。

直到有一天，遇到江遄，得而复失的江遄，我彻底地从王座上跌落下来。从此我的生活终于有了改变，就像是一万年的死水里突然游来了一头鲸鱼，紧接着游进来一片大海。

嘉木舅舅

syllogism and moulin rouge

天底下有你们羡慕的工作吗？也许有，不过我没有遇到过。我曾经对学生这样说过，芸芸众生，每个人都不容易。你觉得烤肉香，当然你的鼻子没问题，生活也不错，但是你没有问过烤肉的想法。

　　现在我依旧孤身一人，在昆虫研究所教书，这是许多人羡慕的职业，不过实话说其实我并不快乐，因为在繁重的野外采集、室内饲养、实验设计和数据处理之外，我同样需要填大量的表格，包括课题申请、结项报告、每个学年的工作量表、师德师风考评、学生论文的各类装腔作势的评语，必须多少字数以上……在种种繁文缛节背后，关键是我对教育本身也不那么热爱。我相信万物有其本性。你无法对一块木头说，做钢铁吧，看它多么坚强。你也无法对一团火苗说，温顺一点，做水吧。

教育有多大用呢？你看拖把、锄头和椅子都没有接受教育，但是它们站有站相，坐有坐相，比我们有教养。此外，从道德层面来说它们既不觊觎他人财富，也不乱说乱动，更不会追求真理，或者担心世界末日。我的理论是，如果每个人认真擦自己的屁股，这个世界会干净很多，虽然这个效果你并没有看见。人的内心也一样。在看惯了各色人等夸夸其谈后，如果不是必须要做的事情，我宁可和猫与昆虫在一起玩。

那段时间我经常失眠，有一天晚上嘉木舅舅来找我。

"哦，你的房间太亮了，你要学会在黑暗中生活。夜深人静，你要好好做自己的梦，每个人只能做自己的梦，而不是别人的。好好睡觉，好好睡觉……学会贵生、卫生、养生，还有嘘、呵、呼、呬、吹、嘻六字诀……"

迷迷糊糊中我说，这关"卫生"什么事？

"不是讲卫生，是学会保卫你的生命。这是孙思邈养生歌诀里的词，'惜命惜身兼惜气，请君熟玩卫生歌'。"

我说我想回到乡下去，想着想着愈发睡不着了。

嘉木舅舅说既然这样那就离开学校吧，乡下有那么多树木、花朵陪着你，看它们一次次荣发生长，最后枯萎、凋谢，还不够吗？还有白鹭、山雀、麂子陪着你。你看七星瓢虫，它的翅膀多漂亮，去大自然里生活吧，你完全可以不考虑那该死的大学。

"为什么不把所有文凭都烧掉，是它们让你不能选择自己最想要的生活，是它们在奴役你。你过去的努力现在筑起了你体内的高墙。你要学着摧毁它，如果你想这样做，我完全支持你。"

我说好吧，让我再想想。过了一会儿，我又问他，都说隔夜的茶水不能喝，那么隔世的茶水呢？前些天我梦见了亚里士多德，他想和我探讨三段论，说我有些时候运用得并不准确，这样会有损他在历史上的威名。不过他也承认我的一些推论挺有意思的，虽然朝那个方向发展肯定拿不到三段论的博士学位，否则他可以出面请我去雅典当个院长。

"哎，现在雅典也大不如前了。"临走的时候亚里士多德没忘叹口气。

"可怜的孩子啊，心事别太重了。睡吧，在梦里你可以做一切事情。"

我说我想叫个外卖，召一个女子亲自上门哄睡的服务，电影里有的。

这时嘉木舅舅已经走了。

嘉木舅舅和我是同一个星座，都在冬天出生，而且只比我大五岁。我们时常有说不完的话。他的名字取自于陆羽的《茶经》"茶者，南方之嘉木也"。所谓"南方有嘉木，北方有相思"，对于我来说这意味着每当我听到或者想到"南方"这个词时就会想起我有这么一个神奇的舅舅。

嘉木舅舅夹着一把油纸伞，常常吹着《跟着感觉走》的口哨，在下雨天来看我。他微笑的时候偶尔会露出一粒金牙，那是他用香烟盒上的锡箔纸包着玩的，不过没一会儿就会自己掉下来，就像挂不住的单片夹鼻眼镜，惹得我哈哈大笑。他还经常把高德地图说成歌德地图，不过我从来不去纠正他。嘉木舅舅的衣服似乎也不合体，显然比他的身形大几号，不过既然是我给他发的，可以增加生活的喜感，他也没有多大意见。嘉木舅舅每次来的时候喜欢和我聊天，有时候甚至会住上几天，说的事情也总是天花乱坠，除了我遇到的某些当务之急，更多是有关大自然或者他所在的那个遥远世界的。此外还有一些是来自他走街串巷的旅行见闻和天马行空的想象。

"我是你天上的舅舅，还没有出生就走了。或者，还没出生就来了。"

"你完全可以不参加高考，谁能保证不是过对了河却上错了岸？"

"阿弥陀佛，你要理解我的姐姐，你的母亲，她养育你不容易。不要对她发脾气，她的地狱在你身上，你的地狱在自己身上。"

"如果你父亲回来了，你也要尊重他，毕竟家庭不是社会，一个家庭再民主，也不会通过投票选举一位父亲。"

偶尔嘉木舅舅还会随便找些地方胡乱涂鸦。有一天从法语学校回来时我看见他在墙上反复画着一个磨盘，仔细看又像阴阳图。只是一条鱼是红色，另一条鱼是蓝色，完全分不出阴阳。而且在磨盘中间还装着三根时针，磨盘外面是十二个格时间刻度。不同的是，有时候红色部分几乎淹没了整个蓝色。

我问画的是什么意思，嘉木舅舅并不作答，只是反问了我一个奇怪的问题：

"寒屿，如果人心都是黑暗的，为什么人和人不能好好相处？每天夜里我看到无数黑暗在黑暗中，它们从不吵闹。你看夜晚从来都是寂静的，不是吗？"

我说你把我问住了，嘉木舅舅。是啊，一种黑暗是如何能够忍受另一种黑暗的？是不是人有点光亮的地方就觉得自己了不起了？

上一次我被问住是上高中的时候。那天我一边骑着小母牛一边唱着胡乱编的歌词"未来属于我们"，只听见嘉木舅舅冷不丁地来了一句：

"未来属于我们，我们属于谁？"

嘉木舅舅就是这样鬼灵精怪。有时候我还看见他戴着一个草帽蹲在臭水沟和破铁门边拍照。由于取景都是其中微小的一部分，每次他都能出若干色彩艳丽的照片。

"你是想当艺术家吗？"我问。

"有人在诗里写了，我要试着赞美这残缺的世界。"嘉木舅舅说。

高二的时候我结拜了几个兄弟，有事没事经常在一起酗酒，深夜不归。那段时间我和嘉木舅舅很少见面。

有一天他来找我，手里提着一瓶白酒。

"嘉木舅舅你去哪里了？我很久没见你了。"

"独自喝闷酒去了。"嘉木舅舅轻描淡写地说。

"你也会喝酒了，酒量怎样？"

"一次五六两白酒应该没问题，每顿喝一点。"

"那好啊！什么时候我们也喝一点。"我有点喜出望外。

"今晚就可以。不过可能是最后一顿酒了。医生说如果再喝的话就要把我的肝给全切了。"

我说，嘉木舅舅你喝酒是有什么发愁的事情吗？以前你可滴酒不沾。

"只是替你品尝一下生活的滋味，以便将来给你一些有用的忠告。不过我确定喝酒并不是什么好事，它太伤身体了，而且也乱了心性。我常常因为酒喝多了找不到方向，有一次甚至一头栽进了池塘里，差点和李白一样捉月亮去了。你千万别信那些爱喝酒的诗人的鬼话，如果戒了酒他们的人生可能更精彩。我们很久没有见面是因为前些天我已经在医院切掉半个肝了。记住我和你说的话，可怜的孩子，如果不把酒戒了我就是你将来的样子。"

"嘉木舅舅，谢谢你为我牺牲，既然这样以后我就少喝酒了。你也别喝了。"

嘉木舅舅站起身："你告诉我，孩子，如何以醉酒的悲哀充盈生命的悲哀？和许多人一样，你每天生活在巨大的恍惚之中，不知道自己为何置身此地此时。生活本来就是无数的现实叠加着无数的想象，可是人们总是荒诞而又徒劳地试图分清什么是现实，什么是想象。"

我说因为大家追求完美，所以对现实总是不满，可是谁都知道完美是不存在的。

嘉木舅舅说，与其说完美是不存在的，不如说不存在是完美的。

我说想想也是，我神出鬼没的嘉木舅舅就很完美，除了穿的衣服不怎么合身……

说完我笑了起来，嘉木舅舅也跟着笑了起来，手里多了一个五颜六色的烟斗。

之后我果真从狐朋狗友的酒桌上撤了回来。两年后高考，嘉木舅舅每天都在校门口等我。那时候他的身体早就恢复了，打着赤膊，手里卷着一块蓝白相间的抹布。我说你怎么没有穿上衣，嘉木舅舅说他手里卷的就是。

"今早我是穿海魂衫来的，上面有几个破洞，我看这里人多，怕给你丢脸，就脱下来了。"嘉木舅舅接着说，"你可以什么题都不做，在考场上睡觉，做个梦也行，没必要羡慕别人的生活，你有自己的生活。没有开始的人生往往才是最好的人生。"

那时候嘉木舅舅和我一样对人世间的事情也不是太懂，但有一点他很确定，那就是我没必要往外面跑。我说我那么好的成绩不往外跑可惜了，你露出这一身真皮让大家看来看去、看上看下也不是太好，还是穿上吧。下次出门记得穿件好的外套，不行我送你一件。

过了几天，嘉木舅舅果然换了件新衣服和我见面，我问他衣服从哪里弄来的。他说在水沟里捉了一桶乌龟去附近一家餐馆换了点钱。

"本来想给你也来一件，当作毕业礼物，可惜钱不够啊，有几只乌龟自己跑了。"嘉木舅舅一脸坏笑。

我说这件事还真指望不了你，平时和我多说说话就可以了。

嘉木舅舅说要是那样就太简单了，他要有自己的生活。最近他准备去给农民盖房子，已经学好了泥瓦匠的手艺，觉得盖房子、铺路之类的活其实挺有意思的，而且干一件是一件。

"看来我还是天生聪明，最近为别人盖房子的时候省了不少砖钱。"

详细说说。

嘉木舅舅说主顾是一个大户人家，不仅盖了几层的楼，还铺了草坪，修了围墙。但是最后剩余的砖只够砌一层单墙，如果那样的话就必须加水泥柱。为了节约工时和材料成本，在嘉木舅舅的主导下施工队就把围墙砌成了波浪形，这样虽然砌的是一道单墙，但是砖墙内部形成了一个个拱形，使墙面既坚固又美观。

"大家都为我的创意拍手称快！"嘉木舅舅得意地笑了。

我说没想到嘉木舅舅的泥瓦活也这样好，你要是愿意考大学的话肯定什么大学都不在话下。嘉木舅舅说考大学做什么，白浪费时间，不过他喜欢钻研倒是真的，属于干一行爱一行的那种。几年后嘉木舅舅在景恒街租了个门脸卖红薯，偶尔还在附近的几家打印店打工。而他最羡慕的是一对做卷饼、卖玉米的外地夫妻，每天从早忙到晚形影不离，国庆的时候那对夫妻回家了，他就帮他们的忙照料这个小店。

"看他们从柜台底下钻进钻出，我也很心酸，所以总想为他们做点什么。"嘉木舅舅的理想是，如果哪天有了小舅妈，也和她一起开个面包房或者咖啡屋，形影不离。

哦，对了，早些年嘉木舅舅还动过一个念头，说是要在北京当一年的出租车司机，然后把这一年的流水账变成一本书就叫《北京TAXI》。接下来嘉木舅舅说他还准备把挣来的辛苦钱都用来买书，再弄个自己的书房，反正平时也没有什么开销，说不定书看多了，慢慢思路开阔了，可以给我提供更多的建议。我说如果那样我求之不得。

很多年以后的今天，突然想起这件事。

"你的书房怎么样了？"我问。

"我的书房比你的小多了，只有十几平方米，不过全是我用木头一点一点搭起来的，里面什么书都有一些，包括东方的修辞学和西方的逻辑学，还有各国的诗歌和艺术……和你梦想过的一样，这个书房是真的就在森林里，每天不仅有阳光和风声，而且鸟兽昆虫还会经常来做客。为此我还特别为它们准备了清洁的饮用水和可口的点心。"

"那真是不错！"我啧啧称赞。

嘉木舅舅说，自从有了独立书房，他最近想认真研究一下"玫瑰战争"。

我说，是英国两个王族的权位之争？

嘉木舅舅没有直接回答，兀自说了起来："人世间的战争真是多啊！自古以来，大家为面包而战，有了面包以后又要为玫瑰而战。然而有了玫瑰以后，战争还不消停……有时候只是观念不同也能打起来。"

我说其他动物只有饿了才会打架，而人最擅长做的事情就是自找麻烦。

紧接着嘉木舅舅顺势编了一个《红玫瑰与黑玫瑰》

的故事，并感叹人的眼里都是红玫瑰，但心里长的却是黑玫瑰。

我忍不住叹气，的确，要说有什么世界末日也是人类自己搞出来的。

"仔细想想我也真是幸福啊，就算是核战争也伤不着我半根毫毛。"嘉木舅舅说。

我说亲爱的嘉木舅舅你是在嘲笑我这沉重的肉身了，你能那么潇洒只是因为你身在此世又不在此世，因为你从上到下不长一根毫毛。

"我还给书房取了一个名字，叫'嘉木哲学屋顶'。它实际上也是一个图书馆。"嘉木舅舅说他认同马尔罗的信念，真正的革命家应该忙着为人类做两件事情，一是修建坟墓，二是修建图书馆。

"有意思。为什么只有'哲学'？"

"哲学还不够吗？难道它不包括昆虫学吗？现在学科分得太细了，实际上是作茧自缚。你知道的，让飞机能够飞起来的丹尼尔·伯努利，光是读书的时候就学过哲学、逻辑学、艺术学和数学，最后拿的是医学博士。最后做过解剖学和植物学教授，也做过物理学和哲学教授。他的研究范围完全可以说是亚里士多德式的。可是现在呢？一个专门负责研究萤火虫的学者站在阳光底下可能就是瞎的……所以，可怜的孩子，我很早就建议过你千万不要做专业细分时代的文盲。"

我有印象，可是为什么是"屋顶"？别人一般都用"书房"和"雅舍"之类的词。

"人要站在知识的上面或外面，而不是站在知识的下面或里面。有了这个名字它会随时提醒我，当我坐在书房里的时候其实我同时也坐在书房的上面或外面。你知道的，站在知识上面或者外面，人才是自由的，站在知识下面或里面的人可能被知识奴役了还在沾沾自喜。伊甸园的苹果说的不就是知识吗？对于会吃的人来说知识是营养，对于不会吃的人来说知识就是毒药，许多人不就是这样光着屁股从伊甸园里被赶走的吗？"

我说会深度学习的嘉木舅舅真是越来越通透了。前面听你说在写几本书，是不是也想成为学者啊？那么恭喜你！

"啊，不是，可怜的孩子啊，我可从来都没有恭喜过你，更不想走你的老路。"嘉木舅舅看起来有点生气。"你们这些学者只是互相看着像学者罢了，每天拼着命地互相为难对方，为此还非得在最年富力强的时候读一个博士学位，正事不干一直读到三十岁，而你甚至还傻乎乎地读了两个，巴黎的其他风景不好吗？女人不是更好的大学吗？相较于我自由自在地读书，漫无目的地闲逛，你们服从的只是一个公章知识体系和公章奖励体系，所谓有学问很可能也只是用一些行话来装腔作势。所以我说很多时候你们就是一堆活在文件和证书上的假人，而我反倒是真的。你们要求互相承认，又借着互相承认来互相伤害，比谁熬的夜多，谁屁股上公章击打的次数多、面积大。这方面我完全不一样，回想这大半辈子，没出生的好处是想做什么就做什么，想去哪里就去哪里，浑身上下没有一个公章，也不和任何人内卷……"

我说嘉木舅舅，我的确是你说的公章知识分子，也迎合了奖励达尔文主义，有时候还想得到并不存在的公众的肯定，不过你这样直接说出来是不想让我睡觉了。

嘉木舅舅连道抱歉，说这当然不是他的本意。

"我这就离开，可怜的孩子，你别多想了，休息要紧。"

和从前一样，嘉木舅舅只有在离开时才会敲我的门，而且敲门的声音也很特别，先是一下，再敲两下，接着是三下。就这样一、二、三，一共敲完六下嘉木舅舅就走了，而我像是被催眠了一样也会很快睡着。如果还是睡不着，嘉木舅舅就坐在门外不远的地方敲木鱼。在他的旁边，还坐着几只绿色的磕头虫。对的，是磕头虫，我曾经和江通特别讲过结构色和化学色的区别。在人类社会也有结构色和化学色。比如人的自然肤色是化学色，而人因为身份不同而表现出来的尊卑，就是结构色。至于嘉木舅舅是什么色，我只能说他是我的时光色或者陪伴色。

182

不一样的是，嘉木舅舅有时候还会变戏法似的从口袋里掏出一头水牛，牵着它到处转悠。有一次我看见他在网吧里打游戏，水牛就趴在他的身边。嘉木舅舅说老板，给我来两瓶水，还有一包草料。

衰年变法

syllogism and moulin rouge

这世上有太多不可思议的东西。人体内的血管总长度可绕地球两周半，而在人体循环一次只需要二十来秒。这比洲际导弹快太多了。

然而人就是这样一架精密到暴躁的机器，几十年前，我的灵魂开始使用它的时候没有任何说明书和操作指南。关键是这些运动和我的主观意愿没有半毛钱关系。

喜欢读书的威猛之士知道，此刻你不能放下书本让自己在一秒钟之内勃起，也不能在一秒钟之内睡着。

失眠在继续。最近学到了一个"死不瞑目入睡法"。据说只要盯着天花板的一个点看，看十分钟就可以了。然而我越看越精神。直到某一刻我看到了我的父亲。他骑着那辆二八大杠在雨后落满阳光的砂石路上走，一时竟不知是在现实中还是在梦里。他甚至还不忘扭转头和我说远处的光柱叫"丁达尔效应"。

醒来，外面下起了大雨。我感觉嘉木舅舅应该来过，不过印象中好像还有其他东西。直到洗脸的时候，我看着镜子上的水渍出神，恍惚之间突然想起昨晚我梦见自己被关在一间破败的磨坊里。

那是一间没有磨坊主的磨坊，我变成一头驴，每天穿上西服和皮鞋去拉磨，不时还会被人抽上几鞭子踹上两脚。而且我的西服面料是特制的，任何脚印都会像水印一样消失。偶尔还要和领头的驴子一起跳康康舞。

好在三段论此时坐在我的肩上，时不时用温柔的声音对我说："主人，这就是生活。而且和你比起来，领头的驴子更可怜。"

我说："是吗？"

"当然了，主人。至少你不用惦记着给其他驴子记工分。"

我说好吧。我想起父亲还在的时候，当时我只有四五岁。有一天晚上父亲母亲很晚才回来，说是队上刚刚开完会。父亲手里拿了一沓钞票，用红纸条捆着。我问有多少钱？父亲高兴地说有一百二十多块。这是他们全年的收入。

那时候日子慢慢好起来了，年底渐渐有了盈余。此前一年忙到头，如果赶上吃几顿肉，最后可能还会欠生产队的钱。母亲后来和我回忆起这事，接着她又免不了感叹这日子好起来，你父亲怎么就消失了呢？

我问得更详细的时候，母亲说父亲去县里叫人来放电影的那天，他还顺便带了四只猪仔到县里去卖。

"你说有没有一种可能，在去县里的半路上猪仔跑了，于是他去追，没想到追着追着自己迷路了。"

我想了一下说那不可能吧，既然放映队都找来了，说明他已经到了县里，到了县里那猪仔就应该卖掉了。

"万一没有卖掉呢？然后他准备把猪仔带回来，可是猪仔在城里见了世面，死活不愿跟着他回来，最后跑了。"

我说这也有可能，父亲找到猪仔就会回来了，只要人没有出事就好。记得有一次梦见父亲，他说不想种地了，所有躬耕于大地上的人，也不得不看天空的脸色行事。

"你爸就是太要强了。这母猪原来是生产队的，包产到户后分到了咱家。你爸希望通过养猪来改命，没想到这猪真的把咱家的命给改了。"

你知道"衰年变法"吗？这是文艺界的一种常见现象，说的是艺术家或者作家到了暮年时期，可能会跳出窠臼，或者像坚强的波拉尼奥①一样，在生命的尽头改弦更张，让人生突然有了革命性的突破。其实我一直在盼望这个时刻的到来，我对过去的生活和工作厌倦了，我

---

① 智利诗人、小说家。

想写一本小说，或者一部长诗，毕竟我也是文学博士，还有昆虫学的背景，我觉得有必要为世界留下点东西。或者就像我身强力壮的父亲一样，在找放映队过来放一场电影的途中或者半路上突然决定去寻猪，之后再也没有回来。如果他十分厌倦自己的生活，这样消失了好像也不是很坏。说不定他被切换到了另一个平行世界。

不过既然我还没有平行世界可以切换，就只能寻求日常的改变。然而就在准备衰年变法的时候我病了。

头晕眼花，口干舌燥，发着四十摄氏度高烧，我甚至觉得自己大概率是要死了。

在这之前十分钟，我还坐在沙发上重读布劳提根，思考阴户、蝴蝶、哥伦布的鞋子、刚刚抵达新大陆的船头、避孕药、春山矿难、禁忌、游走在小便池里的灵魂，以及去年春天我丢失的诗篇。

我顺势躺在沙发上，连续两天，望着天花板一动不动，而极端痛苦的时候天花板像是有一个巨大的旋涡要把我吸走。待稍稍安定下来，决定给自己做一些改变。也许是前面累着了，我希望生活从此轻松些，比如不参加任何无意义的酒会和应酬。

转天清晨身体见好，于是躺在床上做了几个似是而非的三段论游戏：

（一）

人在地球上已经存在六百万年了，

我还不到六百万年，

我不是人。

（二）

生活在地球上的人有很多个，

我是人，

我有很多个。

（三）

所有的狗都会死，

我不是狗，

我不会死。

（四）

尘土不会死，

我将归于尘土，

我将不会死。

（五）

红磨坊有很多光屁股的康康舞娘，

我有红磨坊，

我有很多光屁股的康康舞娘。

（六）

我可能得了鼠疫，也可能什么病都没有。

我得了鼠疫。

我什么病都没有。

…………

不知不觉接近中午，头又开始晕眩起来。床像覆舟翻转。看来逻辑的栅栏完全挡不住疾病的洪水横冲直撞。我怀疑我得了梦溃疡了。我在家里躺了一个月，接着又去医院躺了一个月，也就是差不多从学校失踪了两个月，从一开始我请了病假，不过我的同事似乎什么也不知道，几个工作群总是有人在相互鼓掌。

你知道的，我们这个专业的人更擅长和昆虫打交道，平时和昆虫说的话比人多。我有一个同事，当年之所以选择读了昆虫学的博士是因为她很早就知道自己患有珍妮·古道尔[①]一样的面容失认症。也就是说，让她记住人的面孔比记住不同动物的面孔要困难得多。最严重的时候她甚至认不出照片中自己的脸。

———————

① 英国生物学家，动物行为学家。

直到后来我才知道其实奥德里奇的面容失认症可能更加严重。有一次开会的时候我们不知道为什么聊到了这个话题。

"我也有这个问题。严格来说很多人和我一样有心盲症。"说到这奥德里奇教授特意加了一句英文，"Aphantasia。据说五十个人里就有一个是 Aphantasia。我们就是那种努力做笔记的差生。"

奥德里奇教授说他无法在闭着眼睛的时候想象出一个苹果是什么样子。小时候他曾经恨过一个高年级的学生，因为那人接连打了他十几个耳光，后来才知道自己恨错了对象，因为记混了那个混蛋的长相。

"我是前些年才发现自己有心盲症的，说是想象力障碍。当然这也不能叫什么病。你不是总做梦吗？我就很少做梦。睡觉的时候只要把眼睛一闭上，我的眼前就会完全漆黑一片，不会有像你说的乱七八糟的东西飞来飞去。"

第一次听奥德里奇教授说起自己有心盲症的时候，我感觉像是在看一个人现场展示特异功能。我说太羡慕你了，伟大的奥德里奇教授，你只要闭上眼睛就是一个避难所，而我的世界是太阳永不落山。

"好是好，我从来没有那种闪回式的痛苦。"奥德里奇教授接着说，"不过临死前可能不会和你们一样出现走马灯，像看电影一般回放一辈子的经历，多少有点遗憾。"

这是我唯一一次听奥德里奇教授谈起自己的临终关怀。《小王子》里说，有些东西不能用眼睛看，要用心看。这世界千变万化，也在于用不同的东西观看。肉眼看得见的只是名利和得失，佛眼看到的却是满目慈悲与虚幻。自从身体出现了严重问题之后，我倒是希望自己能够是心盲症患者。那样可以让我省去很多烦恼。

而另一方面我对奥德里奇教授也充满了同情。因为有心盲症，所以他无法闭着眼睛意淫。如果想意淫，那他就必须睁大眼睛，否则眼前只能是一团漆黑。

"这有点死不瞑目的感觉。"想到这一点时我正坐在马桶上忍受病痛，却不由自主地笑了起来。

不过奥德里奇教授通常都会化劣势为优势。人到中年时他就已经落得没剩几根头发了，按说普通人都会为此感到焦虑，可是奥德里奇教授没有。在他看来光头的最大好处就是即使天塌下来他也不会一夜愁白了头。

病来如山倒。在家苦熬了一些日子，实在支撑不下去的时候我叫了一辆救护车，准备在医院住下来。这一天医院乱作一团，在我几乎昏迷的时候有个患者的家属拿刀把医生给砍了，就这样我被扔在急诊室外大半天没有人管。凶手是网约车司机，据说同时签了几个平台，差不多每天跑二十个小时，累了就睡在车里，没日没夜的……好在这种混乱没有持续太久，主治大夫见到我时我又清醒了，只见他直摇头，说现在真是乱世啊，干什么都不安全，幸好送来得及时，否则你就没命了。

我说也许我已经没命了，只是没命的那个我消失在另一个时空里没让你看见。

而在这个时空里，我还在。消失的只有以前遇到的朋友，他们给我的真实感甚至不如我梦里出现的人物。

这就是我神奇的永生理论。在我这个唯一的战无不胜的平行世界里，还没有一个人成功地参加过我的葬礼。反而是我把许多人熬死了。你也许要笑话我自欺欺人了，可我就是这样想的。如果你不幸参加了我的葬礼，那就是你像燃尽的火箭助推器悄悄离开了我的世界，不是我烧尽了，而是你烧尽了，更准确地说，是曾经的那个我们共有的平行世界烧尽了。而我将带着幸存下来的平行世界继续向前。四十岁生日的那天我曾经许下一个愿望，希望从今往后能交到几个真心的朋友，并且邀请他们参加我未来的葬礼，结果十几年下来他们不是从来没有出现就是过早地消失了。

同时消失的还有我所在的学校与所有的同事，当然包括奥德里奇教授。几十天过去，学校唯一需要做的就是填表。如果不是填表，我怀疑自己从来没在学校待过。感谢表格，它给我续命，它让我存在。

想起几年前，我像偷地雷一样在医院做了一个重要的手术，只因为请假条上面有一个错字被所里的主管领导判定为"教学事故"。而上一级领导也认为这的确是教学事故，毕竟请假条是那么神圣的东西怎么能有错别字呢！为了安抚我的情绪，奥德里奇教授特别和我讲到如果没有请假条这块基石，整个考勤制度的大厦就坍塌了。

不过谢天谢地，无论是系统性的还是个人定制的，冷漠是最好的退烧贴。当我想到那些足够让我寒心的事情后，我的高烧慢慢退了下来，不得不说这也是件好事。这里面荒诞的意味，是不是有点像《智利之夜》？

绝望有时候就是这样给人希望的，在特定情况下它是一味良药，可以治好所有不切实际的幻想，比如"让世界充满爱""明天会更好""人性本善"之类的狂悖之言。同样，绝望还会以温情脉脉的方式让人心无挂念地离开这个世界，在时间的尽头看见雨果笔下的壮观场面：星球鳞片闪闪的躯体形成蜿蜒的宇宙之蛇。

第 13 节　井底之蛙

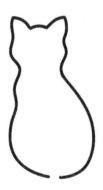

syllogism and moulin rouge

为什么古代的帝王与达官贵人喜欢人殉与物殉？江逦并不喜欢历史，但是她喜欢提问题。

我的答案是，当尘世不再挽留他们时，他们总指望能够带走一部分尘世。

"人和动物的最大区别可能就是人会心有不甘。当一个人快要死了，心里难免会想凭什么别人都活得好好的，我不能好好活着？除非世界末日来了，人才有可能会真正放下。"发完一通感慨后江逦接着问，"七星瓢虫临死前不会心有不甘吧？"

我说回头请死了的瓢虫给我托个梦。传宗接代是生物的本能，想一直活下去也是本能，不知道尼安德特人当年是如何安放自己的不甘的。不过作为人种虽然他们早就迎来了自己的末日，但是他们的部分"幽灵基因"片段还是留在我们身上。

江遹离开后，偶尔我会想起某些类似场合。现在不会有人和我谈起这样的话题，尤其是关于"不甘"。人并不怕死，只是死有不甘。

相较王侯将相，其实普通人都一样。试想一下，当一个人即将死去时，银行还有一个亿没有花完，还有挚爱的女人或者孩子，他的内心是多么痛苦。

至少江遹离去的时候心里充满了忧愁。她舍不得离开我们的家、喜欢的甲壳虫乐队，当然也应该包括我。我这样不肯定只是想说在逻辑上也可能不包括我。你知道的，这是我多年来的习惯，这个世界充满了不确定性，我不想把话说得太满。

相反，如果在你离开时还欠着银行一个亿，一想到以后再也不必为还钱的事情劳心，那你真的是可以含笑九泉了。

想起初秋的一个傍晚，刚刚从公园散步回来。由于暑热未消当时我们都想来杯酸奶。然而打开冰箱发现里面只剩下了一杯。

"我们分着吃吧！你一勺，我一勺。"我说。这是情侣间最中规中矩的做法。

"我有点累，你先吃一半，接下来我再吃剩下的一半。"

"如果那样感受会很不一样，还是你先吃吧。谁先吃

199

谁的体验就会好一些。"

"为什么？"江遹有些不解。

我说这是根据我的生活经验得来的，每次喝酸奶喝到最后我都有点欲罢不能，恼羞成怒……

江遹似乎明白我的意思了。

我接着说，如果我先吃了一半停下来，就像是活到中途突然死了，英年早逝，死了也就死了，前面吃一勺有一勺的分量。然而如果你从中途开始吃，吃到最后往往会因为杯壁上还粘着一些酸奶总想着再抠一点，抠到最后就像这酸奶你前面没有吃，只是在地上捡了个别人扔了的酸奶杯。

"啊！是这样的，对可能性的贪恋会降低生命整体的质量。"这下江遹彻底和我站到一起了。

"就像在 ICU 里躺了很多年的病人，生活本已毫无质量可言，但他总是觉得自己还可以抢救一下，能多活一天算一天。"

"想没想过这样不甘心地吃完一杯还想再来一杯？"

"当然想啊！那么不尽兴。"江遹不假思索地应了一句。

"有没有可能人生也一样，为了让我们的灵魂下辈子还愿意到这世上来，所以更高维的生物故意让每一段生命到最后都像抠酸奶杯一样不尽兴？"

…………

就这样随心所欲地聊着。回想起当时的争论，后来我和江遄的境遇完全倒过来了。江遄是先吃了半杯酸奶的那个人，而我是后面那个还在抓杯子的苟且偷生之徒。如果可以选择，我愿意来生再遇见江遄，哪怕只为再见上一面。当然逻辑上有个前提，她也愿意重返这个世界。

而我又是如何留恋人世间的呢？做手术的前一天晚上我曾经梦见自己是一位地主家的阔少爷，不幸的是年纪轻轻就被一位老医生告知："哎，恐命不久矣！恐命不久矣！"丢下几句狠话，老医生背着拿两块胶布粘的白十字架药箱子走了。接下来我发现自己的时间真的越来越短，只有一天不到了！钟表盘上的指针也在消失，和我的脸融在一起。回想过去的每一天多么幸福啊！我不用受到死神目光的逼视，可以自由自在地喝稀粥、吃糯米油条，外加一点咸菜，那都是我少年时代最喜欢的早餐，可惜我奋斗这么多年把这美味差点丢了。现在我不得不考虑自己的身后事，想象自己死后的样子。那个双目紧闭的形象如果让人看到实在是太可怕了。哎，人只有在生病的时候才知道自己没病的时候活在天堂。

这时来了几只黑黄相间的葬甲虫，领头的递给我一张名片，上面写着"动物界节肢动物门六足亚门昆虫纲有翅亚纲鞘翅目隐翅虫总科1科葬甲科副科长"。"我们可以负责清洁，而且不收取任何费用。"领头的葬甲虫说道。我说你们快走吧。接着我对身边的下人说死后务必把我埋深一点，我不想让葬甲虫在我的尸体上一边做爱一边烧烤，也免得被野狗刨出来，更不要被报馆的无良记者拍到。哦，接下来好像有点时空错乱，我好像是在现代社会，场面还要残酷一些，我的棺材上都安装了摄像头，一根白线从地底钻了出来。不知道谁说了一句，不要担心死后看起来丑，人要是被火化了长得就都一样漂亮了。我说我不想被烧掉，不过与其在这等死，还不如出去流浪，死哪算哪，反正其他地方别人也不认识我。刚才那个声音又说话了，昨天被老医生宣告即将死亡的人今天果然死了，这个人你还见过，是一个比你年轻的后生，所以最后一天还是别挣扎了，你走不了多远。根据他的描述，我回忆了一下，的确有这么一个人，他又黑又瘦，眯缝着眼，好像是前不久刚火起来的一位年轻诗人。我说既然这样那我就不挣扎了，我接受过几个小时自己就死了，配合专家预言去死也许会死得吉利一些。这时候有一个戴眼镜的中年人走了过来，他木讷地说要跟我告别。我一看是我忠实敦厚的管家，他大概是和我一起长大的。这个管家从面相上看长得很像平时住在我楼上的一位邻居，他的父亲总在各个楼道里收旧纸盒子、矿泉水瓶子等废品，我和江遹都说他也许姓曹，是民国大总统曹锟转世。扶正管家的眼镜，双手压住他的肩膀，我说我这么年轻就要死了，活不到你叫我老爷的那一天了，以后这个家还是由你管，我就要消失了，只剩下一个小时都不到了，这么多年来我们的关系是那么好啊。今天你是管家，我是少爷。如果一切正常，过些年你还是管家，我变成老爷，可遗憾的是我不能活到你喊我老爷的那一天了。说着说着我伤心地哭了起来。醒来以后，我有点恍惚，觉得自己作为地主家的少爷真的活过一次，而且相信如果过早地死去是挺舍不得的。还好，在那个梦里我还活着，没有等到死亡降临梦就醒了。

　　时常觉得，即使是一个最清醒的人在面对这个世界的时候也是恍惚的。为什么我是在这里而不是在那里？为什么我是我，而不是我是他？想起几年前的一个大雾天，有人问我是否看到一个少年，大概八九岁，身后背着一枝巨大的玫瑰，而玫瑰嫩绿的枝条上还有四片叶子。我摇了摇头，说不曾见到。而当那人匆匆离开，回想他说的那个少年的造型时，我又觉得好像在哪里见过。也许我是在梦里见过？平时深居简出，我确定自己在梦里打过交道的人要比梦外的多。如果说我在梦里有一座花园，那么梦外就只有几朵花了，而且我总能听到花瓣落在桌子上的叹息。

　　睁开双眼，嘉木舅舅坐在我的床边，双手正在转着圈地削一个鲜红的苹果，削开的苹果皮长得快掉到了地上。

我说我想辞职了。

"为什么不？"嘉木舅舅头都没抬。

我说我也不知道自己为什么还在坚持工作。我想游手好闲，得过且过。这些年我活得像一只昆虫一样渺小，却从未像一只昆虫那样自在，所以我想辞职了。我又强调了一遍。

"你完全可以做到。工作太有意义了，你不用追求意义，因为你存在本身就是意义。你现在可以把有意义的事情留给别人了，去做点无意义的事情，只有这样才配得上你无意义的人生。你懂吗？"

我说我大概明白。

"当你有意义，同时工作也有意义，两者就会相克。不是工作一塌糊涂，就是你一塌糊涂。可怜的孩子，你天天在意义的牢笼里转来转去，无意义的事情做得太少了。记住，有意义的人更适合做一些无意义的事。不要等到老了后悔自己这辈子好像没有认真活过一样……"嘉木舅舅边说边递给我削好的苹果。

"我快要死了，嘉木舅舅，我想轻轻松松地离开这个世界。"

"为什么说这些？"

"你知道有一个姑娘，因为犯罪二十多岁就死了，临死前她希望行刑人员能够帮她取下身体里的节育环……我想辞去工作的请求和她取环的目的差不多。我的意思是，她想生育，我想创造，而且从身体到灵魂没有异物感……"

嘉木舅舅摸了摸我的脑袋："可怜的孩子，这些你都可以做到，但眼下你不要过于担心了。人都是要死的，无论是国王还是农夫，死神会剥掉所有人的衣裳，让他光溜溜离开这个世界。我知道你不怕死，但是你还有些事没做完，甚至都没来得及做，甘心吗？"

嘉木舅舅总爱说"可怜的孩子"，在他那里"可怜的孩子"和"我的上帝"是差不多的意思。

我说这种异物感在我心里憋很久了，和你说出来好多了。

嘉木舅舅说前几天他已经去附近的庙里烧过香也求过签了。

"解签的人说我还会陪你很长一段时间。你忘了我以前怎么和你说的，你有九条命。说不定你还能看到我为你娶回来一个漂亮的舅妈。"

我说好吧，不管准不准至少你又陪我坐了一夜，去休息吧！至于找舅妈的事，你抓紧一点，我也想想办法。外套有点偏大，可以换一件。

一直想帮嘉木舅舅物色一位小舅妈，但是我怕他们处不来，以至于最后他反倒找我抱怨说我自己的生活都一塌糊涂，就别给他添乱了。

嘉木舅舅从口袋里掏出一个烟斗，说不休息了，今天他想扮成萨特的样子去半轮明月书店当一回知识分子。

"如果是工作太累了，我让威洛比（Willoughby）小镇①那两个钓鱼的孩子过来陪你聊天。最近我和他们聊得比较多。"说完嘉木舅舅站起身准备离开了。

我说不用了。

好了，嘉木舅舅走了，现在一切清静了，容我继续说回有关世态炎凉的事情。此外，我不得不承认的一点是，现代人普遍活在一种冷漠的结构当中。见面的时候大家都彬彬有礼，甚至称兄道弟，但是如果你生病了，谁也不会问你具体生了什么病，因为在现代社会疾病是隐私，痛苦是隐私，甚至连死亡也是一种隐私。城市是无人区，要死就死得无人知晓。哪个成功人士会为了疼痛呐喊？哪个体面人不是静悄悄地死去？

你知道我主要研究鞘翅目昆虫，这意味着我有不少鞘翅目昆虫的朋友，比如七星瓢虫、屎壳郎。在我的身体里有几只屎壳郎，不知道为什么，自从我做了手术后它们就开始罢工了。平常每天它们都会坐第一趟早八点的班车来干活，干完活一天清静，而现在它们只知道睡懒觉。我想了好多办法都不管用。直到我灵机一动，说你们好好干吧，年底给你们评职称、涨工资，但是只有一个名额，这个问题才算解决。

---

① 罗德·塞林电视短剧中的桃花源。

我住在517病房，这是一个标准三人间。好在窗外有一棵高大的梧桐树，所以还算有点风景。在我住进医院时主治大夫汤博士说没有空余的病房，只能临时留在急诊大厅里挂药水。那里人来人往，终日像菜市场一样嘈杂。第二天又来了个名叫朱相爱的女病号，没日没夜地喊个不停，为的是让脑子里的那个男人不要脱她的衣服。喊得我快绝望的时候，急诊室的护士通知说空余床位下来了。就这样我从一楼搬到了附近的五楼，而且紧靠着窗户。

最初的几天我像是躺在夜晚的无人区。有一次我甚至看见一个红衣女子死在无人区。她的鬼魂附在了狼身上，一个声音说她变成了地狱冥犬。好吧，接下来是地狱冥犬。当它向我冲过来时，我蹲下了身子，像是要捡石子。只见它停下来后退了几步，掉转头跑了。醒来我回味了好久，看来地狱再恐怖，也还是要尊重人世的法则。记得小时候我就是这样吓走朝我狂吠的野狗的。

醒来我根据回忆在手机备忘录里写了一首短诗，名字就叫《追杀一条老狗》。

你读过彭斯的诗歌《如果你站在冷风里》吗？

你知道我有多恨狗吗？

十几年前，是一只狗突如其来的大喊大叫让我丢失了我的梦中情人，我的王后。

事情是这样的，那天我正睡觉，天很冷。

我听到敲门的声音，于是从床上爬了起来，透过猫眼可以看到门外站着的是一个面容清瘦的女子。

那一刻我毫不迟疑地爱上了她。

我问她有什么事情，她说她走了很远的路，外面太冷了，想进屋避避寒。

女子的声音实在太好听了，是可以穿透灵魂的那种。

我说好的，你稍等。

我准备整理一下混乱不堪的头发。

她说谢谢先生，我仰慕你好久了。

然而就在我正要给她开门的时候被邻居家的老狗给吵醒了。

之后我再也没有遇到那个女子，我还记得她美丽的容颜。我担心如果不能重新回到那个梦里去，她就一直在门外站着不能进来。

糟糕的是后来我做了几次与此相关的梦，都是忙着追杀那条老狗。

哎，这就是生活，我们不仅会误入世界，还会在梦里走错方向。

甲虫会做梦吗？如果五星瓢虫不做梦，七星瓢虫会不会做？我不知道。想起卡夫卡说过的，我们一生不过是清醒地穿过梦境，每个人只不过是岁月的一个幽灵。而我不只是岁月的幽灵，还是自己的孩子，我花一辈子的时间慢慢地把自己生下来。我突然怀念起塞巴斯蒂安了。以前觉得写作与思考是生育的过程，现在我明白活着也是。整个人间就像是一个巨大的子宫，每个人靠热情与痛苦的脐带连着。有一天当我离开人世，我将迎来新的生命，所以，死亡只是另一种形式的分娩。

我料定自己不会轻易死掉，这辈子，被死神和两只猫同时驱赶着，嘉木舅舅说过我有九条命。

这天我躺在病床上，一动不动地望着窗外的天光。没过多久，在并不嘈杂的病房里再次看见了我的命运策划师。我们已经很久没见了。

几十年前他曾经给我准备了十个有关命运的底稿。

"在里面挑一个吧！这是没办法的事，没人能同时走两条路。"

"就第一个吧！"我说，"没什么好比较的。"

"为什么不认真看一下？有各种可能的角色，我为你精心准备了几个晚上。"

"不用那么麻烦，这不是因为我有点懒，谁也不知道门后面藏着什么。我的意思是国王与农夫各有各的苦难。"

"有什么特别的内容需要加上去吗？只要不违反规定我可以效劳。"

我本想说不管什么角色，诚心体验就行。然而脱口而出的话只有两个字——"活着"。

命运策划师撇了撇嘴，说到了人间你一定是个漫不经心的人。

他是对的，直到现在我仍保持着出生之前一切都无所谓的样子。

"如果有需要，现在你可以回看你五十岁之前的剧本了，反正都是你已经走过的道路，算是解密了。"命运策划师说。

我说不用了，我知道自己这些年是如何过来的。至于花是为何开又为何谢的，说实话我并不好奇，而且也并不吉利，等游戏彻底打完了再说吧，我还想活着。

"按照流程，我们做命运策划师的在你们得了重病时通常都会来看一下，算是做一个人生回访。在这里签个名字吧，证明我来过。"

我说好吧，没想到这事也需要填表签字，你们也怪不容易的。

"恭喜你，你通过了考验，还可以继续活下去。如果你刚才回看过去的剧本，这一生就结束了。"

好险！原来命运策划师带来的是人生走马灯。

命运策划师接着说，人都不是一次死掉的。而人在真正离开人世之前会遇到两种死亡：一种是每天的小死亡，它们每分每秒都会发生。另一种是不定期的大死亡。人是死了以后活过来再去死，然后又活过来，恭喜你现在又活过来了。

　　说来也凑巧，我的两位病友一位是海边的普鲁斯特；另一位是艺术家，也是某大学的艺术系教授，我们管他叫"李将军"。他们一个比我大十岁一个比我小十岁，共同点是作为"数羊俱乐部"的成员最近这些年都没有睡过一个好觉。

　　小普鲁斯特说他是在写小说的时候病倒的。说起来我和江遹在网上还读过他的东西，虽然具体内容记不清了。两个月前小普鲁斯特还在为他的百万字长篇加班加点，就在快完成初稿时他隐约感觉到自己的身体要出事，最后果然出事了。

　　"像是突然有一团火要把我烧成灰烬。也许是烧糊涂了，我觉得保护我的神都跑光了，现在只剩下祸害我的神了，可惜了我即将完成可以与《追忆逝水年华》媲美的小说……"

　　我说先别失去信心。等将来小说出版了，你给自己买个什么礼物？说这话的时候突然想起江遹曾对我说过，现在很多人知道"似水流年"这个词，都以为它是普鲁斯特的，其实是汤显祖的。

小普鲁斯特说，买一把普鲁斯特扶手椅，亚历山德罗·门迪尼（Alessandro Mendini）设计的，点彩派风格的那款就可以，大概几万块钱，我都看好了，我想坐在上面喝咖啡。

"你为什么喜欢门迪尼的东西？"

小普鲁斯特说门迪尼一生都在读普鲁斯特的作品。当然这不是最主要的，因为很多人也在读普鲁斯特，最重要的是他的一句话。

"什么？"

"真正的天才都是善良的，都是为人类的未来着想的。"

说到这小普鲁斯特有点难过，他看起来像六十岁，而实际年龄还不到四十岁。

"真遗憾啊，我还没有把最好的礼物奉献给这个世界……"

"这个世界也没有派哪怕一个人来看望过你，小老弟我劝你还是先好好把病养好吧！"李将军已经听不下去了，也许有对人世的愤怒，更多是对小普鲁斯特的怜悯，平时他没少分心照料。尤其在小普鲁斯特的液快输完的时候，他会扯着嗓子喊"护士、护士"，以至于服务站的护士以为出了什么大事赶紧跑过来。

"大爷，您按下床头的铃我们就知道了。"护士抱怨道。

相比而言，李将军的状况的确要好得多，不仅有妹妹经常过来送饭，而且据说还有一位学生专程从美国赶回来看望他。

"要说我这辈子也挺圆满的，画了不少画，也卖了不少；做过不少梦，也都不错，虽然身体受到了影响。不管怎么说一直在做自己喜欢的事情，直到最近病了……我也算是清高勤苦，奋斗了一辈子，等自己真正得了大病时，才知道所有的名望加起来竟然换不到一个单间。我们这些最看不起关系的人其实最需要关系……"

"这就是生活……不过没什么，就算是关系它也是会死的。"小普鲁斯特有气无力地嘟囔道。

就在李将军为自己远在美国的学生感到自豪时，我想起了一件事。这些年我唯一删除的联系人是一个隔三岔五在微信上给我发殡葬用品广告的学生。几年前他买了我的一本昆虫书，算是毕业后与我重新有了关系。此后的代价是我经常要接受他的殡葬用品推荐。我也不知道这个学生毕业后为什么开了一家殡葬用品公司。删掉他以后我神清气爽了好久，仿佛删除了死神。

这个三人间我刚进来时也十分抵触，不过比急诊大厅肯定强多了。而且两位都是高素质的人，因为失眠基本也不怎么打鼾，仅凭这一点我就已经很知足了。上次住院因为同室病人打鼾，以至于我每天晚上不得不抱着被子睡在洗手间里。

时间过得既慢也快，和两个睡不着觉的人不知不觉一起待了差不多一个月，直到他们陆续转走，病房里空空荡荡只剩下我一个人，我才突然意识到整个517病房像是绿皮火车的包厢，现在前面有两位旅客已经下车了。先是艺术家终于转到了单间特护病房，紧接着是小说家带着恨意和不甘离开了他热爱的人世，他的《追忆逝水年华》在我这里只剩下一个含糊其辞的标题和一段随时可能被我忘记的感慨。

哎，要我愤世嫉俗吗？都说睡眠是小型的死亡，而活着是漫长的失眠。这世上，狗屎永生，但人终有一死。

想起有一天在集中讨论了爱泼斯坦的萝莉岛丑闻后，我带江遹看了一遍库布里克未删节版的《大开眼戒》。虽然片子里没有死亡，还有诸多香艳场面，没想到的是看完片子后江遹像被霜打了一样。

"我觉得每个人被魔鬼牵着，你没有想着其他女人吧？"

"当然没有。"

"库布里克是因为拍了《大开眼戒》被害死的吗？"

"这可不好说，毕竟那时候他也上年纪了。"

江遹说这些都不重要，重要的是自从看了这部有着香艳的性派对场面的电影后，感觉墙上的面具被污染了，而且我们这些中产阶级太可怜了。

"人世是一场化装舞会，大家戴着面具，到处是权贵，也到处是羔羊。而我们天生就是戴着面具的羔羊。"

我说如此说来我们的确像是混入头等舱的下等人，不过做羔羊也没什么不好，反正人总是要死的。

江遄说中产阶级就像是一只勤劳而不幸的井底之蛙，好不容易爬到了井口，它以为可以看到外面的世界，最后却被人一脚踹回了井底，而且掉下来的时候井里的水已经干了。

江遄接着说短期内她不想再看电影了。

我说好吧，我们活着好好的没必要受其他人的影响。

可是几年后当我住进了三人间的病房里，我更清晰地知道生活是一场大电影，无论你逃到哪里，它都在你的眼前播放。

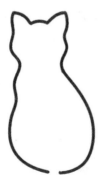

syllogism and moulin rouge

中午接到一个电话，是校图书馆的李馆长打来的，我们很久没有联系了。她提醒我几年前借了好多本诗集，这次正好借图书馆特赦的机会抓紧还了，免得后面要交很多罚款。我说好吧，我已经忘记这世上还有图书馆了。几年前李馆长的母亲死了，据说老人先后几次召集自己的儿女，想在和儿女们聊天的时候安静地死掉。第一次没成功，第二次也没有，第三次成功了，死得很安详。儿女们一直在边上等着，都很高兴。李馆长说她的母亲好像没经历死亡就死了。老人小名叫米兰，死后骨灰就撒在前院角落的一个米兰花盆里。这位老太太生前一切从简，凡事想得开，大概也不会为此责备子女。当年老伴死后留下的一堆乐器第二天就被她当破烂扔了。我说老人是有福之人，不过平常也觉得人类是太空虚了，以至于总想着给死亡添加点仪式感，甚至包括成立行刑队，一群训练有素的人排成一排，只为了杀一个人。可是追求仪式感的行刑队从来不给死刑犯一朵花。按说活着的人总得感谢一下那些死去的人。毕竟，用现在最流行的话来说，每一个死去的人都给活下来的人留下了所谓的情绪价值，让他们相信能够继续活着是幸福的。

我已经很久没有借过书了，如果可以我想找人多借些睡眠，等死了以后再还给他。

现在我的生活可谓风平浪静，除了失眠，几乎没有什么痛苦。人这台机器，不是这里卡壳就是那里冒烟。每晚我都会回到那个熟悉的场景，仿佛是一个守夜人回到了漆黑的枯井之中。而那口枯井就是世界的全部。我问得最多的一个问题是"怎么又掉到这口枯井里来了？"人生多荒诞啊！尽管每天都觉得时间不够用，可我还是心甘情愿地直挺挺地躺在那里，任由一群兴致勃勃的恶鬼在自己身上胡作非为，再在白天为它们诞下头昏脑涨的儿女。

有一次我特别按心理学家弗兰克尔提出的"矛盾意向法"试图让自己保持清醒。不焦虑，不焦虑，将"追求入睡"换成"追求清醒"，清醒到极致累了自然就睡了。然而那天晚上我零敲碎打把一本书读到了天亮。

我是一个重度睡眠障碍患者，这些年很少睡一个整觉。吃过褪黑素、谷维素与各种富含氨基丁酸的食物和补品，听过各种各样的睡前相声，还根据催眠专家的建议伸展四肢假装自己正躺在地中海的帆船上，化作一块鹅卵石沉在水底，或者手握念珠想象不远处有僧人在敲击木鱼，但是所有这些都不奏效。最后稍微调整好了一点也是时睡时醒，整个夜晚像是走在一条斑马线上。

"最好不要吃安眠药，万一你再也醒不来了怎么办？"

"别指望能一觉睡到自然醒，把目前的'斑马觉'压缩成'三段论觉'就是成功。"

无数次我暗下决心，但是所有的决心只是给自己解闷而已。

当然很多坏事也会变成好事。"斑马觉"的好处是，因为都是浅睡眠，所以醒来后我差不多可以清晰地记住每一个梦。

在现实中我是恍惚的，如坠云里雾里，在梦里我却是清醒的。而住院期间的梦，我可以像编书目一样清晰地把它们一一呈现出来。

············

4月24日。梦见我回到村子，这里出现了许多高楼，到处是霓虹灯和人形衣架，却没有一个活人。我惊喜地发现在路边有一家mk2电影院。在梦里我包场看了一部电影，而演员只有我自己。

4月25日。梦见自己在乡下散步，三段论和红磨坊慢悠悠在后面走着，前面是明晃晃的太阳，突然两个小家伙拼命地朝后面跑了起来。我转过身喊你们要去哪里，它们说主人你跟上来就知道了。于是我追了上去，一追追到了一个铁匠铺。里面是一对老夫妻，我问老人有没有看到两只猫。他们不说话，只顾叮叮当当敲着铁砧上烧红的铁块。我东张西望还是没有找到我的猫。心想这个时候我只能靠自己了，于是给自己打电话求助，电话一直占线。就在我准备离开的时候，听见老头用低沉的声音对我说你的铁猫打好了。直到这时我才知道就在我进入铁匠铺之前三段论和红磨坊已经一起跳进了熔炉，它们把自己变成了铁块，再由老夫妻锻打成了两只一模一样的铁猫。

"现在你们叫什么名字？"看着渐渐变凉的两只铁猫，我冷冰冰地问道。而心里还在惦记着原来的两只猫。

"主人，我们死过一次了，现在你可以叫我们铁石心肠。"两只铁猫说话了。

过了一会儿，屋子里不知道什么时候多了一只红色的发财猫，不停地向我招手。

"我是来为你催眠的。"

两只铁猫又不见了。

"我的猫呢？"我将目光再次投向老夫妻。

谁知道老夫妻看都没看我一眼，直接化作两只甲虫飞走了。

伴随着铁钳和铁锤落地的响声，我醒了。

醒来后我发现自己还是躺在夜的斑马线上，时间是凌晨一点半。楼下有急诊处的汽车轰鸣声。

4月26日。梦见失踪的父亲，他镶着一口金牙。我说你这金牙和嘉木舅舅的一样，是在哪里镶的？父亲说是在县里的照相镶牙修表合作社镶的，当时你还没有出生。当时流行"戴手表的摸耳朵，镶金牙的咧嘴笑"。我说你这些年去哪了？父亲说去卖猪仔了。最近各地闹猪瘟，有点担心，所以想尽早处理了。

"去哪里卖了？"

"县城的菜市场，可惜四只猪仔都没卖掉，一只给船家抵了过渡费，另外三只放生了。"

"我几十年没见你了，卖猪仔要这么久？"

"最近一直在忙着写日记，你过得怎么样？"

日记？我从来没有见过你写过一天日记。而就在我整理思绪正要回答的时候，父亲倏地不见了。

4月27日。梦见一个菜市场。菜市场的中央是一个游乐场，一大早里面就挤满了人。一头大白猪跑过来了。虽然肥胖无比，每走一步都地动山摇，但它还是当众接连翻了很多个跟头。

"这是今天最肥的长白猪，也是最健壮的猪。"高音喇叭里传来嘹亮的声音。

"耶！"长白猪伸出猪蹄，比了一个"V"字。

众人鼓掌。这时有人被后面的人挤进了游乐场，和长白猪躺在了一起，紧接着是一片哄堂大笑。

"和长白猪相比，人太像小猪仔了！"

迷糊中我问猪，你马上要被吃了为什么还那么高兴？猪说被人吃了总比烂在泥里强。

"你知道器官捐献吗？一个垂死的人希望通过这种方式让自己的生命在另一个人身上得到延续。如果不被杀我就永远是猪，如果被杀了而且被人吃了我就变成人的一部分，可以成为人的大脑、心脏、四肢或者活力四射的肾……"

我对旁边的人说，这是一头好猪啊，它思维敏捷，太适合做我的研究搭档了。

仔细一看边上的人是水生。最近每天都在梦见故人，而且他们都只出现一场，像是另一种形式的人生走马灯。

"我早就说了你没死，可是你妈偏不相信。"

"你不醒我就不会死。"水生说。接着他转过头让我和屠夫聊聊，争取在长白猪被杀之前买走就行了。

"猪是可以不杀的，你听过浙江猪的事吧？一个农民把它养到了两千斤，每次要杀它时它都变成了美女，这猪后来还信了佛……"

这时又一头肥猪地动山摇地走了过来，在它鼓胀的肚子上插了一根钢制的钎管，钎管口冒着蓝色的火焰。

接下来不知为何梦境切换到了意大利，好像是古罗马的斗兽场，场地上到处是猪粪，里面还有一家日本私塾，上面写着"终日钦钦，常存战场"，而我昏昏欲睡。

屠夫说这是他办公的地方。猪有猪的用处，你不是研究昆虫的吗？干好你的本职工作……就这样在屠夫的训斥中我醒来了。

4月28日。梦见骑自行车回家，远远望见一座海岛。听见乡音，是一名女子在海里游泳，奇怪的是一会儿海水结冰了。

4月29日。梦见继续骑自行车回家，四周都是稻田，遇到一条河，直接飞过去了。和一个陌生人一起在田野里散步，走着走着，当我转过头时发现他变成了没有四肢的领导人头像。虽然他还是在地上走着，我却尴尬起来了。

4月30日。梦见梁巨轮，他说他最近迷上了一个哥伦比亚的姑娘，我忍不住伤心起来，劝他对自己的老婆好一些。

5月1日。梦见卡夫卡。我驾驶着一只大红瓢虫飞到了天上。云朵好漂亮，想拍照，但是怎么都按不下快门。慢慢地周围气温越来越低，直至云层变成了错落不平的溜冰场，我被冻醒了。醒来后发现有一群褐色的甲虫在修长城。好像我也变成了甲虫，有着粗壮的身躯，笨重的外壳还有六条毛茸茸的细腿。

"有点像是路易十四的小腿。"我对自己说。

"卡夫卡也在这里修长城。"一个声音飘了过来。

接下来许多甲虫停下手中的工作开始围观。

果然在长城垛口上有只长着一对大耳朵的甲虫。待我走近时发现它顶着一个十分精明的小脑袋，脸色白得吓人。

"卡夫卡先生，你在《变形记》里面变成了甲虫，具体是什么甲虫？是不是天牛？"

"你一个昆虫学家，为什么不好好研究昆虫？"卡夫卡先生有点生气。

我说我更喜欢研究人属的甲虫。随后梦里的甲虫都散了。

从天空中飞来一朵蘑菇云，不是上升，而是下降的那种，接着从里面落下了一辆车，车里下来一名白衣女子，在山顶上摆起了一个冷饮摊子，不时还举起手里的单反相机拍天边的晚霞。

5月2日。梦见我闭着眼睛坐在湖边晒太阳，黑色的圆顶礼帽放在一边。周身暖洋洋的，像是在冬天。睁开眼睛时发现礼帽被来来往往的人踩扁了。接下来看谁要倒霉了。一个农民走过来，在上面踩了一脚，还没等他走过去，我站起身，抓住他的衣领，厉声责问他为什么踩坏我的礼帽。农民连连向我道歉，就在我准备说没关系时，他整个人在我手上消失了。我望向湖面，湛蓝的湖水似曾相识，像是记忆中的柏林湖，不同的是湖边有沙滩，而且有些鸡和鸭子在游泳，乍看起来乱作一团。就在我骂骂咧咧准备要走的时候，突然发现湖面上像是被清空了一样，只剩下一只鸡和一只鸭子在嬉戏。我听到鸭子发出鸡的叫声，然后与鸡做出环颈亲昵的动作。一时看得眼热，我拿起相机准备给它们拍照。在取景框里，我目送它们一左一右游向远方，虽然还是一鸡一鸭，但在我眼里它们仿佛变成了两只白天鹅。我默默地对自己说，你看相爱会让鸡鸭变成天鹅。

5月3日。梦见自己鞋子未脱站在一口巨大的铁锅里，铁锅正在做芹菜炒肉，分不清是我不小心踏进了别人的锅，还是我被人扔进了锅里。不知道过了多久遇到水生的父母，他们告诉我当地之所以发生武斗是因为外地来的一个大干部挑拨的。我说，为什么？他们说因为当地人都争着表明爱他。

5月4日。梦见大街上到处是机器人，几名软件工程师跪在街边乞讨。一只无毛猫走过来了，仔细一看是失踪多年的红磨坊，手里还握着一沓传单。

"在干吗呢？"我迎上前去，好像红磨坊从来没有丢失。

"我们正在招募诗人和艺术家。"无毛猫似乎并不认识我，说完递给了我一张传单，一副敬岗爱业的样子。

我接过传单，是一纸动员令，上面写着机器人的时代已经来了，人类的末日快要到了，全世界各地的诗人和艺术家必须联合起来。

就在我正要问无毛猫更多细节时发现它不见了。

5月5日。梦见有一群人要闯进家里，房门怎么也关不上。待终于消停了，电脑又成精了，它要我滚出家门。我和它辩论，说我才是这个家的主人。这时身体里的闹钟又响个不停。场景切换到了医院，我请求女医生帮我做手术把闹钟取出来。然而女医生取出来的是我的心脏，它看起来的确像个闹钟，不停地扭动、叫唤。女医生爱抚地把心脏交到了我的手里，我发现它变成了一个孩子。

5月6日。梦见我藏在书包里的罪证被发现了，一群人来到我住的地方将我包围。当时我还在床上躺着，领头的中年男子穿了一件白大褂但好像又不是医生，他抓住我的双手，我高举的双手和他形成对峙。

我说我不会逃，你让我安静地待两分钟。

"没问题。不过这次死罪肯定是跑不掉了。有一个九十多了都被判了死刑。"

"我知道。"我有些懊悔，如果昨天傍晚去把那罪证毁掉也不至于如此，是我的懒惰摧毁了自己的生活。

"我不太明白的是，如果我死了，整个世界不也好端端消失了吗？包括你。"我接着问。

"这件事不用你操心。你被执行死刑后我肯定还活着。"

我说那就去执行死刑吧。就在我心生恐惧时，立即醒了，一看手机，时间是凌晨三点四十九分。谢天谢地。

⋯⋯⋯⋯⋯

事实上很多年前我就已经自我诊断得了轻度的梦溃疡。我不仅经常梦见自己在飞，而且整个夜晚都和白天一样亮亮堂堂。虽然整体上每天的睡眠一塌糊涂，但是就像醒来后时常对嘉木舅舅说的，昨夜我又穿越了一个个剧场，又在梦里度过了精彩的一天。而醒来后的世界却是那么乏味。这时候嘉木舅舅会语重心长地提醒我适当地增加深度睡眠，否则会对身体造成不必要的损害。

真正的灾难是在我和塞巴斯蒂安发生争吵后的几天，我的身体又开始警报不断，紧接着病情急转直下。不过谢天谢地，在医生的帮助下这次我又挣扎着活过了春天。有一点我很清楚，这糟糕的睡眠还将继续给我的健康带来损害。像是早些年抓了一把种子撒在地里，而且是各式各样邪恶的种子，到了丰收的季节它们就会来报复我。你知道的，我们从一出生就同时被安装了死亡程序，更准确地说自从变成了一个受精卵这个程序就启动了。如果足够安静，我都能够听到死亡程序运行时发出的滴滴答答的声音。

这一夜我又一次梦见自己踩着弹簧一样的空气飞起来了。

理智告诉我，也许我不能继续做梦了，可是这件事我完全决定不了。嘉木舅舅说的没错，生命是一盏油灯，如果想活下去，就得不断添油续命。而我不但没有添油，反而加了几个灯捻，甚至打破了油灯瓶。在过去几十年里，我曾经和无数人比勤劳，直到现在才知道你背负的所谓人生蓝图，在别人眼里不过是一个空画框。

syllogism and moulin rouge

几天后，我躺在床上等候办理出院手续，静静地看着输液袋流尽最后一滴苦水。护士拔掉了几天前新埋的针管，笑着对我说："你终于解放了。"因为无聊，我在手机上看鞘翅目的长颈鹿象鼻虫，这也是我百看不厌的一种昆虫，像一台会飞的小型挖掘机。就在这时，主治医生汤博士进来了，他最后一次查房，身后跟了一大堆实习生，还有一个中年道医，据说是汤博士的朋友。我说起初我以为自己只是普通的感冒，之后又以为是常年接触各种虫子引发了感染，最后才知道自己得的是梦溃疡。

汤博士说就是因为我常年做梦，导致身体出现了大面积感染，加上平时滥用药物、饮食不洁以及对现实不满等因素造成免疫力低下……不过经过治疗暂时不会有什么大问题，以后要注意了。

我说最近做的梦里总是饥肠辘辘，经常在找东西吃，不知道这是不是身体康复的征兆。昨晚梦见自己带着一堆昆虫在赶公交车，最后整个车子长在了地上，每个旅客都灰头土脸的，尤其是售票员小姐，她剪了一个短发，像是刚从土里钻出来的。

汤博士说："梦溃疡这种病不好根治，度过危险期以后你还要慢慢调理，偶尔做梦其实问题也不大，你不要太紧张了，你要注意的是比较特殊的两种情况。第一是你的梦境太美好了，它们像毒品一样耗费了你太多的元气与精力。第二是你对待自己的生命像人类对待蜜蜂一样。"

"第二点没听懂。"我说。

"亏你还是昆虫学家，对昆虫的具体生活这么不了解。"汤博士抬起头开始瞪着我，"人类对蜜蜂实行的是奴隶制，我们不断偷走它们的蜂蜜，然后逼迫它们为生存奋斗。你知道蜜蜂被作为授粉工具，而不是生命。蜜蜂为酿造一滴蜜，要采集十万朵花；为酿造一公斤蜜，要绕着地球飞十圈以上。你看这些被我们称为'勤劳的蜜蜂'的小可怜虫每天在花团锦簇中加班加点，最后即使不过劳死，也会因为长期接触花粉中毒而死。而你呢，不断逼迫自己工作，还一个接着一个做梦，想不死于梦溃疡都难……"

汤博士说："这次发病急，你是侥幸活了下来，以后必须省着点劲工作，最好做梦也少一点。"

我说好吧，接下来最重要的是把我内心的淤泥挖出来，引进更多的活水。

最后汤博士说，医生只能治生理上的病，其他因果或者业力上的病都得自己想开点了。

下午，我终于一个人离开了医院，大概半小时后回到了原来熟悉的生活圈。

在小区的入口我遇到一个两三岁的小姑娘，她正与一个抱着孩子遛弯的年轻妈妈说话："阿姨，我能和小宝贝再玩一分钟吗？我觉得小宝贝长得又可爱又美丽，她是不是叫小汤圆？"

小姑娘奶声奶气的，听得我心都快化了。

年轻妈妈站在那里笑个不停，连忙对小姑娘说："好好，今天就叫她小汤圆。"

如果江遹在身边，我会对她说，你看全世界的荒谬加起来，都不足以对付两个可爱的孩子。

那一刻我知道自己活过来了，阳光同时落在我们几个人身上，这种重回人间的感觉真好。

而这时候小姑娘和我说话了："叔叔，祝你——父亲节快乐！"

我受宠若惊，说小姑娘你真可爱，然后赶紧离开了。

回到家里，查了一下手机，果然今天是父亲节。

"等你做了父亲，我要给你过三个父亲节。一个是6月的，全世界都过的父亲节。一个是8月8号的，那是咱中国人的传统父亲节。还有一个是1月的，那天我躺在地铁里，没有一个人愿意为我停下来，而你像一位慈祥的父亲一样照料我……"想起江逎曾经说过的话，我的眼眶又一次湿润起来。如果没有什么意外的事情发生，我料定自己不会有孩子了。奋斗了那么久，走了那么远的路，最后发现自己变成了最后一代。准确说，我是我这个家族最后的孤儿了。

这天晚上我梦见和江逎还有小汤圆一起在乡下老家散步，四周是一片绿油油的稻田，还有此起彼伏的蝉鸣和布谷鸟的叫声。"My dear little carbon based…"①

给小汤圆打着马肩，我以普契尼歌剧《我亲爱的爸爸》中的咏叹调轻轻唱了一路。

走到一处山脚下发现这里较小时候多了一个岩洞，里面不断有水奔涌出来。

"啊！水潭里有海豚。"突然小汤圆惊叫起来，手里的核桃仁掉到了地上。

一看果然有一只小海豚正朝我们游了过来，并且探头探脑地像是找东西吃。可是我们没带任何食物。问不远处正在干活的农民，他说我们给小海豚喂矿泉水就可以。果然在我们前面有一块石砌的喂食台，上面有一个空矿泉水瓶子。见状我连忙将手里的水倒了下去，而小海豚也驾轻就熟张大嘴开心地喝个不停。紧接着旁边摇

---

① 我亲爱的小碳基。

头摆尾又游过来了两只。

水潭里明明全是水，为什么小海豚还找我要水喝？

这时小汤圆又说话了："爸爸、爸爸，可能那个山洞通了大海，涨潮的时候会有海水涌进来。而小海豚比较淘气，喜欢拿矿泉水当零食。"

江通说，啊，小汤圆啊，你真是又可爱又美丽又聪明！

我敢说这是我一生做过的最温馨的梦，以至于醒来后我好长时间都舍不得睁开眼睛。因为只要还没睁开眼睛刚才的梦就还是完整的，就不会受到现实主义光线的污染，我是这样想的。

而且这又是一个颠倒现实的梦，因为无论是淡水海豚还是海水海豚，在我印象中它们都是不喝水的。

我是转天才理解汤博士的话的。那是我第一次意识到自己一直都在盲目地活着，像一只误入密室的昆虫。

从医院回来后，临睡前我又去门口的理发店。

这里还和以前一样，习惯把每一个剃头匠叫作老师。

"想找哪个老师剪？"现在接近打烊的时间了，几个老师正坐在转椅上漫不经心地玩着手机。

我说自己很久没来了，所以这次不是来上课而是来补课的。

补完课，回到家里我痛痛快快冲进了浴室。

洗完澡发现差不多十一点了。想起开门时有一只健壮的昆虫跟着飞进了浴室，扑腾了几次始终没飞出去，现在仍像一个微型摄影机挂在浴室的天花板上。

擦干身子，我关了浴室的玻璃门进卧室睡觉，接着浏览了一下手机很快忘了给昆虫放生的事。

转天早晨，起床洗漱，发现昨晚那只昆虫已经死了，它一动不动地躺在了浴室的地上。

出于我自己的生活经验判断，我怀疑它是"过劳死"，当然也可能是自杀。如果我是这只昆虫，遇到昨晚的情况可能会有两种结果：

情况一

（一）我意识到自己被关在密室里。

（二）我必须找到出口逃出去。

（三）我拼命挣扎。

（四）在挣扎的过程中我累死了或者绝望自杀了。

（五）我没有等到第二天早上密室的门打开。

情况二

（一）我没有意识到自己被关在密室里。

（二）我不必找到出口逃出去。

（三）我不必挣扎。

（四）我和往常一样睡了一觉。

（五）第二天早上当密室的门打开后我飞走了。

以上是最坏和最好的两个结果。

问题是作为一只昆虫（一）我并不确定不断求生最后可能会死掉；（二）我不确定转天密室的门是否会被打开。

在这只死去的昆虫身上我仿佛看到了我的命运。人最糟糕的处境是对自己的处境一知半解。如果全都知道，就会耐心等到转天早晨有人前来开门营救我，而不必以死相搏。如果全然不知，那么有关密室的观念不会压迫我，我只当是在一个普通地方住宿一晚，和平时在森林与草丛中一样。然而我学到的知识和具有的理性都只是将我抛至这前不着村后不着店的暴风雨的中途。所谓Ignorance is bliss（无知是福），知识未必一定是力量，在思虑密集之地即便天堂也会坍塌。

既然此前为治病住进了医院，说明我还想活下去。接下来以防万一，每当出门的时候我都会将身份证和医保卡带在身上。目的是能够在我被送到医院的时候不至于慌手慌脚。当身体一点点好转，我还试着写了一篇文章。我能料到这篇文章势必造成我和学校的彻底决裂。然而就在我准备把它发出去的时候，塞巴斯蒂安来找我了，他穿着一身我送给他的乌鸦牌圆领睡衣，而且带了一瓶西班牙红酒和他的病猫帕斯卡。自从上次发生争吵后我们最近很少见面了，按照惯例他会当着我和三只猫的面朗读新写的诗，不过这次并没有。

　　至于为什么争吵，我竟然记不清楚了。也许是因为我并不像他那样坚决地反对生活的笼子，或者只是因为对于他推崇的某首诗给了过低的评价。总之我记不起来了，它像我做过的梦，隐隐约约记得有这样一回事，醒来时却没有留下任何蛛丝马迹。

塞巴斯蒂安的告别

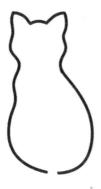

syllogism and moulin rouge

"我准备出门了，帕斯卡以后就交给你管了。"人还没有完全走进屋，塞巴斯蒂安开门见山。这家伙，我住院的时候从来没有去看我。

　　我面露难色，说如果把帕斯卡留下，这所小房子里就有三只猫了。当塞巴斯蒂安仍要坚持的时候，我说你要是外出的话就找个宠物店托管一下，而且以后都这样，我太忙了。无论如何，三只猫对我来说实在是太多了。这种状况会给我造成严重的心理负担，我会觉得是我寄宿在猫窝之中，而不是我在家里养了三只猫。最重要的是现在我大病初愈，以后恐怕也会麻烦不断，自己的两只猫都照顾不过来。为此就在刚才还从网上买了一个长宽高各一米的不锈钢大笼子。也许放养就可以了，但是我怕两只猫在外面受欺负，所以最好的办法就是说服它们——以自由换安全。

　　塞巴斯蒂安撇了撇嘴，说好吧，人要学会接受命运，猫也一样。接下来我们像往常一样聊天。塞巴斯蒂安掏出一本《消失的岛屿》，今天朗诵的是希尼的《半岛》：

> 当你不再有话要说，就开车
> 在这半岛上周游一天吧。
> 碧空高远如在跑道的前方，
> 地面没有标志，所以你不会抵达……

刚刚读了几句，塞巴斯蒂安突然抬起头，说："你知道吗？从本质上说人生是没有目的的，所有路标都是人设定的，好像有什么目的地，其实没有。即使有目的地可能也不在这颗星球上。你说，有没有一种可能，我们都是被判处死刑以后流放到地球上来的，我们在地球上活多少年就是被判流放多少年？"

塞巴斯蒂安接着说："我这样讲对于早逝的人或许是一种安慰，但也不绝对。流放结束后，更高维的生命会根据一个人在地球上的表现进行发落，有的人还是会被处死，有的人就会彻底获得自由。但什么是表现好，什么是表现差，我们并不知道背后的游戏规则。"

我说你讲的和最后的审判一样。你不知道上帝已经死了吗？

"可是时空的无限性在，可能性就在。"塞巴斯蒂安一边说一边抚摸帕斯卡黑色的脑袋，"最近总在做一个相同的梦，一个熟悉的声音从暗处传来，像是我自己的又像是别人的，它说我们不只是困在空间里，时间也一样。我们被困在时空一体的双重笼子里。所以说，诗没法拯救世界，美也无法拯救世界，因为诗和美同在囚笼之中。"

我说食物链就是一个笼子接着一个笼子。你看蜻蜓很漂亮吧，但也是空中捕猎的能手。当它在空中遇到猎物时，会把六只脚向前方伸张开，因为每只脚上都生有无数尖刺，六只脚合拢起来就是一只口朝前开的小笼子，这样它就可以一边飞行一边让自己饱餐一顿。

塞巴斯蒂安突然变得有些不安，不时翻转着我书桌上的沙漏。之所以对我说这些，是因为他并不完全相信这些鬼话，可是既然每天都在做无意义的事情，这样活着无异于平地上铺砖，还不如试试运气，从地下或者天上挖一口深井逃出去。

"为什么要等到雪腐烂才去雪地上走？"这是塞巴斯蒂安那天留给我的最有诗意的话。

我说从这个角度来看有理由相信有些人选择自杀实际上是一种越狱。

塞巴斯蒂安说："Exactement[①]！"

我说你不会胡思乱想吧，塞巴斯蒂安说他不会，只

---

① 法语，准确。

是内心有东西在打架。

塞巴斯蒂安母亲是法国人，父亲是中国人，自小同时学习了中法双语，喜欢中国传统文化和法国文学。遗憾的是父母过早地抛弃了他。当时塞巴斯蒂安已经足够大了，但也只是刚到叛逆的年龄。父亲大半夜地要把塞巴斯蒂安从宾馆带回家，两人一路争吵，怯懦的母亲默不作声，只在车祸发生的瞬间发出一声惨叫——"Putain de merde^①！"父亲新买的别克商务车撞在了路灯杆子上，最后只有塞巴斯蒂安活了下来。

自此以后塞巴斯蒂安相信加缪的那句话，唯一严肃的哲学问题就是自杀。他曾经尝试过很多种方法，但是无一奏效，因为他只是在思想上尝试，从来没有真正实施过。不过对未知的东西塞巴斯蒂安总是保持着持久的兴趣和天真的快乐。有一次他兴匆匆地跑来找我，只为告诉我他的一个发现——在金星上面一天比一年长。

我是在有一年中秋的晚上遇见塞巴斯蒂安的，当时我独自在河边玩，看着明晃晃的月亮落在水里直出神。这时一个男孩过来和我打招呼，像是从河里走出来的，他说他叫塞巴斯蒂安，是嘉木舅舅的朋友，家就住在附近。塞巴斯蒂安说他非常喜欢李白的《月下独酌》："你

---

① 法语，他妈的狗屎。

我再加上月亮也是三个人了！"接着他为我朗读了自己写的诗，问我喜不喜欢。我说我在课本上读过几首古诗，还谈不上懂诗，不过今晚的月光真的很美，像五月的新娘，我真的爱死这个世界了。塞巴斯蒂安说，哎呀浪漫主义，你说的就是诗啊！

我和塞巴斯蒂安接触最多的时候是在高中，当时他做了法语联盟的半个外教，有时候会来学校找我玩，偶尔甚至一起打台球，而我准备将来去巴黎念书，开始偷偷地学习法语。当他知道我正在"失恋"时，就用法语对我说了句 Ce n'est pas la mer à boire。大意是忘记一个女人没什么难的，又没有人逼着你喝下整个大海。不过当时我并没有听懂，我觉得如果能让我和那个女孩在一起喝下整个大海也没什么。

之后我和塞巴斯蒂安经常联系，包括在巴黎的时候。印象最深的是塞巴斯蒂安经常抱着一本帕斯卡的《思想录》，并且为思想家有关理性和感性的论述着迷，他同意人的心灵有自己的道理，也就是灵性，而且灵性在很多时候都是理性和感性不能理解的。同样他也相信，人类之所以荒谬到渴望社会却不需要真正的朋友，是因为他们害怕不合群时的孤独并且希望忘记自己。我知道塞巴斯蒂安还是一个不婚主义者。自从养了一只欧洲黑猫以后，他就给这只猫取名帕斯卡。

和很多海归一样，面对学历逐渐贬值，回国后我只在一个三流学校谋得了教职。值得高兴的是和塞巴斯蒂安在同一座城市生活，两人平时住得也不远。因为塞巴斯蒂安喜欢写诗，而且是偏欧陆传统的浪漫主义，我们经常会在一起讨论诗歌。当然更多的时候我只是配角。虽说出于兴趣我骗了一个文学方面的学位，严格来说还只是一个诗歌发烧友，我缺少塞巴斯蒂安身上的那种激情和自我牺牲的精神。具体是什么我说不清楚。

前几年，塞巴斯蒂安特别换了一所顶楼的小房子，还买了一架天文望远镜，有时候几天不下楼。我问他发现了什么，他对我发出歌德式的感叹："天空什么也没有，我没有看到一颗星星。"我说你是不是镜头盖一直没打开，他猛地拍了一下大腿，然后说他打开了。

"我没有看到一颗星星，只听到宇宙让我毛骨悚然的寂静。"

我说你写诗吧，诗人会看到一些别人看不到的东西。

今天塞巴斯蒂安又带着新写的诗来找我了。很不凑巧，我的身体极度不舒服，聊了一会儿我有点累了。

我开始不断暗示塞巴斯蒂安现在可以离开了。

然而这个不谙世事的家伙还在自顾自地滔滔不绝：

"为什么商朝之后神明集体消失了？为什么奥林匹斯山上的诸神也集体消失了？无论东方还是西方，取而代之的都是帝王。表面上看神灵不再干预人间的事情，可是随帝王而来的是不是一个更精致的完全针对人类的笼子？神明集体消失是不是高维生命的一次撤侨行为？是从什么时候开始他们意识到如果继续人神共居会有危险？是不是发生了感染，比如你说的梦溃疡？如果上帝是真的，他是不是看透了人类的愚蠢？如果耶稣是真的，他是不是根本没有复活，而是选择一走了之？耶稣是不是通过把自己钉上十字架的方式完成了神界的最后一次撤侨？从此人神再无往来……

"现在到处都在打仗，到处都是冲突的源头，从东欧到耶路撒冷，你有没有想过，上帝并不需要耶路撒冷？耶路撒冷之争是金苹果之争……魔鬼用符号控制人类。

"你看法语里的 foyer，它原本指'火'，后来引申为'家'，也就是有火的地方才有家。可你知道火可以加热食物，也可能把人烧死。就像中文里的'灾'字，它是 calamité、fléau、désastre、malheur、catastrophe……都是'灾祸'和'不幸'。你再看中里的'家'这个字，以前人和猪是住在一起的。如果谁的家里着火了，人和猪都会被烧死，现在不一样了，猪只能关在养猪场。我们是不是住在一个没有神明的笼子里，就像猪住在一个没有人的养猪场？即使我们有朝一日不幸一起堕入了世界末日，神明依旧可以在天上推杯换盏，因为地上的火烧不到天上。

"恐龙的灭绝是不是神灵为了人类实验进行清场？万有引力是不是上帝的一道屏障？它不仅限制我们随时飘走，还限制了不同星球上生物的作恶半径，当然包括人类。你说马斯克是不是在违背造物主的旨意，当人类作恶的半径扩大了，原有的宇宙秩序被打破了，人类自己也会随之遭殃。在过去，一个人只会死在自己的土地上。现在他可能死在地球上的每个角落。将来，人类的尸体会遍布整个银河系……还有，负时间是否存在？"

我说该死的塞巴斯蒂安，我现在不关心人类，也不关心银河系，人类爱死哪死哪，今晚我只关心能不能早点睡觉，我头都快炸了。看见我有点烦躁不安，塞巴斯蒂安这才连连道歉，带着不易觉察的沮丧，站起身说他就要走了。

临走前塞巴斯蒂安还心有不甘地瞟了一眼我墙上的电影海报。

"这电影没啥意思！"

塞巴斯蒂安已经不是第一次说这句话了。那是米开朗琪罗·安东尼奥尼的电影《过客》，讲述的是一个人死了而另一个人冒名顶替活下去的故事。几年前为讨论假死现象我曾经推荐江逦一起看过这部电影。不过那次她没有看完，只说了句"过客没有故乡也没有他乡"就继续忙翻译的事去了。后来她打算看完又为了造人计划把这部电影扔到了一边。我之所以特意买来了相关海报，是因为喜欢变换身份这个话题。它相当于一只七星瓢虫羽化为一只蝴蝶，想想就觉得荒谬。

好吧，塞巴斯蒂安既然觉得没意思，我朝他做了一个 OK 的手势。我能理解他批评的这部片子里充满了前现代的紧张与后现代的疲惫以及无望。

"尼克尔森胸真大，比小女友的大。"塞巴斯蒂安朝我做了个鬼脸。紧接着房门被打开又被关上，伴随着走廊里的声音越来越远，塞巴斯蒂安和帕斯卡走了，我的世界终于安静下来了。

没想到的是，在塞巴斯蒂安走后，因为刚才他偶尔提到了万有引力，让我重新记起和伊丽莎一起看夏加尔的那个下午，想起了她幽深的陷阱以及后来的种种，还有我和江遹在一起的所有苦尽甘来……而且越是禁止越是想个不停，想着想着我开始失眠了。这时候我听到身体里的时钟在冲我大喊，该睡觉了！

然而无济于事，一切禁止都不过是乱上加乱。

这时嘉木舅舅来了，他站在床边，像牧师看着一个垂死的病人。

我说嘉木舅舅，伊丽莎还信仰上帝呢！可是她当年竟然欺骗我。

嘉木舅舅对于我的耿耿于怀显然有些失望，说可怜的孩子……紧接着他递给我一份《上帝使用指南》。

"没事时看看吧！对于大多数人来说，上帝只是一个工具，而不是信念。伊丽莎并不奢望上帝送给她一个十全十美的好男人，但至少能让她做了坏事后心安理得。你要知道，每个信徒都相信上帝站在自己一边。"

说完嘉木舅舅转身走了。

翻开《上帝使用指南》，首先看到的是电影《教父》里的经典台词：

"我求上帝给我一辆自行车，但我知道上帝不会这样做。于是我偷了一辆自行车，求上帝原谅。"

睡吧，每个人都爱过，也被爱糟蹋过，最后死了，没什么大不了的。

上面这句话是塞巴斯蒂安说的。有一次，我和他一起在圣米歇尔大道旁边喝啤酒。我说在我眼里伊丽莎就是性欲女神阿芙洛狄忒。

那天塞巴斯蒂安反复劝我，这世上再好的感情都说散就散，更别说我和伊丽莎之间只有肉欲。

"我听《圣经》上说女人是从男人身上取下的某根肋骨做的。你想想已经取下来而且弄丢了的肋骨还能装回去吗？"

"是不能，就算能装上去那条肋骨也不一定是我的。"我叹了口气。

"你知道阿芙洛狄忒是从哪里来的吗？她是天空之神乌拉诺斯的阳具变的。"

"啊？有意思，这点我真不知道。"

"准确说也不是天空之神的阳具，而是他割下来被扔进海里的阳具溅起的海浪变的。"

"那是真浪啊！"我突然来了精神，便接着问"是谁割的？！"

"传说是天空之神的儿子克洛诺斯，也就是宙斯的父亲。"

"是因为克洛诺斯不想来到这世上吗？像我的嘉木舅舅。"

"哈哈，与此相反，克洛诺斯是因为想出生才对自己的父亲下手的，那个整天沉迷于寻欢作乐的老男人当时挡儿子的出路了。我和你的嘉木舅舅在信里讨论过这件事，他说这是西方神话里的另一种弑父，而且是局部，用的是镰刀。"

"从此天空之神变成了阉党……"听到这我忍不住大笑起来，说不定太阳就是当年那个手术留下的伤口。

"我还听说克洛诺斯是受了母亲大地之神的指使才给可怜的父亲做的手术。这么说来女人从一开始就决定起义了……"

在那以后，每当我看见地平线的时候，就会想起克洛诺斯那把锋利的镰刀，是它把天空和大地割裂了起来。我甚至总还能听到天空之神那一声声凄厉的惨叫。

第 17 节　群笼

syllogism and moulin rouge

陆续听到几个同龄人得绝症的消息，伊甸园的又一茬葡萄成熟了。

　　日子不紧不慢地过着。最难熬的是入睡以前，总有几只猫在我脑子里打架。昨夜它们又在为几块拓香石的摆放吵了一晚上。几年前我曾经托人找了个中医问过，大夫说中医不叫失眠，叫不寐，主要原因是魂魄不安。吃了他给我开的几副药，魂魄安了，但是梦也没了。最后两害相权取其轻，我擅自把药停了。也许当时我是有些顽固，认为药可以停，梦不能停。哎，谁知道后面梦溃疡会发展到不可收拾的地步。

　　一个星期六的早上，在经过又一次几乎一夜的失眠后我突然有一种不祥的预感，于是去两公里外的梧桐公寓找塞巴斯蒂安。爬上顶楼，久敲房门不应，屋内传来一种怪味。薛定谔的笼子正在悄悄打开，然而一切都在朝着最糟糕的方向发展。透过窗子，我首先看到的是黑色的帕斯卡瘦得只剩一个骨架，它死在了窗台上。接下来铁门终于被撞开，塞巴斯蒂安也死了。他穿着那身我熟悉的乌鸦牌圆领内衣，留下一个已经朽坏了的肉体的笼子在沙发上，散发出的气味之大，即使是一条最普通的猎狗追上去，也会直接找到他的来世。

现在，面包终于掰开了人类。炎热的夏天，站在燥热的屋顶下，我是第一个发现塞巴斯蒂安死了并且立即报案的人。塞巴斯蒂安走的时候家里的水龙头还在小心翼翼地开着。看得出来，帕斯卡不是渴死的，而是在粮食吃完后活活饿死的。守着主人这顿丰盛的人肉大餐，它没有动一根筷子。

塞巴斯蒂安的房子很简陋，里面除了书就是画册，还有几个小型泥塑，整齐地摆放在玻璃柜子里，应该是塞巴斯蒂安自己捏的。走进卧室，在靠近床头的墙上，贴着一首诗叫《自由，在今天之外》。

      时间是牢笼。地球也是。我自己也是。

      我迷失在地图上了。我迷失在时钟上了。我迷失在我身上了。

      你看那白须飘飘的月亮，为什么总是它？

      我走了那么久，从来没走出去。

      现在，永远是现在。该死的现在！该死的今天！

那些遥远的今天让我厌倦。

一只天鹅永远被关在今天的鹅笼里飞。

天空是今天做的。理性和感性的池塘也是。

昨天和明天都是今天做的。今天是永远的暴君。

一个孤独的人死了，他终于逃出今天孤独的笼子。

自由，在今天之外。

La liberté est en dehors d'aujourd'hui.

最后一句还特别用法语重复了几遍。

在靠近窗台的地方，放着几个早已经腐烂变黑的香蕉，一个内布拉星盘，还有几张落满了灰尘的卡片。一张是大写的 REVIVRE（复活）；一张是威廉·布莱克的诗句"愚人的时间用时钟度量，但智者的时间没有时钟可以度量"；还有"本人囚室地址：拉尼亚凯亚超星系团室女座星系团本星系群银河系猎户臂古尔德带本地泡本星际云奥尔特云太阳系第三行星地球……"

床头侧面挂的两幅肖像，一幅是 Rod Serling（罗德·塞林），他的双手扒着铁栏杆，看起来既像是犯人又像是探监者。另一幅是塞巴斯蒂安的自画像，熟悉的脑袋上多画了些黑网式的线条，仿佛是一个网中之脑。床头只有一个枕头，枕边叠放着两本有关 Rod Serling 的英文版传记，还有尼采和艾利斯·席瓦尔的几本书。老旧的杉木桌上的笔记本电脑还插着电，上面播放着一部电视短剧，故事讲的是一名喜欢读诗的银行小职员，他嗜书如命，有一天上班时躲在地下金库里读书。当他回到上面时发现四周都被核弹夷平了。他本想自杀，不过很快熬过去了，因为找到了一家图书馆。而就在他为此宝藏欣喜若狂的时候，很不幸的是他的高度近视眼镜掉在地上摔碎了。天不遂人愿，看来没有哪个世界末日是为某个人量身定制的。从播放记录上看，前面他还看了一部 Would you rather（《如果你愿意》），这差不多可以说是一部恐怖片。

在离开之前，我还费尽力气去了一趟屋顶。一架星特朗 80EQ 天文望远镜倒在了地上，上面落满了灰，像一头死去的白鹿。

关于塞巴斯蒂安的死，我知道的情况大概就这些。当时嘉木舅舅也赶过来了。

现在一个月过去了，我常常会想起塞巴斯蒂安说的双重笼子，准确来说是要突破三重、四重笼子或者更多，也不知道现在他是不是越狱成功了，以及他是否坐在另一个时空继续写诗。

除去空间和时间两个牢笼，还有沉重的肉身、厚实的头盖骨。像那个瑞典诗人说的梦醒的人是从梦里向现实跳伞，他要逃离他的梦境。同样，跳楼的人是从体内向体外挣脱，他要逃离他的肉身。

至于第四重笼子是什么，我只想说俯拾皆是。比如我刚才写下的这一切，我亲自编织的一个不自由的梦。我曾经接受过的教育。我们坐下来聊天，可能只是在互相编织牢笼。像两只蜘蛛，不停地在对方身上吐丝。套用一句话，人生而自由，却无往不在群笼之中。想起塞巴斯蒂安曾经和我说的"人不生而自由"，人只有不出生才是自由的，比如我的嘉木舅舅，除了我知道他的存在，他没有一个朋友，所以嘉木舅舅是自由的。你知道那些臭名昭著的社会媒体，把原本温情脉脉的世界搞得四分五裂，其实朋友圈也是一座座牢笼。年少的时候觉得多个朋友多条路，自从有了朋友圈，就知道多个朋友多堵墙。萨特说过"他人即地狱"。你认识的人越多，心里的地狱就越多。所以在秋水寺闲聊的时候，我和传清老和尚说"广结善缘"实在是太难了，一个僧人能广结善缘，是因为他绝大部分时间都坐在庙里。谁要是真想到社会上多认识些朋友，这时候他就会像地藏菩萨一样"我不入地狱，谁入地狱"了。

"塞巴斯蒂安是蠢死的。"嘉木舅舅嘴里叼着一个烟斗，仿佛是福尔摩斯在破案。

"为什么？"

"他为什么要和笼子较劲？我承认有些笼子的确限制了他，但有些笼子却是为了保护他。你说鱼有必要造水的反吗？鱼会因为水的存在而感到苦恼吗？"

我说如果鱼永远不去反对水，就不会有从鱼到人的进化了。

嘉木舅舅说你几时相信进化论了？

我说我并不完全相信。就像独轮车不会自己进化成自行车，自行车也不会自己进化成汽车，这些车子的背后有不同的制造者。说不定如果有高维生物的话他们也会像地球上的汽车厂商一样不断研发和竞争。简单说是造物主在进化，如果不是有人在背后七拼八凑，谁能理解世界上还会有鸭嘴兽那样的怪物？就像拼贴艺术一样，它同时具有爬行动物、哺乳动物和鸟类的特征。既有母乳又下蛋，还能甩着手绢在水底扭秧歌。这"缝合怪"可能就是背后的造物主留给我们的破绽。我接着说因为平时交流得比较多，所以能够理解塞巴斯蒂安的迷茫。

"这个世界真的是太可疑了。光速不可超越，而宇宙还在不断向外膨胀，人永远逃不出宇宙。"

"所以你认为宇宙是一座监狱？"

"是的。至少塞巴斯蒂安这样认为。"

"你要逃出这监狱做什么？"

我说亲爱的嘉木舅舅这一点我也不知道，我就是一想到这点就觉得非常不舒服。

"是宇宙让你不舒服了，还是你的观念让你不舒服？如果你认为你在宇宙之外，宇宙也阻止不了你。"

"…………"

"想自由还是学着做个诗人吧。物理学、逻辑学、心理学、人类学这些和母猪产后护理学一样，都解决不了你的自由问题。"

"…………"

接着嘉木舅舅说据他所知只有两个人是逃出了宇宙的。

"是谁？"

"一个当然是我。"

"好吧，另一个呢？"

"名字我一时想不起来了。"

"…………"

"记得是一位葡萄牙诗人，他说过'我的心略大于整个宇宙'。"

好了，我又愤愤地败下阵来。不过我还是接受不了"塞巴斯蒂安是蠢死的"这个说法。

我曾经问过塞巴斯蒂安为什么要在笼子这个问题上钻牛角尖，他说如果你承认笼子的存在那么就知道人在追求永生的道路上犯了方向性的错误。

"想想吧，你不仅在监狱里，而且长生不老，那将是什么体验？"

这天晚上我观看了塞巴斯蒂安推荐过的电影 *Would you rather*。一群穷人参加富豪为他们量身打造的残酷生存游戏，最后只有一名女子侥幸活了下来。女子带着丰厚的酬金回到家里，此时曾经苦等救命钱的弟弟已经自杀。哎，就算一个人能长生不老，如果让他活下去的动力提前自杀了那可真是麻烦。而就是在这一天，我隐隐约约看见寒山派一位少年来接我了。

syllogism and moulin rouge

大病初愈，除了偶有反复，身体慢慢恢复生机，甚至连续几个早上在我醒来时小兄弟已经直挺挺地开始为我站岗。

　　海灵格说过，谁痛苦，谁改变。塞巴斯蒂安死后，我想彻底改变自己，我需要换一种活法。虽然心如明镜，可惜因为生活的某种固有的惯性还得这样继续敷衍自己的人生。

　　关于接下来的生活，我甚至为自己编了一个故事。

　　清晨，我在野地里走着，我的脖子悬挂着一根隐形的绳子，绳子的上端一直接到了望不见尽头的天空。我知道自己是即将被判处绞刑的人。

　　这时候看到了一个漂亮姑娘，我觉得自己爱上了她。

　　犹豫要不要向她表白。

　　于是找来嘉木舅舅。嘉木舅舅说，为什么不？每个人的脖子上都有一根隐形的绞索。然而这还不是最重要的。

"最重要的是，当你真正决定去爱的时候时间不是结束了，而是重新开始了。"

嘉木舅舅说这番话的时候，我感觉自己脖子上的绞索消失了。那一刻我坚定地以为，虽说爱欲本是绞索，但是能破除这根绞索的也是爱欲本身。

这世上每个人都会遇到生命中的贵人，只不过大多数人即使遇到了也未必认识，甚至会轻慢了人家。就好像千里马抱怨伯乐不常有，但是很多伯乐就是让千里马给踹死的。

嘉木舅舅无疑是我生命中的贵人，他招之即来，挥之即去，从不要求我有什么回报，而我却总在怠慢他。我突然有些自责。

这时几个环卫工人骑车路过，每辆车上插着一面红艳艳的小国旗。

嘉木舅舅说最近他跑到罗特里克的画里去红磨坊端盘子去了。

我说，亲爱的舅舅，你去蒙马特高地嫖娼了吗？如果需要，是可以的。

嘉木舅舅说，我可不想自带干粮上那群女人的嫖客名单，而且没有感情的填空游戏没啥意思，还是等我给你找个小舅妈再说吧。

按计划暑假我要去外省做一个讲座。生病期间我有关昆虫性生活的科普读物《大地上的性生活》再版了，主办方给了足够的场地支持，还邀请我一定带上三段论和红磨坊。他们曾经看过我在网上谈论这两只猫对我生活的影响。我说我喜欢像三段论一样冷静地思考，像红磨坊一样勇敢地表达。你也许会说，一个昆虫学家表达也需要勇敢吗？当然，这方面回顾一下我的最后一次相亲经历就知道了。实话说，之所以有这么一本书，完全得益于我在网上看到的一个提问。提问者是一个十五岁的女孩子，她想知道在地上做爱会不会感染。这个问题让我想到为什么昆虫从来不会有这样的问题。后来查了些资料知道，在传统农业社会，世界各地的农人为了丰产，会特别到田间地头寻欢作乐。

几天以后，讲座如期举行。在提问环节有观众想让我谈谈自由和笼子之间的关系。如何回答，这是一个很政治正确的话题。我说我当然反对一切笼子，热爱自由是包括人在内的所有生物的天性。虽然在我们研究所的实验室里面有不少笼子，但我希望等到哪一天不再需要做类似实验了，人类能够打开全部的笼子并且向所有的动物道歉。我的发言赢得了观众热烈的掌声。

然而我的两只猫并不乐意。它们抢过麦克风轮番批评我，说我只是名义上讨厌笼子，实际上是一个彻头彻尾的伪君子。

除了质问我为什么把它们关在笼子里，三段论和红磨坊还抱怨和我相处越久自由就越少。比如在床上撒尿了那张床就不能再去了，沙发抓花了就再也不能上沙发了。紧接着它们又问为什么我总是把房门关上，把窗帘拉上，即使是大白天也喜欢把自己关在一个更大的钢筋水泥笼子里？如果讨厌笼子为什么不干脆像野猫一样睡在草坪上？为什么塞巴斯蒂安来找我的时候不收留黑猫帕斯卡，宁可让它悄悄死掉？在我印象中这两个家伙平常在一起时非打即闹，从来没有这么齐心过。

两只猫的搅局让这次讲座格外精彩，只有我知道自己当时有多狼狈。我可以对在场的观众说，这一切都是我安排好的，目的是想让大家深入思考相关的问题，但在内心决定再也不做什么讲座了。

带着三段论和红磨坊我重新回到了家里。尽管有些生气，不过它们的批评是对的。为什么我不到草坪上生活？为什么我让自己困在城市里？

就在我想得头都快炸了的时候，天渐渐露出了蓝光，没多久电话也响了。不是一个电话，而是像往常一样一串接着一串的电话。包括卖房子的、卖保险的、学外语的、介绍移民的，当然还有温柔的诈骗电话。你完全不知道那些家伙是如何获得你的电话的，仅凭这一点就足够我火冒三丈。

我说你们歇歇吧，我爱你们但更爱你们一起组团去见上帝。也许有人会说大家都是打工的，为什么那么苛刻，说声不需要不就可以了。只有我知道自己对这样的生活和冒犯有多厌倦。而就在这时候我接到一个久违的女人的电话，像从生活的废墟里长出一棵青藤，是米莉莉。

米莉莉曾经是我无话不说的女人。早些年她曾经暗示过要找我借种，那时候我正同时忙着几个昆虫项目没时间。再后来有一次我真的动了心，既然想有个孩子，而婚姻又那么不自由，我觉得人生可以从简。就这样一来二去，算好排卵期，两人相约去米莉莉在郊外的小别墅圆房，以完成古老的人生使命。

没想到的是，那天刚进院子我就被米莉莉家的狗给咬了，而且咬的还是被称作"人体发动机"的臀部。好吧，该死的让人心惊肉跳的体液交换，这回我是和一只被阉了的母狗！看着从左腿顺流下来的血渍我在心里直骂街。

米莉莉说，也许这只母狗前世是道德纠察队的，专门负责维护她和我的清白之身。

"有点好笑，蛇引诱了亚当和夏娃，结果一只疯狗闯进来把亚当给咬了。"我一边呻吟一边苦笑，"这狗东西，一口咬掉了一个种族的历史。"

米莉莉天性幽默，此刻还不忘在我伤口上撒盐，说好可怜啊，教授捐精，惨遭狗咬，这条新闻可以上头版了。

"别贫了！"我敢保证这是我听过的最无聊的笑话。

可这就是米莉莉的风格。很多年前她和同为记者的男友下乡采访，结果男友走路时不小心被一只鸡绊倒直接在农具上磕死了。那天米莉莉在路边给我打了一个悲伤的电话，没过多久竟然笑了起来。

我问米莉莉为什么笑，她说你不觉得人生很荒谬吗？昨天我还在质疑这个男人有没有在镇上找小姐，为此话赶话被他扇了一个耳光。没想到今天他就死在了一只鸡身上，死得还那么光明磊落。

"看来我是错怪他了。"米莉莉补充道。

我说好吧，或许他是自杀，因为受不了你的冤枉，宁愿以死明志。

就这样聊着聊着我也忍不住笑了起来。

两个会在别人葬礼上讲冷笑话的恶魔。

必须说我给米莉莉留下的印象不算坏，所以很多年来我们一直都保有联系。事后想想，也许她同时把我当作备选的精子库。如果社会足够开放，她还可以向别人这样介绍我——"这是我的种马朋友。"

不过现在一切都泡汤了，被狗重伤后我得分次打一个月的狂犬疫苗。无论如何，我心底是愤怒的。说得粗俗点，我和米莉莉命里该有的孩子被那狗日的给彻底耽误了。

再之后，我认识了江逈，人生自此彻底收心，不再介入他人因果。而米莉莉对于"找精英借种"的事情似乎也并不坚决，她继续过着自己活在当下的快乐日子，甚至加入了一些骑行队，只是偶尔在受了男人欺负后才和我有些联系。米莉莉曾经对我说，既然好不容易鼓起的勇气从此化作云烟，只当狗意是天意吧！有什么办法呢？有些事情错过了就错过了。可是时间过得太快了，像我周围的那些单身女性一样，米莉莉的年龄如坐火箭般从三十五飙到了四十五。而我也从自己的咳嗽声中听到岁月苍老的回音。

电话那边没说几句竟然哽咽了起来。显然米莉莉今天状态很差，她正面临人生最大的惨败。一个快五十岁的人了，不知道受了什么刺激，几年前发毒誓一定要留下一个孩子，于是找了个老男人结了婚——只有结婚才能够合法做试管婴儿。可此时终究已经很晚了，虽然去医院打了各种针，却不见明显起色。就在今天，有点看不下去的女医生再次给她浇了一盆冷水，说到了米莉莉这个年纪就没有成功的先例，即便将来成功受孕，也将面临巨大的生育风险……

米莉莉说，想不到这辈子没怎么开始就要结束了，恨自己当年轻信了几位名校教授的鬼话——不做母亲如何如何好，现在就算后悔也无济于事。

"大家总说痛苦、痛苦，其实如果只是痛真没什么，几年下来最难熬的是心里真的很苦。从前想去哪玩就去哪玩，现在整个人被绑在医院里了。不瞒你说，那时我进庙里拜菩萨，祈祷的都是国泰民安，从来没有想过为自己求点什么……可天下也没有太平。"自责光阴虚掷，米莉莉越说越伤心。

"其实菩萨也是有使用方法的，"突然想起嘉木舅舅给我的《上帝使用指南》，我说，"你求天下太平，菩萨不敢承诺，因为还有很多人求的是天下不太平，比如政客、奴隶和军火商，他们求得可能比你还敬业。但你一心求子是可以的，所以平常拜拜菩萨兴许还有用，毕竟没人会难为菩萨给你送孩子。我还看到新闻里有对六七十岁的老夫老妻生下了闺女。"

我接着说很多事情尽力就好，实在不行也别太难为自己。说到底人事也有四季，既然现在已是秋天，就不要伤感于春天的消逝。

米莉莉一言不发地听着，最后说还是有些不甘心，打算再努力几个月，这种事大概只能等到绝经了才会落得个问心无愧。

没等我说完祝你好运，那边已匆匆挂了电话。

年轻时米莉莉曾在威尔士学过几年传媒，不巧回国后传统媒体一落千丈，没几年她便索性放下新闻理想在郊区买了个叠墅独自享受生活去了。

回想很多年前的某个雨天，我还带米莉莉一起爬过巴黎圣母院，像思提志怪兽一样俯瞰整个巴黎城。那天我们在那个怪物走廊待了好久。米莉莉说此前她想在国内找家合作媒体做驻英国的记者，不过并没有成功。印象中当时米莉莉十分痴迷做一个瘦美人，甚至是集中营犯人的那种恐怖的瘦，这让我觉得有些病态，所以对她多少有些敬而远之，两人的故事自始至终也就没往爱情方向发展。还记得那天米莉莉在我的宿舍待到很晚，可能还喝了一点波尔多红酒，不过我没有留宿她。上帝和我的兄弟梁巨轮都知道，我最盼望的是有一头白色的奶牛路过我的窗前，走进我的卧室和厨房，然后我可以随心所欲不加抗拒地喝早餐奶，而且是纯天然有机的那种。说来也巧，在送走米莉莉大概两个月后，同样是在巴黎的一个阴雨绵绵的日子里，我遇到了热情好客的伊丽莎，一头来自东方的混血奶牛。虽然在理智上我已经将与之有关的一切进行了彻底隔离，不过必须承认的是，直到现在，偶尔在夜深人静时我还会忍不住想起她，准确说是想起她吊荡在胸前的两个肉乎乎的钟摆。正是它们曾经为我升起了欲望的旗帜，又为我敲响了生活的丧钟。

匆匆吃完午饭，我考虑该走了。上车收拾东西，发现后备箱里放的两瓶红酒因为高温都爆炸了。幸好不是在高速公路上，我暗自庆幸。否则我可能会误判形势，因为错打方向盘导致车毁人亡。又想起前不久的病，每个大难不死的人都知道今天意味着什么。趁着暑假还没有结束，我决定回到南方的乡下去散心，而且我必须离开手机和网络这些具体的笼子一段时间。那个无处不在的黑盒子，我们的新上帝，只要开了机，就会有无数条信息在我的身上穿孔，然后把我牢牢地束缚在里面。

转天带上一个新启用的手机号码和两只猫，驾着我的沃尔沃出发了。这回换了一个小笼子。无论如何现在终于清净了，手机里除了几个重要的联系人，什么也没有。我准备带三段论与红磨坊到乡下去。

接下来发生了一点状况，在接近柴州的时候，我看到一个白衣女子骑着摩托车，于是紧踩油门追了上去，并且鬼使神差地在几公里后陪女子驶离了高速公路。

就这样我改变既定路线来到了柴州。

继续血脉偾张地跟着白衣女子跑了一段路，直到她在一个加油站停下来了。

如我所料，在她摘下摩托车头盔的时候，我的梦破灭了，我的血停了。世界突然安静下来，我还是那个日夜思念江遹的好男人，刚才的一切只是做了一个似有还无的梦。

白衣女子走了，我让加油员把油箱加满。就在电子屏幕上的数字不断地做加法的时候，我想起了几年前江遹讲过的一个故事。当时我和她聊到中学时曾经和缪远清一起外出偷瓜。也就是寻仙女未遇的那个晚上，顺着公路两人走到了一片瓜地。由于已经非常渴了，趁着酒意我们就想顺道在瓜地里摘个西瓜，不巧的是找了一会儿发现地里没有合适的熟瓜。就在我准备走时，缪远清胆大妄为直接去瓜农的床铺底下偷了一个已经摘下来的大瓜。

"没有人看着吗？"我说。

"看瓜人睡着了，我听他直打呼噜。"

之后缪远清把西瓜交给了我，我贴着肚皮把西瓜抱在前面，像个孕妇一样和缪远清一起回到他租住的小屋里，然后在吊扇底下两人把一个大西瓜给瓜分了。

二十年后和江遹回忆起这事时我不忘自我解嘲，说当晚是典型的食色转换，找不到仙女就找西瓜。

江遹听完哈哈大笑，说如果每个人都可以在生日这天合法地干件坏事就好了，当然前提是不能伤天害理。接下来她另起话头和我说了一个失意的偷瓜贼的故事。我问她在哪看到的，她说一时也想不起来了。

故事也是发生在一个夏天的晚上，有个男人去别人的地里偷了一袋子西瓜，当他辛辛苦苦把西瓜背回家，谁知切开后每个西瓜都是生的。就在懊恼之际，他的良心突然对自己说话了："哎，像你这样体面的一个人，怎么能去偷西瓜呢？幸好是几个生瓜，让你迷途知返，不至于深陷其中……"当时我就在想，如果这个偷瓜贼回到家后切开的西瓜都是熟的，而且吃得津津有味，接下来他又会怎么做呢？

现在轮到我问自己了。如果这个白衣女子非常漂亮，很可能我还会继续跟下去，直到有机会偷走她明目张胆地挂在胸前的两只大瓜。至于这之后会发生什么当然同样不可预料，也许我和她在一起生活了，也许被她的男人发现后一起跑了，也许我们在一起有了小孩……我曾经看过一个片子，一个女人总想着在外面寻欢作乐，结果每次进入高潮的时候她就立即切换到另一个平行空间。在那个平行空间里，她和那个男人在一起生活。一时的偷欢变成永远的劳役。然后她又继续在外面寻欢作乐，再穿越到另一个平行空间……看这个片子的时候我想起伊丽莎，也许她现在还在借着不同男人的高潮在不同的平行空间穿越，可为什么这样的命运好像也差点降临到我的头上了？

不过，现在不用猜测了，白衣女子用她的普普通通平息了所有的风波。既然她完全不漂亮，甚至还有些丑，可能嘴还是歪的，就像梁巨轮嘲讽过的，我无法想象自己和这个女人在油菜地里做爱，四周都是黄花却看不到黄花大闺女。这样的时候对于我来说，显然还是适当地良心发现一下更加明智一些。

我能接受灵魂或者人性的考验吗？只能说有些时候能，有些时候不能。毕竟从逻辑上说这人性是我身上的一部分，又不是我身上的一部分，比如情欲，从来就不是我自己决定它的消长的。我的意思是，身体内的情欲开关和我无关，身体外的情欲对象是否出现也与我无关。然而就是这两套我不能控制的东西里应外合左右着我的生活。如果有高维生命说："给这个男人投放一个漂亮的姑娘，而且主动跟着他，讨好他，一路上爱护他。"接下来我前面的那个故事势必就要重写了。如此说来，我是一个怎样的人，全在于我中途遇见了什么，而不在于我出发前是谁，本质是什么。哎，这样想下去恐怕我会疯掉。此刻如果江遹在就好了，她会帮助我回答有关这个困境的问题。

"我们这些可怜的人形昆虫，不由自主的情欲木偶……"

在狠狠地骂了一句之后，我决定既来之，则安之。接下来需要做的是直接去柴州市区找我的另一位中学老师，也就是前面提到的小司马。如果路途顺利，我可以先去他的圆舟别墅歇脚。几年前小司马老师便和我说过，如果世界末日来临我可以带上一个人去他的避难所。为了表明他不是在开玩笑，他甚至还给了我大门的电子密码。

晚上在离加油站不远的地方随便找了个宾馆住下。三段论和红磨坊在后车座上憋了一路，现在终于可以在宾馆前的院子里跑来跑去。这是一个破败的宾馆，虽然前壁上装模作样地挂了几个钟表显示东京、巴黎、纽约、伦敦等地的时间，但还没等第二只脚跨进去各种腐朽的感觉已经扑面而来。尤其是门口的三人座木质沙发和茶几，绽开的棕褐色表皮看起来像是开了花。

为了能有一个安适的睡眠，同时缓解一路上的辛苦，临睡前我在前台买了两瓶啤酒，独自喝了起来。这时嘉木舅舅来了，他牵着一头水牛过来找我聊天。

"嘉木舅舅，陪我这么多年，今天有什么可以给我的特别的忠告吗？"

"嗯，忠告实在是太多了。至于特别的那就是你要好好保养身体。如果你的人生之梦醒了，我就消失了。"

"你这是为了自保啊！"我说，"直接针对我过往人生的教训，有什么特别的忠告？"

"让我好好想想。"嘉木舅舅说。

趁着嘉木舅舅在思考，我和他说了自己今天遇到一个白衣女子，以及差点和她男人发生冲突的假设。

"你这么一说我想起来了。不入因果！也就是不要试图改变别人的命运，不要参与到别人的轮回中。"嘉木舅舅说，"这是我一直想给你的忠告。火星、金星、地球和月亮都有自己的轨道。如果有哪个星体落到地球上来了，对于地球的生灵来说就是灾难。所以我说每个人都有自己的命运，为他人改变自己的轨道最终只会让自己变成不受欢迎的过客。"

"可怜的孩子，还记得你大学时的那段短暂的交往吧？早在认识江湎之前。那姑娘是一个喜怒无常的无底洞，你差点死在她身上。不过你那时候既糊涂又清醒，知道自己不是一次掉到无底洞就结束了，而是在无底洞的井口一片片割自己的肉扔进去，割完再长，长完再割，再扔……有点像是古希腊的神话了。为了另一个可怜人你差点牺牲掉了自己。"

"啊！不小心又死了一次。你不说我都差不多忘了这事。可是想做到不入因果太难了，江湖上不还有个蝴蝶效应的传说吗？当时那姑娘有精神分裂，我并不知道，她说想出家当尼姑，总是听到天上的某个声音，愿为苍生祈福……我以为她是受了上天的感召愿为人类牺牲自己，所以我发誓甘愿为她牺牲，做她人间的护法。结果闹了笑话，大家误以为我是为了普通的浪漫故事。不过年少时真的是纯真啊！"

"你知道人体有自燃现象。年轻人容易在精神上自燃，不小心变成人烛烧着烧着就干了。你当年就是这样，好在我给你及时熄灭了。其实你就当自己是非洲大草原上的摄影师。一头狮子吃掉一只羚羊关你什么事？狮子不吃羚羊就会饿死，相反，吃掉羚羊会间接救下一片草地。一个公正的社会和大自然是一样的，也就是谁也不必为谁牺牲。可是人类喜欢干的事就是立法禁止狮子吃掉羚羊，大自然可不是这样的。"

我说虽然话是这么说，可人终究不是野生动物，会有爱欲和牺牲，有恻隐之心。

嘉木舅舅说你的类似想法听起来有些高尚，其实这种牺牲只是一种死本能。况且为他人牺牲本身也是反自然的。在西方的创世论中，上帝虽然创造了自然但一开始也是反自然的，所以他会派耶稣来到世间救苦救难。后来可能是发现其实没什么作用，所以耶稣就消失了，自此上帝也不入人间因果。人只有自己足够强大才不至于被老虎吃掉，而不是靠给动物立法。

"温和自由派经常说，要爱具体的人，不要爱抽象的人。要我说啊，还是爱抽象的人更有利于你的人生。如果爱具体的人，你会爱到变形，爱到七窍生烟，爱到生不如死。人啊，这充满缺陷的动物，其实是不值得爱的。总之，如果没有能力爱具体的人，就去爱抽象的人吧。只有抽象的人接近永恒。虽然爱抽象的人没什么用处，但好歹让你感觉自己身处人类之中。"嘉木舅舅接着说。

我说好像是这样的，年轻的时候我在秋水寺遇到一个和尚，他就是因为感情上的事选择出家的。那时候还不是很懂他的绝望，我这辈子过不了情关，说到底只是一个凡夫俗子。以前我还有些介意自己没有孩子，慢慢也释然了。现在越来越多的人不是养儿防老，而是养儿啃老。何况将来还要和机器人竞争，想想也没什么意思。所以我宁可想象自己有几个孩子，因为都没有出生，所以他们是幸福的。

嘉木舅舅说前些天看了桩新闻，在日本，过早死掉的年轻人里有将近一半是独自在家里，而且还是隔了几天才被人发现。

"低欲望社会在世界各地蔓延，现在的年轻人都太宅了，而且毫无斗志，他们既没有理想主义的旗帜也没有现实主义的筲帚。同样，在他们身上既丢掉了集体主义的光荣也丢掉了个人主义的灯塔。归根到底越来越多的人选择躺平，既然改变不了世界就改变自己。一代人在没有希望的时候连欲望都自我清除了。当无权无势的下一代面对上一代设下的资本、权力与意义陷阱时，选择不参与他所处的时代和社会，多少也有点像我一样——虽然存在但不出生。可是，谁知道这种非暴力不合作的躺平背后是不是一场革命、一场谈判？"

"是啊，也许将来会好一些，但是谁知道呢？"我说，"至少现在很多人就是这样，嘉木舅舅，以前辛辛苦苦赚钱买了房子好像也只是为了能在那里人畜无害地悄悄活着再悄悄死去，而现在死在出租房里就行。"

聊着聊着我差不多快睡着了。记得最后我嘟囔了一句这辈子没有遇到什么爱情，好像和谁在一起了就爱谁，直到遇到了江遹。迷迷糊糊之间看见嘉木舅舅让水牛低下头，然后顺着牛的脖颈爬上牛背，就像从前我放牛时的动作一样。当嘉木舅舅骑着牛走出了这家破败的宾馆，记忆中的我也骑着牛在故乡的田野里飘来飘去。

爷爷在哪？

syllogism and moulin rouge

周伊没有成为我的恋人。虽然我们坐前后桌，但只是在钢笔没水时互相借过几滴墨水，从来没像小司马老师和她那样的浪漫。

小司马老师本名李鹿鸣，教我们物理课，是大司马老师一个办公室的同事，只是做事能够深谋远虑，大家就把他比作《三国演义》中的司马懿。对于当年的我们来说，小司马老师完全是一个传说。比如高考考了八次，最后一次考上了市里的师范学院是因为见义勇为加了分。至于什么见义勇为，据说是他从火灾现场救出了一对老人。不过后来有传闻说失火的房子是他外公外婆的。最轰动一时的是他娶了比自己小十几岁的学生周伊做了老婆。

小司马老师曾经和我们几个成绩好的学生说起过自己高考的事，不过有些传说有点言过其实。

第一年没考上，那年暑假小司马老师曾经和父亲一起上山砸石头。"每天真的是累得跟条狗似的。"有天中午小司马老师暗自发誓，如果明年考不上大学，就从悬崖上跳下去。当然转年他没有跳，又砸了一个暑假的石头，继续发誓继续读。

"很多人都是这样，一个月的劳动改造，十一个月的复读改造。不行就再来一遍。"

小司马老师说他的物理成绩其实很好，但是过于偏科，而且就算是平时全班排名很靠前，一到正式考场就会失灵。

对于学生来说，小司马无疑是优秀的。他不仅教我们课本以外的知识，而且会亲自动手。有一次，他根据伯努利定理做的乒乓球机关枪，连校长都惊叹不已，更别说我们这些没有见过什么世面的学生。

"为了成为全市最优秀的物理老师，你们知道我浪费了多少年吗？所以你们那点学费，还不够交我的青春损失费！"

不得不说，小司马老师对学生很好，而且从来不隐藏自己屡败屡战的历史。他个子不高，长着满脸络腮胡子，喜欢和我们一起打篮球。有一点周伊是知道的，因为喜欢和小司马老师在一起玩，我们这些好学生也没少在他身上损失青春。一来二去这也算是扯平了。

打小司马老师的电话提示关机，也许他看到是陌生电话所以没有接。发短信，仍旧没有回音。提着两只猫另找一家宾馆住下，后面再说，万一联系不上也没关系。小司马老师说过回来后如果找不着他就和同学周伊联系，我俩也已经几十年没见过面了。我曾经撞见他们的罗曼蒂克，但是他们并没有发现我，而我也不确定当时小司马房间里的那个女孩就是周伊。

据我所知，小司马老师最大的变化是从2012年开始变成了一个狂热的世界末日主义者。他的理论是，虽然这一年的12月21日没有变成世界末日，但至少也是对人类的一次警告。由于地球人对那场灾难的到来都显得如此无动于衷，真正的灾难后面必定会到来，而且是以没有任何预兆的方式到来。为此他在老家附近的江心岛上盖了一栋别墅，地上两层，地下三层，并在里面储存了一百口人半年的粮食，包括必要的罐头和压缩饼干。这一百个人里面包括他和妻子周伊的亲朋好友，当然也包括我，我是小司马老师班上唯一一个理科状元，而且物理接近满分。

不过对于将来的生活我并不像小司马老师那么有信心，我对他说放心吧，我们的末日总会比世界末日来得早一些。我相信逻辑上是这样的。不过你知道，像小司马老师这样的人其实并不在少数，因为害怕生物战争和核战争的爆发，许多人都在某些隐秘的地方建立了自己的避难所或末日城堡。

既然暂时联系不上小司马先生，我想去山里先寻访另一位故人——秋水寺的住持传清老和尚。很多年前我曾经陪一个和我差不多大的少年来庙里寻找他出家的父亲，自此便和时任知客的传清法师有了一些来往。虽然后来在网上偶有联系，但是我们也已经多年没见面了。

秋水寺门前有一条山涧，终年溪水不绝，往上行半里路，是几条不大不小的瀑布。我在中学时曾经做过一个文学社，文学社的名字即为"瀑音"。那时候觉得瀑布如雄壮瑰丽的生命，不仅有一泻千里的力量，还有粉身碎骨的勇气。在经历了世事磨砺之后，我更欣赏的是蜿蜒向前的河流。毕竟瀑布只有跳崖却并不孕育。我看过许多瀑布，底下甚至连一根草都不长。而河流不仅喂养大鱼，浮起舟船，还哺育沿岸的文明。

传清老和尚还是那么和蔼可亲。他带着一个小和尚在山门迎接我，说择日不如撞日，今日正好有几位本地喜欢诗词的客人，你们可以聊聊，其中有位诗人叫鹿蕉，最近还有新诗集发布。按老和尚的意思，他准备以秋水寺为基地做一个有关诗词写作与吟咏的诗会。大概五六年前，一个月明星稀的夜晚，老和尚独自在新搭的高台上纳凉，突然觉得诗歌和佛法一样重要，于是起心动念，想以弘扬传统文化之名办个诗会。没过多久老和尚通过邮件把这个想法发给了我。当时我忙于各种俗务，也苦于没有相关资源，没有作出积极回应。再之后未见老和尚再提此事。利用这次见面，诸位同好可以在一起聊聊，不过事实证明这次偶然的相聚不过是一场务虚会。一切随缘，最初大家轮番和老和尚下起象棋来。在众人叽叽喳喳讨论完"围棋是王道，象棋是霸道"后，开始认真听老和尚笑谈"佛教是生活的艺术""诗人是纯净水"以及"爷爷在哪"的故事。直到最后，老和尚才说了诗会之所以没有推进下去的更多内情——因为上下楼梯只有一个出口，出于安全考虑那个可以吹风纳凉的高台在地方管理部门的要求下拆除了。

诗人鹿蕉自称碰壁居士，因为最近有新诗发布，是这次聚会的主角之一。根据他的名字大家聊到了中国文化的三个梦，包括庄子的蝴蝶梦、李公佐的南柯一梦和列子的蕉鹿之梦。前两个我已经听厌了，而蕉鹿梦却是第一次听到。

从前有个樵夫在山里打柴，顺手打死了一只鹿。怕人瞧见就把鹿藏起来，盖上柴草。可不久就忘记了藏鹿的地方，樵夫便以为这是一场梦，一边走还一边叨唠这事。不巧让一个路人听到了，那人依着樵夫的话拿走了死鹿。

樵夫不甘心丢了鹿，晚上梦到了藏鹿的地方，又梦到拿他鹿的人。转天一早"按梦索鹿"，樵夫找到了那人和丢失的鹿。

为此两人争执不下，最后闹到官府。官府各打一板，什么梦里梦外的，既然纠缠在一起，而现在只有一只鹿，你们俩就平分吧。

　　鹿蕉绕口令似的讲了这个故事，说他上大学时便想到了必须用"鹿蕉"这个笔名。而且这么多年过去，他深信梦和现实说到底也是"平分蕉鹿"的。一个有钱人，如果梦里是个穷鬼，现实中有再多钱，他在梦里还就是一个穷鬼。一个落魄的人，如果梦里有宫殿，现实中再大的风也吹不倒那座宫殿。

　　鹿蕉的话引来了一场即兴的"醒梦辩论"。虽然有争论，不过到最后总还是没有谁能证明自己不是在梦里。鹿蕉余兴未了，在知道我是研究昆虫的以后，便问我有没有可能人类是一种昆虫，整个地球都是高维生物的实验室。我说这事我还真不知道。他说网上类似的说法已经铺天盖地，说不定哪天人类真的觉醒了。

　　"各位施主，我们的确在梦中相聚，现在也请各位施主在梦中消散，做各自的梦中梦吧。"看时间不早了，老和尚起身相送。

　　我说我总是睡不着，不过但愿今夜能好一些。

　　老和尚说，又不是全部的你都睡不着，管他呢？

　　听得我一时云里雾里。很快我意识到他的大意是每个人的身体里也有众生，众生各有自己的时间，所以不要太在意是否做到整齐划一。

"当你的脑子里有妖怪，就任它折腾，不去想它，你睡你的，等它折腾累了就没事了。"说完老和尚转身离去。

我说谢谢师父。

众人散去。和很多年前过来一样，我继续在寺中留宿一夜。这时才注意到佛堂周围有几只野猫在转来转去。回想起晚间众人一起下棋的一幕幕，我想起了塞巴斯蒂安说的疑问——我们到底是不是被困在地球上？就像桌上的棋子，无论是被炮打了，还是被马踏了，或是到最后甚至将帅都被杀了，可是我们这些下棋的人无一不是毫发无损。我们一边喝茶，一边聊缘起性空与诗人之死，甚至在这一场场血肉横飞的厮杀中收获了友情。如此说来，人世间的苦痛纷争可能只是另外一群高维生物或者神灵的游戏……就这样一直想着想着有一刻我真的觉得自己突然变成了一只鞘翅目昆虫，独自躺在秋水寺简陋的客房里。在这个世界，我住过无数陌生的房间。这无数陌生的房间，也住过无数陌生的人。如果此刻下雨就好了，在陌生的房间里，我需要一点熟悉的声音。

这天夜里，我又做了一个奇怪的梦。

我看见一个老人在秋水寺门前的溪流里来回踱着步子。

我以为他是蕉鹿梦里那个砍柴的老头，可是老头说他是养白鹭的。他说自己这辈子最想见到的人是寒山大士，一个天天戴着桦树皮帽子的唐朝诗人。寒山还有一个朋友叫拾得，对坏人真是能忍啊！

"天天听流水的响声，没一刻消停，快吵死了。"老头开始抱怨。

我问他为什么不离开这里。老头说他已经死了，但是骨灰被侄女扔在了这里，所以灵魂也就留在了这里。

"而且以前还有一群白鹭陪我，现在有的只是一片滴水穿石的噪声。"

我说您老生前是不是也对生活充满了厌倦？

老头说是这样的，他原以为在这里听着溪水声会很开心，没想到时间久了听不到溪水声，只能听到噪声，尤其是不远处瀑布的喧闹。

这个梦前后大概不到几分钟，很快我醒了。

糟糕的睡眠，我在黑暗中枯坐两小时后睡了一会儿，再次醒来时天终于亮了。由于老和尚接下来还有接待，我只好提前下山。

一路上我还在琢磨老和尚昨晚讲的"爷爷在哪"的故事。

有一年秋水寺来了一位虔诚的居士，居士带了个孙子。老和尚过去的时候，那位爷爷正和孙子在玩。爷爷问孙子，爷爷在哪？孙子伸出小手指，指了指爷爷的鼻子。爷爷说这是爷爷的鼻子，不是爷爷。孙子又指了指爷爷的胸脯，爷爷说这是胸脯，也不是爷爷。说到这时爷爷自己也迷糊了。是啊，爷爷在哪？指哪里都是局部，都是盲人摸象。老和尚在边上看得入迷。爷爷在哪？爷爷在孙子的心里，孙子的心里有怎样的一位爷爷，爷爷就在哪里。众人以手指月，不是迷信手指，就是迷信月亮，其实从抬手的那一刻就错了，因为月亮在每个人的心里。这世上没有一轮共同的明月供一个人指给另一个人看。

那一刻我突然明白人为什么需要爱人、朋友以及后代了，即使有一天老去，我还会在他们心上留存。所以只要我在，江遭就一直还活着。对不对？江遭不仅活着，从她离世的那一刻起，我还在心里为她盖起了一座庙堂，只是里面没有佛和菩萨，只有偶尔想起的她和想起她以后的空空荡荡。

记得在讲完故事后老和尚还特别说到"实无众生得灭度者"也有相同的意思。其一，你我众生本非实有，何来涅槃？其二，菩萨亦是幻象，何来普度众生？唯有佛性不舍昼夜，在世间流转。

而嘉木舅舅的意见是除了自己什么也靠不住。你看那些在庙里烧香的人，也就是寻求一点心理上的安慰，好让自己觉得对人生尽力了。烧几块的香，许几万的愿，世上哪有那么便宜的事？

我说物质和精神不一样。嘉木舅舅说既然是这样，那么几块钱的香也可以省了，你心里有就行了。以为阿基米德的杠杆能够撬动地球，就相信在寺庙里烧一根香也可以撬动佛祖，这些想法都太天真了。

"这是个好物件！你要好好保存。"说着嘉木舅舅摸了摸我胸前挂的那块藏银色的吊坠，那是江遹留下来的。在吊坠的中央，有三只兔子围成一个圆形，它们都在奔跑，但是在构图上只有三只耳朵，而看起来每只兔子又拥有两只耳朵。这个吊坠是江遹大学毕业时在敦煌买来的，之后一直挂在脖子上。而三只环形奔跑的兔子分别意味着前世、今生和来世。

据江遹说，年轻的时候她曾经因为这幅三兔共耳图在敦煌掉下了眼泪。没想到若干年后冥冥之中我们的缘分也可以说是来自这幅图。我们第一次在电梯里相遇的那天，按计划她原本是去艺术馆的四楼听一个有关三兔共耳图的讲座，然而到了艺术馆以后才发现弄错了日期。但既然来了，她还是硬着头皮去听了我的讲座。

"命运真是太神秘了，它用一个吊坠把你牵到了我的面前。"我说。平时孤陋寡闻，关于三兔共耳图背后的故事，我是从江遹那里知道的。自从见到了这幅图以后，几只兔子经常会在我的脑子里奔跑，甚至在失眠的时候我还会数兔子。分不清的是究竟哪只兔子是前世兔、今生兔和来世兔。看起来是三只兔，实际上只有一只。就像这世上的人，说是有芸芸众生，可是真正在这里感受世界的，只有我孤零零的一个人。

对于三兔共耳图，塞巴斯蒂安带来的是他天文学上的想象："这三只兔子在转着圈跑，像是你们说的三世轮回，但在我看来更像是头顶上的星空，在那里有无数天体，一边忙着自转，一边在宇宙中拼命奔跑。"

而在我看来，宇宙总是充满了神秘。想想几年前新冠莫名其妙地来了，后来又莫名其妙地消失了，曾经闹得人心惶惶的那场瘟疫，当一切生活回归正轨，我甚至怀疑它是否和我的父亲一样真实存在过。生命中的许多事情我都记不清了，只在虚实之间，整个世界就像是一个奔跑着的大迷宫套着无数个奔跑着的小迷宫……

syllogism and moulin rouge

有一年夏天，蝉叫得非常厉害，我没有收到嘉木舅舅的任何消息，直到接到一个电话，才知道他生病了。也许是被我累病的，只是我并不想承认这一点。毕竟找一个称心如意的小舅妈也是嘉木舅舅的心病。那天我从实验室出来拎着两个苹果去看他。他就坐在破椅子上看书，头上还戴着一顶苏菲·玛索在某部电影里戴过的五颜六色的假发，摆出一副要给我留下精神遗嘱的样子：

　　"可怜的孩子，我可能不能一直陪你了，你一生注定颠沛流离，不过没关系，现在改变还来得及，你可以逃到隐喻里去。你把月亮比作向导，把太阳比作家园，把尘土比作爱，它既是贱民也是君王，就算大风不止、暴雨不歇，到最后地上的河流也将归于尘土。或者，你把自己比作整个宇宙都可以……人要有诗歌之心，总之你要逃到隐喻中去，那是你唯一的容身之地，是你最初与最后的避难所。我知道小时候你就和别人不一样，别的孩子都在堆雪人，只有你在用火柴棍堆词语。走了那么多的弯路，现在你应该明白了，人生太短暂，除了一点粮食、空气和水，当然还有你久违的阳光，其他什么都不需要。你可以过非常简朴的生活，到森林、小岛和隐喻中去，说到底上下左右，过去、现在和未来，整个时空结构都是隐喻……"

这时候我忽然觉得嘉木舅舅是陪我一起长大的先知，恍惚之间我是在聆听他那气若游丝的预言。

离开秋水寺，在山南行车十几公里，另有一座废弃的寺庙。真应了法不孤起，仗境而生。民国时期这里曾到访过不少名流，如今早已香断火熄。多年前我曾经和一个女子路过，里面没有一个和尚，却摆着一只签筒，还有几只野猫。那是我这辈子唯一一次抽签，当时有一种奇异的感觉，仿佛你摇到哪支签就进入哪个平行世界。不过现在我对什么上上签也不感兴趣了，远远望着那几堵颓墙，车子一闪而过。托做梦的福，我的平行世界已经够用了。

回到柴州，继续在宾馆休息了一晚。我住的半岛宾馆就在柏林湖南边最突出的半岛上。以前当地都管它叫"柏（bǎi）林湖"，不过年轻人更喜欢根据德国首都的名字叫它"柏（bó）林湖"，毕竟听起来更时尚一些。这里绿柳成荫，除了夏天蚊子比较多，找不出其他缺点。有一次我回来，湖被竖着的隔离板围了起来，据说是有一个大工程，不仅要把湖底的淤泥清一遍，还要建一组水上音乐喷泉。

十四岁那年的夏天我第一次到柴州来投稿，路过的就是柏林湖，那时是一个长方形的大湖，周围也没有什么设施，从我下车的地方望向对面，有烟波浩渺之感。

在离岸不远的湖水中有几个男女在游泳，其中两个女孩还套着救生圈。

"是男子汉就直接游到对岸去，沿着最长的这条对角线。"我跃跃欲试。

这时嘉木舅舅出现了，他就站在树荫底下。

"想做就去做……"

没顾得上听嘉木舅舅唠叨太多，脱了衣服我就直接下水了。没想到只游到大概三分之一，已经感觉有点体力不支。

"仰泳也要游过去！"我暗下决心。

就在这时，发现后面还有一个少年，他从我身边游了过去，说再坚持一会儿，我们一起游到对岸去。

两人一前一后继续游了几分钟，没过多会儿眼瞅着那少年在湖中央扑腾几下不见了踪影，我想他八成是在水里淹死了。一股前所未有的恐惧感涌了上来，我可能也要淹死在湖里了。

"不行就回岸上去！"

我听到一个熟悉的声音，回头一看是嘉木舅舅。他怕我出事所以刚才一直跟在后面。

我打算再坚持一会儿。这时候脑子里突然想起周伊，感觉她正带着全班女同学站在岸上为我加油。如果能够游到对岸，我会骄傲地告诉她这个夏天我征服了柏（bó）林。

"你现在必须沿着最近的路回到岸上去，你已经体力不支，会淹死的。如果你死了，我也会死掉。"嘉木舅舅有些生气了，明显带着一点哭腔，"我还没有给你找个舅妈呢！我还没有入过洞房。"

好吧，让我想想，我继续朝前游，因为有些晕头转向，感觉自己像一块失灵的钟表上的指针，刚刚朝前走了几秒又退了回来。与此同时，身子变得非常诚实，开始尽量往最近的湖岸靠。

大概过了不到十分钟，顺利上岸。在抓到岸边泥土的一刹那，我感觉到世界又回来了。

躺在一棵大柳树下面，我喘着粗气，两只喜鹊在枝上交头接耳。这时嘉木舅舅也上岸了，湿漉漉地躺在我身边，像一只海豚。我说刚才你嚷着要给我找一个舅妈的事还挺有意思的，你又不会像我一样孤独。

"你知道你有九条命吗？"嘉木舅舅没有搭话，直接抛给我一个问题。

"每个人不是只有一条命吗？"我被问糊涂了。

"不，你有九条命。但是你现在只剩下七条了。回忆一下刚才是不是有个孩子在湖里淹死了。开始他一直陪着你游，而且坚持说一定要游过去。但是后来不见了。"

嘉木舅舅神情严肃地说完，点上一根烟。我问他是因为什么我还丢了另一条命，嘉木舅舅说那是在我还没出生的时候。

"也是参加一次游泳比赛，你曾经是亿万精子里的一个。不过那次和这次不一样，你坚持下来了，而且你必须坚持下来。因为你第一个抵达了终点，创造了一个宇宙，其他精子都代替你死掉了。所以虽然说你有九条命，其实只有八条。"

我一动不动地听着，现在嘉木舅舅完全占了上风。

"有些事情需要坚持，有些事情不值得坚持。遇到危险的时候你就要告诉自己，算了，我上岸吧。"

那是嘉木舅舅第一次和我讲"不要过对了河上错了岸"的道理。不过和后来很多时候一样，我都听得半懂不懂。即使是现在也是如此，彼岸有那么多渡口，谁知道去哪？人生不过三万天，哪一天不是在拆盲盒？

到了天堂，天堂也有地狱。这是很多年前江通和我说的。哎，她是那么心无旁骛地爱着自己在人世的命运，可是命运并不爱她。她尽心尽力想帮我找回失落的东西，而我甚至在许多方面还拖了她的后腿。江通想辞职的时候之所以有些犹豫是因为她希望我有更多的时间做自己的事情。

　　我是在飞机上读江遹最后一本日记时才知道这一切的。里面夹了一封给我手写的信，然而奇怪的是江遹并没有把它寄给我。也许是在犹豫这会给我压力，也许在等我给她写一封情书然后再寄给我。

　　起初，基于昆虫生存状况和人类境遇的相似，江遹认为我可以写一本有关昆虫人类学的书。直到几年前在南美的那段经历深刻地影响了她，那是一个充满光怪陆离的文学的世界。自从了解了维多夫罗关于诗歌的种种观念后，江遹似乎洞悉了我的心事，知道为什么我时常漫不经心，也就是我所谓的一种恍惚感，每日如坠雾里，任凭时光穿胸而过却无能为力。现在她明白了，既然我曾经是一粒诗人的种子，甚至梦想成为布莱克或叶芝一样伟大的诗人，就应该和维多夫罗所说的那样努力去做"一个小小的创造神"。而且，许多事情想清楚了就应该去做，一个人只有让时间站在自己这一边，生命才是自己的。

　　"重要的是创造你的宇宙，而不是发现已经存在的宇宙。就像一只古老的昆虫，无论你是否发现它，它就在那里。"

　　"一个人如果是诗人，难道有了粮食和词语还不够吗？"

"如果不是诗人，即使拿了诺贝尔奖对你又有什么意义呢？"

这些是江逦替我写在书信里的话，当我读到时，眼泪不由自主地流了下来。总而言之，江逦相信创造一个不曾存在的宇宙比发现一个已经存在亿万年的世界的真相要重要得多。为此她还考虑过可以适当地为我减轻生活负担。若非如此，最后那趟非洲之旅或许可以避免。接下来也就不会有被疟疾夺命的悲剧了。

可是诗是什么？诗人又是什么？几十年过去，我却变得越来越糊涂了。

那时候江逦开始读一些有关艺术史的书，相信艺术才是一个国家真正的历史，至于艺术家则是一群首先把自己的人生当作艺术品去创作的人。

像是天意。在出事前几年江逦已经在不同场合和我说起她早已经厌倦了职业翻译，就像当初厌倦物理学习一样，而她当年之所以想学西语和西班牙有安东尼奥·高迪这样的圣徒不无关系。

"高迪不像那些庸俗的创造者，奢望能在有生之年看见自己的所有成果。他有耐心，而且对后继者也有信心。就像巴黎圣母院，前后建了差不多两百年的时间。"

在那本日记中，江逦最后致敬的人物也是高迪，圣家教堂的建造者。他没有等到圣家教堂落成就在马路上被有轨电车撞死了，因为穿着朴素、胡子拉碴，围观的路人都没有看出来。多亏后来有一位老妇把他认出来了，否则等待这位伟大艺术家的会是被当作乞丐给埋了。

"有些人像是从童话世界走到人间来的，还不熟悉人间的道路和交通工具，加缪、圣埃克絮佩里、徐志摩、张雨生还有高迪……"

江遹也是这样偶然闯进人间的吧？如果不出意外，在结束非洲的工作后，按计划我正好利用暑期的时间和她在巴塞罗那会面。

有关我和江遹第一次相遇的细节需要更新一下。想了很久，那天的情形应该是这样的：前面没变，还是为了去做讲座，我进入电梯的时候电梯里只有江遹，正自顾自地借着电梯里的镜面化妆。她背对着我，如瀑黑发垂落下来。我似乎还能闻到她刚刚沐浴完的清香。那一刻让我觉得非常温馨，仿佛我们是在一个共同的卧室里，以至于不由自主地想入非非。虽然素昧平生，此刻真希望时间停下来。然而，是电梯停了下来。首先进来一个大腹便便曾被大火烧伤过的男子，口罩挂在烧得只剩一半的耳朵上。紧接着又挤进了一个身着黄衣的外卖员，右手提着东西，左手举着手机，像是举着一个定时炸弹。上面正倒计时，要求他在八分钟之内立即赶到配送站排队。站在外卖员后面的是一对年轻的情侣，两口子正甜蜜地商量几天以后的削骨手术。他们各自戴着一顶蓝色的帽子，上面有一行褪色的字，写着"回忆让人盲目"。江逦被挤到了电梯最里的角落，只在恍惚之间，我竟然以为那是自己最爱的人即将消失在茫茫人海。就像电影《滚滚红尘》里演绎的乱世，所有温馨的氛围都被打破了，短短一两分钟的时间，我被逐出了伊甸园。

因为在柏林湖的那段经历，通常回柴州我都会选择在半岛宾馆住下。由于这里空气清新，而且远离了车水马龙，每次都可以睡到自然醒。然而这天晚上我做了一个奇怪的梦，当年那个沉入湖底的少年挣扎着游上了岸，并且在天刚蒙蒙亮的时候来敲我的房门。

当少年说看得见我在房间里打着哈欠，我才知道酒店把猫眼装反了。

少年说这些年来他一直在南岸种花，周围没有一个人，安静得可怕。而且，他一直被困在湖边什么地方也去不了。昨天他知道我要过来，就一直在宾馆等我。

"只有您来的时候，我才能四处走走。所以大多数时候我都在沉睡，给我讲讲外面的世界怎么样吧，它精彩吗？先生！那天我是听着这首歌沉入湖底的，后来时间就停止了。"少年眼神总是怯怯的，手里捧着一束鲜花，那是他亲自种的，极力想让我知道他的诚意。

我说外面的世界挺好的，不过也像湖底一样，人要是沉进去了就很难浮上来。生活在那里的人要填很多表。

虽然认识的人很多，但是可能没有什么朋友，也没有什么共同的理想。至于过去的同学一般都不联系了。以前出入工厂的到处都是蓝蚂蚁，现在上下电梯的到处是黄蚂蚁。以前打个电话要排队等很久，现在每个人都有一部手机，大家像国王一样生活，手机里有翻阅不尽的电子后宫，对谁不满意了就可以在花名册上把那个人拉出去杀头。以前在村子里几年才会听到一次捉奸的事，但是在互联网上每分钟都有，那些吃人血馒头的社交媒体，大事不干，就知道把摄像头装到每个公民的卧室里。社会上的悲剧也是特别特别多，许多年轻人选择躺平了。他们在"眼看他起朱楼，眼看他宴宾客，眼看他楼塌了"的故事里，不但没有一丝同情，反而看到了自己的幻灭，人生不过是空忙碌一场。同样可笑的是现在没人写信了，却有不少孩子因为"邮票"染上了毒瘾。此外就是外面的世界到了晚上每个人都开始数羊，因为他们必须为明天的幸福睡不着觉。是这样的，我重复了一遍，外面的世界人们都睡不着觉。为了追求幸福，可怜的人们争着做牛马。哦，还有一点差点忘记告诉你，那就是以前的报社差不多都倒闭了。说到这我欲言又止，我知道一家报社的几位编辑，一位做了牧师，一位做了道士，一位开起了网约车。

"报社都倒闭了……"少年眨了眨眼睛，迷惑地望着我。

"报社倒闭了？"一个问题重复了好几遍，仿佛说我一定在骗他。

接着少年又从口袋里掏出来一首诗，想直接念给我听。少年说他只有这些东西了，原来有一本手写的诗集不小心弄丢了，当年还没有来得及给报社的编辑看。

"请给我讲讲好的一面，先生，外面的世界到底怎么样？"

接着少年脱稿念了起来：

"'满地都是淤泥，溅脏蓝蓝的裤子……'我写的某个雨天。"

我说你不用给我念诗了，外面的世界大概是这样的，我在每个人的笑容里望见天堂，也在每个人的哭声里听见地狱。快去五楼的咖啡厅等我吧！我想先冲个凉，收拾一下东西，一会儿再上去告诉你。

少年这时才肯罢休，依依不舍地离开了。他很礼貌，甚至是躬着身退出了房间，说先生那好我就在五楼咖啡厅等您。

目送少年走后，过了一会儿我找宾馆要求更换一个房间，当前台小姐很惊愕地问我为什么要换房间时我就醒了。

我是被一个骚扰电话吵醒的。这些年我养成了彻夜不关机的毛病。以为是小司马老师或周伊的电话，便赶紧接了。没想到的是，电话那头竟然为我终于接了电话而恼羞成怒。

"喂，你不是死了吗？怎么还能接电话？"一个女人的声音。

"你是谁？"我感到毛骨悚然，按说没有人知道我这个新启用的电话号码。

"你还没投胎啊？！"

我大概明白过来了。真晦气。可能是上个机主死了，我换了一个死人废弃了的手机号码。我说这是我新换的手机号码，你如果不能理解，就当这是一个旧房子，原来的人已经搬走了，现在是我住在这里。如果没什么事，我就挂了。

这时对方语气软了下来，连忙说原来的机主出国把她抛弃了，她只是想发泄一下，没想到今天打通了，对不起，说完女人把电话挂了。

想起三段论总是劝我不要打电话，理由是"人生如电话，早晚都得挂"，不吉利！

从逻辑上说是这个陌生女子在骚扰我，所以最先挂电话的应该是我，结果她倒先挂了，好像是我在纠缠她。这下我彻底清醒了，最糟糕的是这个该死的女人打断了我柏林湖底的梦。

为了活得开心一点，我决定想象一下如果江通在身边我会如何来一段有趣的"逻辑俳"。

我的耳朵里长满了一个陌生女人的声音，

陌生女人的声音是蘑菇，

我的耳朵里长满了蘑菇。

相信江逎看到以后一定会哈哈大笑，接着会说我现在技艺有很大的变化，不仅写出了"逻辑俳"，而且这个"逻辑俳"已经进化到"诗歌俳"了。

此时天已大亮。由于电梯故障，我直接从防火楼梯上到五楼，没想到在这个小城宾馆里竟然暗藏了一家如此豪华的咖啡厅，不过里面一个客人都没有。

找服务员小姐要了一杯蓝山，选窗边的位子坐了下来。看着窗外白得耀眼的天光，我突然有些伤感。

尤金·奥尼尔[①]说，人生而破碎，只能靠不断活着来缝缝补补。而我感觉到的却是人生而完整，只是活着活着碎了一地。灵魂和身体都一样破碎，无论怎么使着劲挣扎，到最后生命都像是一部烂尾的诗篇。

这时嘉木舅舅又过来了，我说有点寂寞，陪我说会话吧。

"假如世界末日来临，啊不对，我是说假如你的末日明天来临，今天你会做些什么？"嘉木舅舅总是喜欢提问题，而这次直接把我逼到了墙角。

---

① 美国剧作家，1936 年获诺贝尔文学奖。

"写三封信。"我几乎没有犹豫，同时想起嘉木舅舅也给我和塞巴斯蒂安写过不少信。

"给谁？"

"一封信给上帝。"我想了想，"我一直想不明白，上帝好像不存在，又好像存在。后来我在逻辑上想通了——上帝是一种不存在的存在。所以这世界应该是有上帝没有天堂。你看我们人类啊，有时甚至不如动物聪明，猴子不会拿手里的香蕉换天堂，人却愿意为那看不见摸不着的天堂甚至丢掉自己的性命。但不管怎样，上帝是我生命中的对话者。我应该感谢他。一封信给江遒，这些年我一直忘不了她。我知道她已经死了，但是只要我想她或者开始和她说话，她就会立即活过来。"

"第三封信呢？"

如果需要，我会写信给昨晚遇到的少年。我想告诉他应该勇敢点，把他写的诗给编辑看。这个编辑不喜欢就找另一个编辑看，这世上总有一个编辑看完以后会非常欣赏他。这样他就会走上一条完全不同的道路。我还要告诉他外面的世界并不一定比里面的世界更好，当然也未必更坏。他从报社出来后可能还会右拐然后继续朝前走，并且在路过柏林湖时看到一群人在游泳，但不要轻易下到湖里去，不只是因为会有生死之虞，还因为他舍不得把自己的诗稿和新买的《诺贝尔文学奖金获奖诗人作品选》放在路边没人管……远行的人尤其要看护好自己随身的行李，因为那可能是他过去的一切，甚至是未来的根基。

"另外，我希望少年能够遇到一个女孩子，而且和这个女孩子有肌肤之亲，否则来人间一趟太遗憾了。我还记得乡下有个兄弟在结婚前一天意外死了。他的姑姑哭丧的时候说，可怜的孩子，老天不公啊，你还没有尝到女人的滋味就死了……"

说着说着我开始进入到某种恍惚的状态，周围的一切仿佛都消失了。不知为什么我竟然梦见自己和诗人鹿蕉坐在一起喝茶，前不久我们刚在秋水寺见过一面，事实上我从来没有想起过他。其他细节一概不记得了，醒来时猛然发现嘉木舅舅坐在对面的沙发上已经睡着了。

桌上有一本翻开的 *Meraki* 杂志，里面讲了一个故事，一位旅行家在乡下遇到一位老妇，旅行家说我转遍了世界上每个国家，看了世界上所有的风景。老妇说，我这辈子哪也没去过，就在我的菜园里种菜，在我的地里收割。我还有一片不大的果园，每年都会结几十个柚子，怎么吃都吃不完。旅行家说老人家你真不幸啊，应该多去外面走走。老妇说，你才不幸，走了那么多地方才绕到了我的屋门前，而我一出生就在这里了。

有意思！我是同时拥有两个状态，一个是 I'm rooted

but I flow[①]，另一个是 I flow but I'm rooted[②]。

合上杂志，如果这位老妇是巫婆或者死神会怎样，也许这个故事会更加耐人寻味。

伴随着几声猛烈的咳嗽，这时嘉木舅舅醒了。

"是不是冻着了？"

"没事，我带了药。"

"嘉木舅舅都吃上药了？"

"是的，早上吃了两片，所以极容易犯困。"

嘉木舅舅擦了擦眼屎，说刚才做了一个梦。在梦里他一直在帮我寻找一个可以种菜的地方，后来遇到一个老巫婆和他说人总是要扎根的，不是在远方扎根，就是在近处扎根，到处跑来跑去的人只有道路没有前途。

"啊！嘉木舅舅都会做梦了。我想再问你一个问题。"

"说吧。"

"你一直在我梦里。"

"是这样的。"

"而且你会做梦。"

"是这样的。"

"有没有一种可能，我也和你一样，只是存在于其他某类高维生命的梦里？"

---

① 我扎根但我流动。
② 我流动但我扎根。

"啊，可怜的孩子，我可以告诉你上帝有几个女秘书，有没有谢顶，唯独不可能回答你的这个问题。这是宇宙最后的神秘。我曾经梦见过上帝在森林里寻牛，上帝说他也有庄子一样的烦恼。"

说完嘉木舅舅端着剩下的半杯咖啡哼着新编的《欢乐颂》下了楼。

"我终于站到光亮处，让你看到一部心灵秘史……"

我知道嘉木舅舅最想做的是找个舒适的地方长长地睡上一觉。

我找服务员小姐再续了一杯蓝山咖啡。这是我和江遢最爱喝的咖啡，带着牙买加特有的神秘与醇香，以及恰到好处的甘、酸、苦。遗憾的是我们在一起的那些年始终没有完成计划中的旅行，不是因为她临时有事就是我临时有事，或者只是因为我们改变了旅行的方向。

回到房间，三段论正在给红磨坊做泰式按摩。

"你以后必须叫我杰克船长。"

"为什么？"

"这是主人给我取的名字。"

"……"

我说红磨坊你消停点，别总是欺负三段论。

红磨坊懒洋洋地朝我挤了挤眼，说："Seize the day^①！"

我不是没有长远打算，但也想活在当下。几年前和江通一起在湖边散步时我还免不了对她抱怨研究所里的一些毫无价值的事情，想辞去公职在家当寓公，最初江通对此不以为然，她认为我需要和外界多一些接触。

"这是什么？"江通指了指我的裤子。

我说裤子啊，你帮我买的，一千多块。

"为什么要穿它？"

"贵。"

"说实话！"

"遮羞。御寒。"

"为什么三段论和红磨坊不穿？"

"因为我是人，它们又不是人。"

"但你回家会脱掉。"

"是这样的，回家有你穿就可以了。"

"别开车。"

江通打断我，接着说道："所以，作为人来到这世界上你就已经穿上人类的制服了。人是一个需要制服的物种，不是吗？过度在意这个世界不如你所愿可能只是又多了一层观念上的制服而已。你不如忘掉那些不好的东

---

① 活在当下。

311

西，把自己能够支配的时间用在最想做的事情上。除了糟糕的工作，我们还有大把时间做爱、做梦，当然包括让你去写诗。你知道的，业余生活中的卡夫卡比银行柜台里的卡夫卡要精彩多了。"

不过几个月后，江逦自己也打算辞职了，因为银行柜台会吃人，卡夫卡只是幸存者，侥幸从表格里逃出来的那个。逻辑是这样的。重要的是，既然我早就能养活自己了，更没有必要非得把裤子套在头上，让自己不开心，别人也不开心。而当江逦说出那句"人类的所有悲剧就是因为在进化过程中失去了冬眠能力"时，我决定写一本《退化论》。

第 21 节　百草霜

syllogism and moulin rouge

上午去了一趟旧书市场，无意中居然看到一叠我寄给李慕洋的信，有几封还被撕去了邮票。喜忧参半，无论如何，在一个即将被拆除的地方买回了一点从前的记忆。

打小司马老师的电话，还是联系不上。试着再拨一遍周伊的电话，这次电话接通了。在说明来意后，周伊沉默了一会儿，说明天上午到宾馆接你去岛上吧。

可能因为白天喝多了咖啡，一晚上没有睡好。第二天早上周伊来到宾馆，说走吧坐我的车过去，一路上顺便说说话。

周伊开的是一辆哑光红的路虎，一路上我们有一句没一句地聊着，气氛有些尴尬。街面上不时可以看到一些自动驾驶的出租车。当我们的车子驶出柏林湖南路进入一个十分拥堵的路口时，周伊叹气说本来柴州是有机会上个轻轨项目的，这样就可以一直通往省城，算是真的与大城市接轨了。可是因为柴州人口总量不够，这个项目就泡汤了。

我说我注意到了，柴州的平均结婚年龄已经后退到三十五岁了，更致命的是有研究报告说全球男性精子质量严重下降，过不了二三十年绝大多数男性甚至会出现绝精症。或许2045年将是人类的分水岭，一是人有望实现永生，二是男性的生育能力归零。

没有告诉周伊，我是一个从某部人生戏剧中走出来的人。这么多年，我甚至觉得自己就是屠格涅夫笔下的多余人。不过时过境迁多余人也有被需要的时候，就像计划生育时的多余人现在被需要了。那一刻，我突然非常想念我未出生的弟弟或妹妹，几十年前母亲挺着大肚子被抱上了手扶拖拉机。

"网上说韩国要消失了，是真的吗？"周伊对这个话题显然很感兴趣。

"哎，人到中年，大家都有一颗苍老的心。人类也是这样，不想要孩子了。"我接过话题，"以前人们对生命是充满敬畏的，现在则充满了厌倦。也许若干年以后，韩国因为低生育问题整体消失，朝鲜越过'三八线'，接管了韩国，半岛和平统一了，谁知道呢？这个想法听起来好像很荒唐，但是历史的进程首先是自然的进程，人类真的只有生神和死神的战争。"

"自从有了智能手机，家里住的多半是一个和尚，一个尼姑，就是没有小孩。这是多么荒诞的世界！末日和永生同时到来。"

周伊说前些天柴州出了两桩新闻，一是有个男人强奸了一名女子，女子骂他时间太短给男人丢脸，然后这个男人一时性起把女子给杀了。

二是有个四十来岁的女人结婚，她请了一些朋友去喝喜酒，新郎是谁秘而不宣，直到朋友陆续到齐了，大家才知道她是嫁给了一面镜子。

"不过这姑娘还算会办事，之前已经说好拒收礼金。否则就有点说不清了……从来没有想过世界会变化这么大。我们盖了很多房子，却没有后代了。"周伊说。

"是啊！狂飙突进二十年，现在什么地方都缺人，有人海而没有人。小时候每个教室都坐满了人，放学路上也是人挤人……不过回头想想人多真不是负担，毕竟再多的人也是会死掉的。就像是大雪天，无论雪下得是薄点还是厚点，最后都是会化掉的，怕只怕原本下雪的地方后来不再下雪了。"

说这番话的时候我仿佛置身事外，忘了自己其实并没有生下一儿半女。早先我曾经想过找个女人代孕，这样好歹有个自己的孩子。我的一个熟人便是这样做的，他六十多岁的时候在美国的卵子库里选了一个金发碧眼的女子，而且是藤校毕业生，起初一切顺利，但是那孩子出生后没多久就因病去世了。自那以后这人的生活差不多全毁了，而我亦不想再做任何类似打算。

一路上心静如水地和周伊聊着，与此同时我的脑子里已经悄悄做起了三段论游戏：

（一）

中国缺人，

我是人，

中国缺我。

（二）

人类最缺的是人，

人是动物，

人类最缺的是动物。

想到这，我又忍不住自顾自地笑了起来。周伊不明所以，瞟了我一眼，我说算了不胡思乱想了，否则伟大的亚里士多德又要来找我喝茶了。

"前两年班上同学聚了一次，有几个没来，不是进去了就是出去了，这没有什么，让我有点吃惊的是混得好的几个同学，她们的女儿都快三十了，不打算结婚，更不打算要孩子。听他们说了才知道附近有个城市平均结婚年龄快四十岁了，这么算起来柴州算是好的了。"周伊说这些话的时候我明显走神了。我怀念起和江遄一起出行的日子，也好久没有看到她猛地出现在我面前说一声"Ahoy matey！"以及"逻辑俳"，这个只有我们俩才懂的名词曾经给我们多少欢乐。可人生就是这样，一个场景接着一个场景，当时只道是寻常，如今这样的场景再也不可能遇到了。

大概过了一个小时，车子在一片墓园边上停了下来，直到这时才从周伊嘴里知道上个月小司马老师在泰国过红绿灯的时候被摩托车给撞飞了。

"最荒唐的是撞他的还是一个中国小伙子，他载着他的女友……人啊，说来说去都是命。你说他们无冤无仇，在中国生活了几十年都没遇到，偏偏在泰国给撞上了。"

周伊很无奈，说因为这些年没太跟我们联系，就没通知大家。一路上我安慰周伊，周伊说我知道你现在也很难过，他是那么珍惜自己的生命，而且我知道你们俩感情也很好，当时他是你们的孩子王。

这天的阳光格外耀眼。

周伊说，如果你愿意我带你去见一个人。我说谁，周伊说到了你就知道了。一路上，经过一排排风力发电塔，有一座不知道什么原因倒了下来，像天鹅折了颈。远远望去，塔身上有一行字，起初我以为是广告，待车子靠近了，才发现是一行涂鸦，上面写着"美将拯救世界"。而当我们走到另一面时又发现了还有另外

318

两行字，分别是"我们将由诗拯救"和"美学乃伦理之母"。

我有些惊讶，说类似胆大妄为的涂鸦只在欧美国家见过，没想到在柴州看见了。那一刻，突然想起和江遹在克里特岛和雅典卫城旅行的日子。记得在我们入住的酒店附近涂满了各式各样的标语。在古老的雅典，我似乎看到了世界上一半的破败与涂鸦。

周伊说前几个月路过时还好好的。这时她又想起一个人来，说那人平时也总在桃源村，很有意思，养了一群白鸭子，但他自己非得说是白鹭，好像也是某个大学的教授，认识他的人都管他叫鹭司令，村子里还有两个小型博物馆，一个是故事博物馆，还有一个是家乡博物馆。故事博物馆的馆长名字叫寒山，说不定你们从前认识，他当年好像上过大学，但没毕业就回来了，后来一直在乡下待着，经营一家民宿。

"偶尔会有客人到那里分享他们的经历或者见闻。我参加过两次，规模虽然不大，但是挺有意思。有兴趣的话，后面你也可以去他那里住上一段时间。"

我说求之不得，我就喜欢认识一些奇奇怪怪的人。

"那你真该去，听我表姑说，她们村子有一个男人去年跳河了，好像就是天堂河。四十多岁了，外出打工十几年没有回来，回来后带了一个女友，是亲自背回来的。不过是个充气娃娃，具体是什么咱也不懂。可能是因为在城里跟他有些年了吧，所以没舍得扔。反正他每天和这个充气娃娃生活在一起，还取了名字，我记得好像是叫木莲还是什么，有时候他们还在山里一起拍照片。虽然这男的说话挺正常的，为人也非常客气，但是暗地里大家都叫他神经病。"

"有句话说的是'万人如海一身藏'，许多事情在城里不那么显眼，跑到乡下可能就不一样了。"我说。

"是的，现在村子里本来就没几个人，他爸七十多了，受不了别人总在背后指指点点，就把那个娃娃点把火给烧了好像是，结果爷俩还吵起来了。老人也没想到，就这么一个在我们看来很平常的做法把儿子给压垮了……最后跳了天堂河。"周伊说。

我叹了口气："哎，这对苦命鸳鸯，一个死于火，一个死于水……你越这么说我越想去看看了。"

忽然想起表姐梵花已经死去好多年了。她没有念完初中就出去打工，后来在异地结婚接连生了几个孩子，谁承想那个家是男人一打雷，女人就下雨。就这样，年纪轻轻地，表姐被她那暴躁的丈夫打断肋骨，推进离家五百里的一条河里。

没过多久，车子开到了天堂河附近，不时可以看到宽阔的水面，大河两岸错落着分布了许多村庄。记得很小的时候，有一天我握着篦子梳头，用指甲盖将梳下来的虱子在纸上按得哔哔作响。母亲进了我的卧室，我突然问了母亲一个问题——"我是从哪里来的？"母亲回答说你是爸爸从天堂河里钓上来的。就这么一个荒诞的回答我竟然信以为真，以至于每当父亲去河边钓鱼时我总会期待他给我钓来几个弟弟妹妹或者称心的玩伴。当然最好不要晚上去钓鱼，听长辈说天黑以后世世代代在河里淹死的女鬼会上岸。

其实我还有三个哥哥，可惜他们都没有活下来。据母亲后来说，几十年前农村条件差，不像现在，大人们也不怎么重视优生优育的问题，很多婴儿都"作掉了"。

"你的头一个哥哥是因为我发烧死掉的，生下来的时候其实孩子还好好的，到了转天早上就不行了。第二个哥哥死了是因为我在生产队里出工。当时是夏天，已经怀孕八个月了，没办法，还得没日没夜在地里忙双抢，结果早产了。就在晒场下面的四分地里，生下来也是活的，可怜的孩子，那哭声到现在我还记得，也是转天不行了。第三个是磨豆腐时不小心流产了，怪我当时没注意。前后五年，三个孩子生下来都是活的，都会哭，要是有现在的保温箱肯定都没问题，可惜了！"母亲长叹了口气，说后来我活下来了她就再也不打算生了。

"也真是命大，生你的时候你爸不在家，他到天堂河钓鱼去了，我周围一个人都没有，更没有接生婆，你是我自己用镰刀割断脐带然后抹一点锅底灰给接的生……

而且你的胎位不正，差点咱母子一起死了。"

母亲说的锅底灰在中药里有个帅气的名字叫"百草霜"。在乡下，我曾经看过几次兽医给母猪结扎，在收起劁刀后他们都会去厨房抹一把锅底灰，然后在母猪的伤口外皮上转个几圈，潇洒如打水漂。

就在我表示安慰时母亲接着说她还有个比自己小十几岁的弟弟没出生就死了。具体什么原因外婆没有细说。总之我能健康活下来是无比幸运的，是受到上天眷顾的。

听母亲讲了这些悲伤的故事，那些天甚至若干年后，我的脑海里一直回荡着一个声音——这世界从来没有为一个孩子的到来做好准备。但我还是要感谢我那失踪的父亲，至少他为我的到来准备好了名字，让我有别于众人。尽管他决定的只是一个"屿"字，而且是在前面三个哥哥都没用上的前提下安在了我的头上。江遹说过，我们的名字连起来是一幅画，像在寒雾之中时隐时现的岛屿。

"菩萨保佑！虽然家里穷，可是小时候你长得胖胖乎乎的，属于脸不露耳的那种。有个逃荒要饭的人经过咱家还说你将来肯定是富贵命，太阳晒不着，雨水淋不着，屋里有电扇。后来你脸瘦了，最显眼的就是一对大耳垂。村里的老人又都说你肯定是有佛缘。那段时间你总喜欢双手交叉闭着眼睛坐在墙角，看着像个入了定的老和尚……"母亲说。

母亲甚至一度怀疑父亲失踪可能是因为跑到哪家庙里去当了和尚，所以说到这一点时她隐隐约约有些担心，怕我哪天也活不见人死不见尸突然就失踪了。

后来我和嘉木舅舅聊起小时候被别人议论长相的事，嘉木舅舅安慰道，有的说"好马不吃回头草"，有的说"浪子回头金不换"，有的说"瘦死的骆驼比马大"，有的说"拔了毛的凤凰不如鸡"，中国古话总是正着说一遍又反着说一遍，两头堵。就像信儒家的人同时也信道家，通常他们都是怎么活就怎么说，而不是怎么说怎么活，你不能完全当真的。

哎，幸好我有嘉木舅舅，可以像我死去的哥哥和失踪的父亲一样陪着我长大，让我不那么孤单，不那么迷惑。

我得承认，这些年我一直想逃，可是每天总还是这样按部就班地活着。

逃，比迎难而上还需要勇气。就像一个人在打仗的时候如果英勇战死了，至少有一方会说他是英雄。运气好的话，甚至还会赢得对手的尊重。而如果当逃兵死了，人家会说，看哪，他死了，是一个逃兵，一个怕死鬼。

真倒霉，反正都是要死的，为什么死了还要背负一个怯懦的名声？可是我又觉得哪里出问题了，这世界不就是靠有人怕死才能维持下去的吗？江逓说她走了很多地方，有两个结论：其一，桃花源是人在迷路时发现的；其二，所有的新世界都是逃出来的。

当我感觉今不如昔的时候，我宁愿逃出一个旧世界。无论末日来不来，我真的觉得过去和未来已经与我无关了。而现在只有一个"逃"字。那一刻，我突然理解了我的父亲。

syllogism and moulin rouge

你知道人为什么会掉进深渊吗？因为当你呼喊的时候深渊总有回声。很多年前，嘉木舅舅曾经这样告诫我。接着他问我为什么不去更辽阔的地方呼喊，那里也有回声。

还记得当时嘉木舅舅有点心不在焉，时不时地就说最近尿有点黄，害得我忍不住哈哈大笑。

那时候我听得也有些心不在焉，以为世界上最开阔的地方就是远方，所以我必须走得远远的。几十年后才意识到那个最开阔的地方是自己内心的世界。一个人向外界要得越多，他内心的世界可能就越小。

一路上忍不住各种胡思乱想，周伊不时转动着方向盘，不过接下来的行程并不顺利。就在我们顺着天堂河东堤正要穿过河面大桥时，发现前些天的连日大雨早已经把桥冲垮了。

周伊无奈地说，没想到好好的大桥变成了断头路，如果换其他的路得绕出两个多小时，今天可能来不及了。

"哦！忘了和你说了，前些年这里刮过一阵子大风，把很多人的故乡都吹跑了。"周伊补充道。

"幸好桃花源还在，而且一直在我的脑子里存着呢！"我说我走得越远越觉得有故人的地方才有故乡，现在就算是回到村子里，看到一些完全陌生的面孔，只觉得是误入他乡了。

由于周伊和摆渡的人已经约好时间，实在不便更改，在停顿片刻后只能原路返回，车子又继续走了几十分钟，我们来到一个荒芜的渡口。按计划在这里要换小船上岛，水路司机戴着鸭舌帽已经在那等着。

鸭舌帽是个腼腆的男子，六十来岁。可能和周伊比较熟，见面后主动和我打招呼，并且递过来一根烟。我连说戒了戒了。在机器的轰鸣声里，我们弃车登船，当渡口越来越远，我想起年少时期自己经常摆渡过岸的情景。如果来得早，船家还没有起床，我们这些"共产主义接班人"会扯破嗓子喊"船家，太阳快落山了"或者"船家，快带霸王过去，将来分你江山"！

如果船家不醒，我们也没有办法，就只好在河边打水漂。只是心情从来没有坏过，毕竟在十几岁的年龄，总觉得来日方长，我们有大把的时间等待命运给自己机会。身体里的那个时钟还发不出尖锐的声音。虽然此刻与当年出远门的地方不在同一个渡口，但是往日心境却仿佛就在眼前。你知道的，当时我一言不发却是在走向世界，而现在虽说有说有笑更像是落荒而逃。好在一路上有老同学陪着，任凭江风吹着我们，不时飞过来一些水沫。看周伊风里翻飞的裙裳，有一瞬间我觉得她仿佛正从席慕蓉的诗歌里走出来。只是岁月不饶人，当年曾经让我动过心的女同学如今已经从少女走成了中年妇女。

我念书的中学在一片松树林里。记得非常清楚的是，在初一快结束的那个夏日，我早早来到学校，发现周伊比我来得还早。她就坐在我前排，往日我赶到学校时教室里都坐满了，在那种情形下我拿出一本书就开始背了，而今天教室只有我们两个人。我是说那个明媚的清晨和那个偌大的教室只属于我和周伊两个人。无心看书，我近乎贪婪地看着周伊，这是我第一次对着一个女生的后背发呆。周伊的肩胛骨两侧各自延伸下来一条白色背带，从薄薄的的确良上衣里透出两道亮光仿佛要把我吸进去。那也是我第一次觉得自己心里有爱了，并且愿意为心中的某种说不清道不明的东西献身。就这样既紧张又兴奋地度过了半个小时。虽然在那个年纪其实什么都不懂，但我觉得已经收到命运给我的礼物了。而且它那么精美，几十年过去回想起来还是当初最鲜活的样子。

"你知道吗？当时班上所有的男生都喜欢你。大家都没有想到的是你会从同学变成师母。"我开始半开玩笑。当我说"所有"的时候，我知道这个词非常微妙，它既包括我又在强调我和别人没有什么不同。

周伊说她这大半辈子早习惯被追了，小时候被鸭子追，十几岁开始被男人追。但是为了小司马老师自己没有去上大学有时候也觉得挺遗憾的。这时她的脸色突然忧郁起来。周伊说她年轻的时候最大的理想是像三毛一样在世界各地流浪。

"《橄榄树》你还记得吧？那时候我们班上的人都在唱，我可能是最入迷的一个。"说着周伊轻声哼了几句。可能是因为声音有些沙哑，又立即停了下来。

"内心也很矛盾……我早恋一方面归咎于有一个野蛮的父亲。父亲打我，还打我母亲，会重重摔在地上的那种。所以我很早就发誓将来找的男人只要不打我和孩子就可以。这个要求太低了。我知道你当时在找父亲，而我是巴不得父亲消失。这世上有不少抱错小孩的悲剧，我的悲剧是一出生父亲就被调包了……另一方面，我想有自己的撒哈拉故事，雨季不再来，哭泣的骆驼，可以遇到如三毛与荷西那样缠绵悱恻的爱情。后来小司马老师来了，说他可以和我一起去撒哈拉。其实那时候他工资才三十块钱，窗帘都不舍得买个好的，不可能带我去的，我自己心里很清楚。不过当时我对小司马老师的确有一些好感，他总跟你们理科成绩最好的几个男生在一起玩，像一个大孩子，再加上他留着一脸络腮胡子看起来有点像荷西，然后我们就相爱了。可能在那个年纪，加上我是在农村长大的，也有点自卑吧。后来我就经常泡在他的宿舍里不去上课，也不太好好读书了。几年以后你们都考上了大学，我却做了孩子的妈妈，其实也挺后悔的。后来又听说你去了国外，到了我特别特别想去的巴黎，你相信吗？我都偷偷哭了几回。你还记得我们约好去投稿的事吧？和你一样当时我也写了很多诗，但是小司马老师没有让我去。他说，你周伊就是世界上最好的诗，还写什么诗啊？让不是诗的人去写诗吧，总之小司马老师说我不用写诗，好好经营美好生活就行。他说的有些是对的，有些也未必，人一辈子真是太快了。其实也不是时间快，是不能回头，不能回头的事情都快，因为你只有一条路走，再慢也是快的。不过我挺感谢小司马老师给了我两个孩子的。活得越久，越觉得除了亲人外，什么都不重要了。"

说话间周伊举起手机，准备拍远处江面上的一朵云。

"你知道我是怎么从低谷里走出来的吗？可能持续了好几年。柴州有几个朋友加入了赏云协会，这是一个国际性的组织，我是在江边散步时偶然看到的，想了一晚上要不要告诉小司马老师，最后决定还是不告诉的好，所以转天我就加入了，成了赏云协会的会员。你看天上的云多有意思，它既像故乡近在眼前，又像远方远在天边。这种状态多好。有时候我觉得理想就应该是天上的云的样子，远远地看着，不能没有，但也不能置身其中让云变成了雾，如果那样人就被理想吞了。人是不能向理想投降的。还有就是理想也可能像天上的云一样会变，今天这样明天那样，总归是要有，但不能刻舟求剑，昨天的云散了就散了，没必要非得把它找回来。想到这一点慢慢地我也就释然了。我听说旧金山的云彩非常漂亮。前些天赏云协会的几个会员在柏林湖边的问渠茶馆聚会，他们还嘱咐我一定多拍些照片。我们有些会员拍的钻石尘和22度晕太漂亮了。以前真没想到天上的云彩会有那么多的变化，那么多的名字，即便是孤零零的一朵高塔云我看着也和以前不一样了。"

我很惊讶于周伊这些年的变化，便问她看着怎么不一样了。

"以前要是看到天上只有一朵云，会觉得它很孤单，所以我中学写了很多孤单的云。是吧？我们那时候流行孤单的浪漫主义，反正不孤单就不是浪漫主义。后来我不写诗了，改拍照了，但是我在地上给云拍照也孤单。不过现在没有这种孤孤单单的感觉了。当我在拍一朵云的时候，我会想到我们还有无数的会员在世界各地拍云。有一句话怎么说来着……哦，是'人有石头，上帝有云'，我们是一群最接近上帝的人。以前我总在诗里写云，现在换了一种方式，诗意还在是吧？慢慢地，我觉得每朵云都有自己的角色，拼凑成一部接着一部的天空的戏剧。"

周伊接着说，"哎，要不是年纪大了，我甚至想跟着别人的车队去拍龙卷风。90年代曾经看过一部有关龙卷风的电影，看美国年轻人那么敢冒险，我真觉得自己白活了。不骗你，别的女人在电影院里是看了几遍《泰坦尼克号》，我是看了几遍《龙卷风》。"

我边听边连忙点头，说周伊你是越来越诗意了，不过说到底是原本就有诗意的种子。那一刻我恍惚觉得周伊是影片《廊桥遗梦》里的女主角，在这个年龄如果遇到合适的爱情，她会义无反顾地冲上前去。

"什么是诗意？"周伊问。

我说你这么一问我真说不清楚了。也许是一种自由状态，可能有时候连不自由的状态也是。当我看见一只大红瓢虫时我可能只是在玩，而当我把它记下来并且认为我在写诗时我就看见了一首诗。当一切都是艺术的时候艺术消失了，当一切都是诗的时候诗也消失了。诗完全变成了个人的东西，当年那些激动人心的东西不复存在了。

恍惚之间，我又听到嘉木舅舅的声音："我能想到的诗意就是一种远离标准答案的状态，像白日梦。别人都参加高考你拒绝参加是诗意的，加缪去领诺贝尔奖而萨特拒绝是诗意的，在楷书风靡天下时突然有瘦金体冒出来是诗意的。当所有天使都循规蹈矩、唯唯诺诺时撒旦是诗意的。和黑洞不一样，诗是飘浮在空气中的一个个意义的白洞，让你随时可以藏身……"

我说嘉木舅舅好久不见，你还好吧？

"可怜的孩子，我想了很久，觉得唯有诗可以拯救世界，唯有美可以拯救诗，唯有自由可以拯救美，唯有责任可以拯救自由，唯有可靠的意义可以拯救责任。然而至于什么是可靠的意义，这点我还没有完全想好。不过我相信它一定少不了你先得有一颗不被教育的心，浑然天成……"

嘉木舅舅没有说完，打了一个响指便直接跳下船头，像鱼一样游走了。啊！准确说是变成一条五彩斑斓的木鱼游走了，也可能是条白色的蛇。翩若惊鸿，宛若游龙，那一刻，我的嘉木舅舅是那么美！

"还记得东方照相馆的魏老板吧？他是我们赏云协会的联系人。"

我连说记得记得，虽然年纪不大，大家都管他叫魏老板。

魏老板本名魏东方，当时还只是个精瘦的年轻人。其实我何止记得，若干年前还梦到过他。那天晚上是他把我绑架了，将我扔在一个堆满破布头的房间里，奇怪的是我父亲也在，他面无表情地坐在地上。不过虽然门窗都被封死了，幸运的是房间里有一台386电脑，还有一个弹出的对话框。

是江遹，她正带着警察在找我。

想告诉江遹我找到了父亲，然而不知道出了什么故障，那些在输入框里原本明白无误的句子，发出去后无缘无故少了几个字，有些词甚至会自动变成其他字。比如"我们"变成了"沙又"——看起来像"沙发"；"你在哪里"变成了"快虫"——是"快乐的虫子"掉了几个字？我都不确定。仿佛此刻我是在扔瓷器，原本好好的青花，扔到那边就碎成了一地的碴子。一切支离破碎，虽然电脑里每个字都清晰可辨，但都变成了某种更高级的乱码，无法理解，看不见意义。恍惚间听到一个声音说，警察不会找着你们。一转头，父亲已经消失。就在我近乎绝望的时候，醒了。

醒来后我怅然了许久。魏东方闯进我的梦里，不只是因为当年他独自撑起了小镇的一块文化高地。还记得他曾经问过我的理想，我说想当个诗人。他说祝你成功！我轻轻地叹了口气说但愿吧。没想到魏东方从此对我刮目相看，说"但愿"这个词用得好啊，非常文气，像个诗人。那一刻我盯着他，突然觉得他的眼睛非常清澈，是 80 年代独有的那种清澈……哦，对了，还有那句流传千年的"但愿人长久"。

"什么梦？"周伊问。

我说时间太久有点记不清了。那一刻我突然觉得这些年失踪的不只有父亲，其实我也失踪多年。这种感受，就好像每天我明明看见了自己，实际上却只有一团雾。而周围的朋友陆陆续续也散了。年轻时情深意重，觉得朋友像牙齿，而且是朋友就会相伴一生。后来经历的离散多了，积攒的失望也多了，慢慢习惯了孤独，原先那些坚固的牙齿都开始摇摇欲坠，到如今有的更是完全不见踪影，在你的嘴里徒留下一个个大窟窿。人生就是这样，活着活着又到了"狗窦大开"的年纪。

站在船上我和周伊继续聊天，她突然冷不丁来了一句英文 *Cloud Spotting*，让我半天没有反应过来。后来我知道那是 BBC 拍的一部关于赏云协会的纪录片。人到中年，周伊和我的人生暗线似乎越来越清晰，以前我们是一个在故乡一个在远方，现在命运的大风正在把我们吹向截然相反的两个方向，我要找回失去的荒野，她要找回失去的世界。

"这些年，小司马老师辞职后，也挺不容易的。早几年还下过广东，在那里跑了一段时间出租。有些人也是缺德，有一次他好心把一个年轻人送到了地方，大概开了两百公里，那人穿得西装笔挺的，说去看个人就出来，再去下一个地方，反正行李箱还押在车上呢。结果小司马老师等了一下午也不见那人的影子，最后打开箱子一看，箱子里装的是几块砖头……觉得城里没意思，后来他回来了，跟着一个姓崔的老板兄弟一起做工程，再自己单独做，反正也是没日没夜的。这个崔老板挺有意思的，人也很仗义，就是天不怕地不怕，曾经自驾去过几次西藏，在城里买的第一套房子是棺材房，只有三四平方米。老崔说他自己从小就是在坟头上睡大的，而且他们这些生活在社会底层的人，就像山上的杂树、地里的野兽，是死是活全凭天养。这些年下来小司马老师辛苦钱是赚了不少，除了供儿子读书，甚至还有闲钱拍电影……"

说到这周伊理了理颈后的头发然后看向我："那部片子你可能看过了，情节挺搞笑的，为了省钱，演物理老师的是小司马老师的一个侄子，我觉得小司马老师是被小姑娘给骗了，一百万干点什么不好。虽然日子好过了，但我们年少时的那点心境也变了。忘了是谁说的，人生就像一杯茶，不会苦一辈子，但会苦一阵子。兴许等我们老了会好些吧，最初我是这么想的。谁知道我没有像三毛一样去流浪，他却像荷西一样提前死了。幸好我的撒哈拉还在，只是早已经换了名字……"

说着说着周伊如释重负开始笑了起来，她说她最大的快乐就是自己的儿子从哥伦比亚商学院毕业后已经留在美国工作了，而且和一个台湾姑娘结婚生了孩子。

周伊说过几天要去加利福尼亚州帮忙带孙子，儿媳妇羊水破得早，直接在出租车上把孩子给生下来了，当时忙得真是惊天动地的。唯一不省心的女儿也在去年移民去了希腊。以后兄妹俩恐怕很少会见面了。也不知道怎么回事，小女儿一点也不想恋爱，几年前她甚至还陪自己的闺蜜去泰国做了变性手术。周伊又说那孩子她见过一面，说来也挺可怜的，还没出生时家里人就恨她不是男孩，搞得最后她也恨自己不是男孩了。做女人不是挺好的吗？到哪都有男人照顾。

"哎，我女儿八成这辈子是不会结婚了。不过一代人有一代人的生活，说到底结不结婚也都是小事。真正遗憾的是小司马老师在路上走得好好的竟然出了意外。你知道这是什么感觉吗？"

我说知道。

"反正我是有两种感觉：一是生命有一半东西突然被抽走了，二是觉得活着不真实，有时候我甚至怀疑是不是真的有小司马老师这么个人。"

我说这就是命，什么事情都是人走一半天走一半，天无绝人之路只是因为偶尔人也有路走对的时候。只要活着，我们就是最幸运的那个人，嘉木舅舅说的。

周伊说有些梦想不一定要实现，就像旅游时有些风景不一定要看完。接着她问我孩子多大了，有孙子了吗？我说我还没有结婚，现在陪我的是两只猫，一只叫三段论，另一只叫红磨坊。大概是知道我们在议论它们，我听到三段论与红磨坊疯狂地叫了几声。

周伊表示非常惊讶，是吗？红磨坊这个名字真好听。俗话说，世界破破烂烂，小猫缝缝补补。养猫也挺好的，现在社会开放了，流行最后一代，说到底命都是借来的，自己过好就行了，而且，周伊接着说自己身边的闺蜜差不多都离婚了。

"几年前我和小司马老师闹了一点小矛盾的时候，她们都劝我离婚，记住，闺蜜没一个好东西。"

说这话的时候，我注意到周伊脸上露出了一股隐隐的恨意，以及只有成年人才能互相体会的失落与孤独。

也许这股恨意还和唐小樱有关，我突然想起两个人来，另一个是梵所同。在和小司马老师好上之前，当时班上一直在传周伊与梵所同的事。据说春游的时候两人还一起去秋水寺搞了一场海誓山盟。不过后来他们并没有在一起，初中毕业以后梵所同反而和周伊的同桌唐小樱出双入对了。前些年偶尔听说梵所同在广东的一家寺庙出家当了和尚。梵所同和我做过一个学期的同桌，我对他的身世也算是略知一二。梵所同随母姓，父亲是一个杀猪佬。回想起来他从父亲那里得到的最大好处是有吃不完的猪皮和猪脑。外公梵济世是国民党正团级军官，擅长写古体诗，淮海战役之中投了降，获释后到死都在乡下务农。村民们印象最深的是放牛时梵济世腰上总系着一根白布条，远远看上去还是像一位将军。不过老人放牛的地方离落户的村子有二十公里，原来的村子因为修水库被淹掉了。还有一件事是很小的时候梵所同曾经因为学唱《洪湖赤卫队》里的"三十年河东，四十年河西"被妈妈狠狠地揍过一顿，好在当时被外公挡了下来。梵所同说他曾经在山上躲了三天两夜才把妈妈动辄打他的毛病给改了。

"要不是当时蚊子实在太多了，我还不想回家。"

据说梵阿姨最狠的一次是让孩子在雨中站了半个小时，以至于梵所同此后在很长的时间里再没喊过妈妈，偶有的称呼也是"你这个狠女人"。

梵阿姨我在学校见过一次，那是初一的时候参加学校的六一歌咏比赛。当时操场上来了很多家长。记得非常清楚的是，天下着小雨，我与梵所同站在泥地上先后为大家唱了《卖报歌》和《读书郎》。梵阿姨长得非常端庄，穿得也十分体面，不过听梵所同说他妈妈总是看不起他爸爸是杀猪佬，所以两人经常吵架，最严重的几次都差点离婚。

很多年后回想起这一切时，我猜更多的原因是这个女人把对时代所有的恨意都集中在了她可怜的丈夫和孩子身上。梵家作为库区移民本来是被安置在国道边上的，那里不仅交通方便，而且还可以看到秋水寺附近的几条瀑布，然而政府考虑到梵所同外公的历史遗留问题，怕他在国道边上搞破坏，所以又逼迫一家人二次搬迁到了另一个相对偏僻的村子。如果不是这一系列历史的玩笑，梵家的大女儿，这个曾经的富家千金小姐决不会下嫁给一个老实巴交并兼职屠宰的农民。这是历史的逻辑，有时候它会像隐身衣一样穿在人们身上，形成某种特殊的外骨骼。

"听同学说你专门研究嫖客，是这样吗？"正当我游思驰骋的时候，周伊突然话锋一转，好像这个问题蓄谋已久。

我哈哈大笑，连忙回答说是这样的，而且都是一些神通广大、手眼通天的嫖客。

"作家都喜欢写嫖客，为什么你没去当作家？初三的时候不还搞了一个文学社吗？我家里还留了你油印的刊物，当时你给每个班级都发了两本。"

我说那都是过去的事了，真得感谢大司马老师帮我从学校借了油印机，高中分班后我去了理科，生物成绩尤其不错，就与文学走得越来越远。

当然我和周伊后来也很少见面了。再后来我走南闯北接触了形形色色的人。这么多年过去，我越来越能体会相较于和人打交道，其实我更善于与昆虫打交道。昆虫不会考虑我是好人还是坏人，不会在意我的贫富贵贱，也不会盼望我成为它的朋友，它只把我当作世界的一部分，它对一切事物都一视同仁，因为生命太短暂了。一只蝉在地底的黑暗中蛰伏几年甚至十几年，就为夏天到树枝上唱几天歌曲，它哪有那么多时间和你搞什么人际关系，行什么坑蒙拐骗，拿什么资金项目，哪有那么多时间考虑蝉的文明将来要到哪里去……大家不都在嘲笑叫不醒装睡的人吗？我倒是觉得人应该向蝉学一学，任凭人间有多大的炮声都惊不醒它。就像世界末日，你可以毁灭我的身体，但我不必听到你的声音。同样，你看屎壳郎推粪球，属于倒着拱的那种，你一定会好奇它是怎么找到自己的窝的。事实上屎壳郎不必求任何人，除了气味和声音等生物信号，它还有寥廓的天空可以观察，也就是说它可以借助天上的星光或月光进行导航。你能想到一只屎壳郎差不多能够卫星导航吗？人总是标榜自己在仰望星空，而仰望星空的唯一作用可能是帮助自己跌下悬崖。

本来我想问周伊当年我们约好了一起去报社投稿，为什么那天早上她变卦了没有去，既然前面她已经提到了，现在也就没有必要问了。她不知道我在报社门口徘徊了许久最后还是没进去。当时我背包里装着一本诗稿，还有几个鸡蛋和馒头，其中有我的也有特别为周伊准备的。为了即将到来的美好的一天，前一天晚上我甚至没怎么睡觉。可是那有什么关系呢？失眠的人也会做梦。永远也忘不了那天清晨，早早起来，整个世界焕然一新。

我清晰地记得在书桌后面的墙上贴了一幅写着"与你同行"的书法作品，那是我找同学的哥哥缪远清要的。当时他正准备考美术学院，需要有能坐得下来的人当模特练习画画，没事的时候我就在他家坐上两三个小时，报酬就是我能顺走点他写的书法。所以确切地说这幅字是我辛辛苦苦换来的。而现在在这几个字的加持下我满心满脑装的都是"与你同行"的喜悦。两个初出茅庐的少年，怀揣着心中的梦想一起去远方，想想都让人激动。然而，我在约好的公交站牌下苦等了一个多小时周伊也没有来。最后是我一个人在柏林湖畔下了车，带着一半喜悦也带着一半惆怅……就在这时我听到湖对岸传来当年最流行的歌曲《外面的世界》，那个既精彩又无奈的世界正踏着波光粼粼的步子向我走来。

现在知道了，周伊是因为另外一个男人毫无意义的赞美放了我的鸽子。可是就算你是一首诗，难道就可以放弃诗歌了吗？就可以言而无信吗？如果当时知道是这个原因，我一定会恨小司马老师的。可是现在我已经完全恨不起来了。一是小司马老师已经死了，他的独自客死异乡足够令我同情。二是周伊的生活和我没有了关系，年少时的花火转瞬即逝。今天的我们肩并肩一起站在船头，不仅换了身体也已经换了灵魂。

"也许你不相信，这些年我走了很远的路，吃过很多的苦，当然也见过所谓的世面，其实我经常在想，如果当年没考上大学就好了。奋斗了那么多年，连个种西瓜的地方都没有。"

"想吃西瓜你不会自己买啊？现在物流这么发达。"周伊以为我是借这番话安慰她，故意撇了撇嘴。

可我的确是那样想的。如果没有考上大学，那样我就可以一直在乡下待着，做什么都可以。至少会有几个知心朋友，我们会经常在一起讨论诗歌和昆虫，自由自在地在草地上喝酒，若有不幸死去的同伴，他们的墓地通常也都不会太远。如果运气足够好，说不定我还会有几个自己的孩子，叫贝多芬、布洛芬或者叫牛屎都可以。即使他们不爱诗歌，我们也可以一起去菜园子里捉蝴蝶、蜻蜓还有各式各样的瓢虫，看西瓜苗如何拱破泥土张开绿色的小手掌，看黄瓜藤如何爬上竹子搭起的支架。当然，既然有孩子，我希望孩子的妈妈是江逦，而不是周伊或者其他人。那样我们还可以养两只猫甚至更多，可以全家人在一起玩"逻辑俳"或者"诗歌俳"。

至于最后为什么变成了一个昆虫研究者，天天与昆虫和表格打交道，另一个原因恐怕连我自己都说不清楚。也就是刚上高中的时候，有一天我在小司马老师那里拿到了一本法布尔的《昆虫记》。对于小司马老师来说这就是一本闲书，毕竟它不是诺查丹玛斯的预言可以指导未来，同样对学生高考也可以说是没有一点用处，然而正是这本他眼里的闲书改变了我的一生。通过这本书，我了解到法布尔有一个十分热爱大自然的儿子，也是唯一能够继承法布尔在昆虫学方面志趣的儿子，他的名字叫朱尔，不过很不幸朱尔在十六岁那年就死掉了。当时看到那一段我很难过。那年我正好十六岁，觉得自己可以成为继续活下去的朱尔，完成法布尔的某些心愿。我失去了父亲，法布尔失去了儿子，两个不幸的人隔空相望。这是我内心最隐秘的一个愿望，所以后来选择了与昆虫相关的生物学专业，并且去法国留学。作为生物学家有一个非常便利而且特别有意思的工作就是可以为新发现的某个物种命名。法布尔就是这样做的，为了纪念死去的儿子，他曾经给新发现的几种植物和昆虫以朱尔的名字命名。后来我知道恩斯特·海克尔也这样干过，为了纪念英年早逝的亡妻，他用安娜这个名字命名了好几种水母。自从江遹死后，类似的想法日复一日在我心中发酵。然而你知道的，虽然世界上还有大量的物种没有被发现，但是在城里找到它们的概率如大海捞针。我厌倦城市，在很大程度上就是因为它对于我最想做的事情而言没有一点希望。

"你害怕世界末日吗？"为了结束这个沉重的话题，接着我换了另一个虚无缥缈的。你知道的，务虚有务虚的好处。

周伊说她已经从世界末日里活过来了，过完世界末日该过自己的节日了。

"不是迷信，我一直就不喜欢小司马老师搞的那个什么生命圆舟，跟那什么教似的，就算没事最后也被他给招来了。你看他倒霉了吧？为这事我还和他吵过几次，吵得最厉害的一次我直接去美国了。现在消停了，没得吵了，我也到更年期了。你知道什么是更年期吗？更年期就是彻底换一种活法，要为自己活了。"

"你们有钱人想得太远了，整天没什么事干就拿世界末日解闷玩，而我们穷人只会想着明天去哪赚钱。"水路司机似乎一直在听我们说话，忍不住搭了一回腔。

想想他说的不无道理，我连忙朝他竖起了大拇指。紧接着又说你未必穷，你有自己的船，说不定日子比我好过得多。不过话说回来，穷一点也挺好，以前穷的时候，社会上也没那么多富贵病，现在富裕了每个人的生活反倒是过得兵荒马乱的。

水路司机不好意思地笑了笑，连说自己只是胡扯。

"要不怎么说贫穷是护身符呢！虽然不希望贫穷，但贫穷真的可以省不少麻烦，而且这些年我们也不用交那么多税。"

"贫穷没那么好！"周伊说，"现在农村生育少了，但老人自杀多了，说到底还是因为穷。两年前有个老人在窗户上吊死了。在古代父母死了，孝子要居家守孝三年，现在呢？天晓得！有个儿子，请了几天假回来等老娘死，结果老娘死不了，他倒是着急了，说老棺材你死不死啊？！我好不容易请假回来，我的时间不是时间啊，你怎么那么自私呢？！以后我还得给你烧纸呢！听说那位老太太当天下午就喝药了。她真怕儿子不给烧纸，断了财路，将来在地底下受穷。老太太穷了一辈子，穷怕了。"

"哎，都说'亲儿子'不如'药儿子'，可这'药儿子'不会烧纸。"

"是啊，'药儿子'可以帮他哥……"周伊苦笑，"我还听说过一个和尚杀死一个道士的故事……"

关键时候我忍不住又走神了。我想起一个人，在我离开巴黎的时候，他留了下来，继续在巴黎做昆虫研究，心烦意乱时会去香榭丽舍大街独自看电影。他大概率不会遇到江逦，也许是个法国女人，不知道现在过得怎样了。

"李慕元你知道吗？"周伊问我。

我说知道，他是李慕洋的堂弟，寺村的乡村医生，以前我们还在山上一起采集过标本。

"他是我的同学，前些天自杀了。吊死的。不知道是因为穷还是因为病，乡村医生，一个月可能千把块钱，没有结婚。此前李慕元和一个搞艺术的朋友一起在村子里修了一个旋转门。表面上是模仿城里的高楼大厦的样子建的，孤零零的，看起来更像农村的扬谷子用的风车。

小李死后，我常常想，他就像米糠一样被风车给吹走了。教授你也是农村人，知道农村人命贱，很多人虽然活到七八十岁，但如果没有上大学，真正的生命可能在二三十岁的时候就烟消云散了。"水路司机说。

我说难怪在网上一直联系不上他。这是一个曾经特别喜欢汪精卫的旧体诗的乡村少年。仔细一倒日子，李慕元出事的那天我正好躲在医院里召唤我体内的屎壳郎。

我以为自己够不幸的，可这世上从来不缺比我更不幸的人。

"死亡不是绝路而是出路。"我突然想起塞巴斯蒂安的话。

周伊接着说水路司机曾经救起几个计划自杀的孩子，都是结伴从城里来的，可能患了抑郁症，也有可能就是纯粹地觉得人生没什么意思，其中有大学生也有中学生，他们想到桃花源来一起寻死。应该是在两年前，他们坐船时的谈话让我们这个水路司机听到了。就这样，水路司机想办法救了他们，好像还和故事博物馆有关。

我说有点意思，于是招呼水路司机展开说说。水路司机笑了笑，像是一直坐在暗处的人被拽到了舞台中央，变得局促且腼腆起来。

"其实我什么也没有做，只是推荐他们去了桃花源的故事博物馆，是寒山救了他们。"

莱蒙德小姐的诱惑

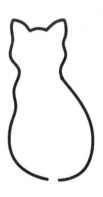

syllogism and moulin rouge

由于刚才的话题已经中断，周伊顺势举起手机和我自拍起来。江面上的风太大，把头发吹得东倒西歪。我说你尽力了，是大风把我们打扮成了洪七公和梅超风。

"那也比没有一张合影强！"

周伊说当年拍毕业照的时候之所以没有去，是因为不想和小司马老师出现在同一张照片上让别有用心的人指指点点。现在就当是补拍了。有些事情当时以为是天大的事情，等到时过境迁了才发现所有日子都是自己的，除了自己没有人会真正在意。

我没接周伊的话，心里突然想到的是另一位老师，一米八的大个子，摸遍了男生的生殖器最后被一位学生家长给告了。当时这件事以"今天你被摸了没有"在男生内部传为笑谈。至于发生在周伊和小司马老师之间的恋爱，大家视为寻常的罗曼蒂克反倒是很少有人提起。

"说实话，上中学的时候你喜欢过哪个女生吗？"周伊抛给我一个问题。

"让我想想……好像还真有。"我说，不经意间眼神滑过了周伊的身体。

"是咱们同学吗？"

"学校最近你还去吗？那里怎么样了？"我不置可否，反问起周伊来。

周伊似乎得到了答案，脸上掠过一丝微妙的表情。

"学校十年前就拆啦！还是小司马老师带工程队去拆的。"

"啊？！"

"后来我也去过一次，那里一片狼藉不说，关键是非常荒凉。小司马老师本来还想给你们几个要好的学生一人一个教学楼的微缩旧景模型，后来他觉得怀旧没啥意思就没搞了。前面不是说了吗？学校早就没有了生源，现在乡下人越来越少，老师也跑光了，大多去了沿海。"

我陷入了一万年的沉默。

这么说我的"世界小姐"早就已经尸骨无存了。虽然这些年我几乎把她忘却，但在内心始终为她留了一个角落。

上中学的时候我的确喜欢过周伊，我永远都不会忘记她曾经站在讲台上朗诵艾米莉·狄金森的诗歌《如果我不曾见过太阳》。但我也知道自己对周伊只有朦胧的好感而不是独一无二的喜欢，因为我的初恋是莱蒙德小姐，她就躲在中学教学楼楼顶小屋的砖缝里。对了，当时"小姐"还是一个非常干净的词。

"你来了？早啊！好好学习，不要想我。"每天爬上楼顶的时候我会听到莱蒙德小姐亲切地和我打招呼。

在我离开的时候，她会说："继续加油！今天做得不错，我在埃菲尔铁塔下面等你。"

有时候我还会听到她向我抱怨："今天巴黎的雨水真大啊，可惜我没有带雨伞。"

从上面数下来第十五个砖缝，那是一个神奇的地方，我的时空穿梭之门。就像若干年后的美国电影《情书》一样，这个砖缝既是我和莱蒙德小姐传递情感的古董桌抽屉，也是古老的邮局。在那里，在青春萌动的年纪，我能触摸到甜蜜的爱情和遥远的世界的气息。

"如果你在外面的世界迷路了怎么办？"有一天坐在楼顶上看夕阳，嘉木舅舅问我。

"为什么会迷路？条条大路通罗马。"我说。

"我是说假如迷路了呢？毕竟整个世界就是一个迷宫。"

"当我不能像忒修斯一样杀死怪牛，反而陷入生活的迷宫无法自拔，莱蒙德小姐会变成克里特公主，我会根据她提前给我的那根阿里阿德涅之线逃出迷宫，并且重新回到生活的起点。"我想起了古希腊神话。

至于生活的起点是什么，其实我并不确定。

我唯一能确定的是在十五岁的时候爱上了莱蒙德小姐。

有一天偶然在一份艺术杂志上看到莫迪里阿尼的裸女画，我便立即喜欢上了她。那是一个长脖子法国女郎，黑裙子，红上衣，长着一双摄魂的蓝眼睛，斜靠在一扇鲜红色的木门前。我从来没有见到过这样优雅的女子。我已经是一个蓄势待发的男人了，你知道青春年少的那种冲动吗？一个男人为一个女子揭竿而起只是为了向她投降，然后投降的次数多了，就变成了精神恋爱……

用塞巴斯蒂安的话来说我像一头公牛，从看到红衣女子的第一眼开始就沦陷了。我把那幅油画照片小心翼翼地从杂志上剪了下来。也是因为画面充斥着活泼的红色，若干年后我记忆出现偏差，误以为那位女郎穿的是一条连身的红裙子。那时候我完全不知道莱蒙德小姐可能会遭遇珍妮的命运。我不能把它放在身上，那样没几天就坏了；也不能随时看到她，否则没法正常学习。最后我把她藏在了顶楼一道隐秘的砖缝里，如果想她了就拿出来看一看。这也是高中最后两年我总在顶楼背单词的原因，没有人知道我的秘密，我的法语就是那时候学好的。教学楼的屋顶上有我神圣的庙宇，我多情的春宫，我的法语联盟，里面供奉着一位曾经与我风雨同行的姑娘。为了方便想她，和她说话，在塞巴斯蒂安的建议下我还给她取了一个法文名字叫 Le Monde[1]。

"这样你就有了自己的世界小姐了。"塞巴斯蒂安为他出的精彩主意神采飞扬，那天他带来了琵雅芙的老歌《玫瑰人生》，恍惚之间我仿佛听见莱蒙德小姐在为我轻唱。

Je vois la vie en rose,

ll me dit des mots d'amour,

Des mots de tous les jours,

Et ca me fait quelque chose,

ll est entre dans mon coeur,

Une part de bonheur,

Dont je connais la cause...[2]

啊，我看见玫瑰色的人生在屋顶上开启，我清楚它

---

① 法语中 Le Monde 有"世界""人世""万物"等意思，大写时也作《世界报》。

② 法语歌词大意是，我看见玫瑰色的人生，他对我诉说着情话，整天说不完的情话，这对我来说非比寻常，当某种幸福涌入我的心海，我清楚它来自何方……

来自何方。

"Bonjour，mademoiselle Le Monde..." ①

回想起来，当年我是带着对世界的幻象与美的憧憬离开故乡的，而今它们已经消失不见。内心不由得涌出一阵苦笑，这世界包括故乡在内竟然不能为我保存一张照片，忽然想起苏轼的"十年生死两茫茫"，母校虽然声名卑微也曾有明月夜、短松冈……只是在我的回忆里，一切死亡都静悄悄的，如流云散尽，所有伤感也是淡淡的。

伴随着船底搁浅的声响，水路司机提醒我们已经到了。周伊把我带到岛上，走了几步说你自己去吧，房子离这不远，密码反正告诉你了，这两天我还要抓紧收拾一下行李，有事直接和水路司机电话联系，老揭随时会过来接你。周伊说为了能够让我们多说会儿话，她刚才让老揭有意绕行了一段水路，这样我也可以多看看江面上的风景。

"如果是晚上，江边风景会好看很多！"

水路司机朝我点了点头，随后载着周伊一起离开了。看着江面上周伊渐渐远去的背影，我仿佛看见了昔日重来，又看到明日已仓皇离去。这些年我从来没有怀念过

① 法语，早安，莱蒙德小姐。

周伊，但是怀念过我们一起拥有的那个天真青涩的年纪。如果她去了美国，恐怕之后我们也许再也难见面了。

我在大风里站了一会儿，听风声在耳畔呜呜作响。几十年间我去过很多地方，每当想家的时候就闭上眼睛，让风吹过我的身体，那一刻我就回到了故乡。而现在世界像一场醒着的梦，我就站在这风里了。

再次睁开眼睛时周伊已经消失了。顺着江堤我继续走了很长一段平路，然后是不断地下坡上坡。三段论和红磨坊在前面欢快地奔跑，不停地嬉戏打闹。红磨坊不时还会学几声狗叫，惹得远处的狗也不停地抬头张望。而三段论像是领导视察灾区一样，继续迈着它的外八字步，不一会儿它提醒我这岛上粮食肯定不够吃。

大路上还有洪水的痕迹。自从小镇前年被洪水淹过一次后居民都已经搬走，如今岛上显得格外冷清，除了一些废弃的车胎和几只老少不一的流浪狗之外看不到一丝人影。

syllogism and moulin rouge

远方的机器在轰鸣，我是一个逃跑的齿轮。我知道在齿轮的中央有两副面孔，一个要走，一个想留下来。不过现在我再不必分清楚哪一个面孔是真实的我了。我愿被风吹着走，吹到荒岛的每一个角落，从此风是我的向导，宿命给我自由。

　　大概走了一个小时，我们在山坡上的一栋两层圆形别墅前停了下来。屋顶和露台上稀稀拉拉地长了一些草，门楣上的"生命圆舟"几个字也已经褪了色。小司马老师曾经在电话里和我商量过如何给末日避难所取名字，最后之所以定了"生命圆舟"是因为他在查了大量资料后相信生命之舟是圆的，而不是方的。而且方舟像农村打谷子的打谷桶，怎么看都不像是用来救生的，是大洪水来了一家人临时跳上去的。

　　"小时候那场大水，我曾经坐在打谷桶里，回想起来那真的是非常狼狈，好几次都差点翻了，所以后来我对诺亚方舟的说法一直没有什么好感……总之，有准备的生命之舟是圆的，没有准备的生命之舟才是方的。"

说这句话的时候，我能想象小司马老师内心有多自豪。

输入密码，打开房门，关闭手机，接下来我正式入住生命圆舟别墅。三段论兴奋异常，它为我们能够抵御可能到来的世界末日感到由衷的高兴。因为很久没有住人，这里的每个房间都有一股潮味，地下室有些地方甚至长出了绿植。保持最完好的是末日电影院，两个宽大的沙发，十几把椅子，微微落了一层薄灰的架子上放了很多有关世界末日或人类灾难的电影，诸如《机器人总动员》《2012》《未来水世界》和《人类之子》等。此外还有一些粗制滥造却又似乎真假难辨的专题片，其中最引人注目的是《月亮与大洪水之谜》与《1999年地球保卫战实录》。

前者我曾经在哪里看过，大意是说本来地球上空没有月亮，有一天月亮来了之后引起巨大的海浪，也就是神话中的大洪水。所以，虽然月亮很美，但是地球上的先民是付出过巨大的代价的。至于后一部片子，据说这一年地球文明曾经遭受了一场来自外星人的侵略，战火从天空一直蔓延到地下，无数年轻人冲上前线誓死抵抗，直至付出了巨大牺牲后最终拯救了世界。人类第一次也是唯一一次站到了一起。战后，在联合国的主导下那些没有参与战斗的平民都被消除了记忆，而部分参战人员则能保留记忆，但是都签订了保密协议，不能向外界透露有关这场决战的半点消息。假设这场大战属实，我肯定就是被清除了特定记忆的那一类人。我能记住的是那一年我在巴黎，当时欧元正式启动，全球化正如火如荼，没有哪个迹象表明这颗蓝星将要发生灭顶之灾。如果有的话，唯一的线索就是《黑客帝国》在这一年公开上映。该片说我们生活在虚假世界之中……我不想再回忆了，那只钻进主人公 Neo（尼奥）体内的机械虫子最后也钻进了我的脑子里再也没有出来，也许是它让我从此得了梦溃疡，谁知道呢？我们这些来历不明的玩偶。

当然从理论上说所有回忆都有可能是假的，我决定随便找一部片子看看就睡了。没想到的是在岛上的第一个晚上，我竟然就这样破天荒地在这个地下室里接连睡了五个小时，醒来时墙上是被暂停播放了的《少年派的奇幻漂流》。我是在孟加拉虎在少年派的船上跳来跳去时睡着的。那条船晃来晃去地像一个巨大的摇篮。转天上午我继续待在末日电影院里，奇怪的是我的睡眠能力似乎已经恢复。在世界末日到来之前，我终于可以睡着了。再次醒来时已近中午。在一堆光盘里我找到几盘《末日之光》，这部电影是小司马老师自己投资拍的，不过没有公开发行。拍摄之前他还向我请教过有关电影的相关知识。

"我给你寄一份，请多批评！剧本是请本校学电影的大学生小红写的，毕业后小红开了一家影视公司，后来我才知道其实她没这个能力，可能是转包给别人写的，总之没有按我的意思来。而且有些文不对题。不过既然拍出来了，你凑合看一下吧。"

小司马老师决定把样片寄给我的那天我这里正在下雨。

按小司马老师的意思这个剧本有点虎头蛇尾。电影开篇讲的是乡村中学物理教师黎皓明做了一个梦。在梦里一颗小行星告诉他一年后将造访地球，希望他通知全体地球人做好迎接准备。醒来后黎皓明认为自己得到某种神启，于是开始找媒体散布消息。几个月下来没有一个人听黎皓明的，大家都把他当疯子，老婆虽然将信将疑但也觉得他是不是哪里出了问题，于是就跑了。尽管如此，黎皓明坚定地相信小行星即将撞向地球的预言。然而一年后小行星没有来，黎皓明被众人嘲笑妖言惑众，忍无可忍的校长也找他谈话，警告他以后不能再这样不务正业了。这件事让黎皓明很委屈，转天晚上他又梦见了那颗小行星，便追上前去问小行星为什么言而无信。小行星说其实那天它来了，不过在天上发现地球人根本就没有为世界末日做什么准备。接下来的原话是"既然你们这么不重视我的到来，那就算了"。总之小行星认为地球上人情淡漠，所谓好客都是假的，觉得非常没意思，后来它就掉头走了。

收到样片我带着江遹大致看了一遍。几天以后小司马老师问我，电影看了吗？有什么感想？我说挺幽默的，其他不敢讲。小司马老师略带严肃地说幽默不能解决人类目前遇到的问题。

他接着说："我和小红讲了结尾还可以改一下，比如小行星经过一番心理斗争后掉转头又回来了，说人类这么不重视我的警告那就让他们看看麻痹大意的后果……不要跟我讲你的艺术'源于初中，高于初中'一类的鬼话，初中乃大学之母。小红说可以可以。后来再找她时结果这小姑娘把我拉黑了。你说说，我投的钱，我提出的开头与创意，结果接了她的结尾，可能还不是她写的。这不是给大象接了一条老鼠尾巴吗？"

听完不知道是哭是笑，我说小司马老师你消消气，整件事实际上是两个黑色幽默。你们两个观念完全不一样，本来就不应该合作，可以就这一冲突拍一部观念上的电影。我没告诉他小红当时讲的可能是"源于初衷，高于初衷"，以免给他火上浇油。之后便说嘉木舅舅找我有事，匆匆挂了电话。不过事后一想起这位曾经的物理老师为自己投拍的末日电影寝食难安，就觉得他确实比一般人固执得可爱。

要我说人类喜欢自力更生，其实完全不用借助什么外星球来帮忙。人类迎接世界末日的方式至少有一万种。

比如，通过工业把所有的水都污染了，用核武器把地球炸平了。现在到处都在搞该死的万物互联，说不定哪天把脑电波和核武器给连上了。人类不是一直在追求和平吗？如此"核平"倒也一了百了。现在几乎每个人都用手机，哪天来几个超级黑客把各大手机厂商的系统攻陷了，再统一发送让手机爆炸的指令，也够人类感受世界末日的了。

小司马老师说手机的问题他还真没注意，以后拍个关于手机的盛世危言。又说现在不是总在说手机是电子鸦片吗？依他看手机比鸦片危险多了。鸦片要是不抽还可以装起来当枕头用，可是手机无论用不用，它都有可能爆炸……

说这番话的时候小司马老师有点兴奋，仿佛差点错过了新大陆。他没想到的是，几年后给他带来世界末日的是人类更早的发明——一辆摩托车，车上坐着一对与他素昧平生的冤家。

由于末日电影院有较重的潮气，我住到了最上面一层，这里只需要稍加通风即可，而且可以尽览岛上的风景，在看到一群鸟密密麻麻飞过江面的时候，我决定多住几天，过一过无人干扰的日子。

最初的几个晚上，我经常在楼顶上与星空对坐。想象自己正坐在银河系第三旋臂的边缘，在这颗蓝色星球上陪伴着我的是一群随时可以改变翅鞘颜色的昆虫。是的，地面上有昆虫，天上有星星，它们安静地陪着我。在天上，还有塞巴斯蒂安说的那个白须飘飘的月亮。但在那一刻，我还是找到了一种久违的浪子回家的感觉。

最高兴的是三段论和红磨坊，终于彻底告别了笼子，可以在岛上自由自在地奔跑，追逐蝴蝶、蜻蜓和蚱蜢。走在它们后面，伴随着永不停歇的风声和远处流浪狗的叫声，我又想起希尼的《半岛》，还有塞巴斯蒂安……

如果天气足够好，我还会带上它们去野地里捕捉一些昆虫，探索新物种。

"说不定会有新的发现！"我有些异想天开。也许在这里我还会找到世上从未见过的瓢虫。这是我的愿望，愿望这东西在逻辑上没有任何毛病。

这天晚上，在外面逛了一天后，三段论回来有点闷闷不乐。它说两条腿的必定打败四条腿的，但两条腿的最终将会被六条腿的打败。

我问，为什么？

三段论说因为上帝偏爱昆虫，岛上到处是昆虫。

红磨坊摇着尾巴也回来了。它说自己幻想了一辈子的飞翔，现在知道天空只是昆虫的。

"为什么它们那么小，却可以拥有整个天空？"

我说好吧，我认为你们都是对的，从专业的角度看，昆虫的数量的确比其他所有物种加起来都多。上至蝴蝶轻盈的翅膀，下至屎壳郎威武的盔甲，还有屁股上发光的萤火虫，林间吵闹不止的知了，它们的子孙占据了地球上每一个荒凉的角落。像诗人济慈说的，虽然人类会死去，但是大地的诗歌永不消亡。它们是昆虫，更是大自然写给人类的诗歌。自古以来，天空就是昆虫的。相信将来也是这样。鸟类和人类制造的飞行器，在昆虫的优势面前不值一提。

"幸好昆虫没有核武器。"三段论突然摆出一副老学究的表情，世故地看着我。

我说昆虫不需要这个。不过你们也不用担心，昆虫还远没到觉醒的时候。说这番话的时候，脑子里突然闪过一个念头，我决定去找寒山。就像周伊说的，也许我和他曾经在哪里见过。而且，我还欠江遹一封情书。我想向寒山回忆自己的一生，在故事博物馆的房梁上播放一个知识分子的安魂曲。毕竟，人这一辈子能够留下来的，只有自己心中和他人嘴里的几段故事以及或有或无的信念。而且这一切都不会长存，有朝一日会在这个世界上消失得无踪无影。

那天晚上，我对着两只猫说了很多。直到它们都沉沉睡去，我还在解释为什么对于大地母亲而言昆虫是忍辱负重的长子，而人类是花天酒地的幼子。迟早有一天，这个幼子会把这数亿年的家底给败光。

在岛上住了一些日子，有天傍晚突然注意到江面上一直有一团乌云，远远望去像一座天上的岛屿。没想到的是，当我想拍照时发现手机居然找不着了。起初我并不十分在意这件事情，但在刻意和无意的情况下都找不着它时，我开始有点发慌了。如果没有手机，这意味着我们都将被困在江心岛上，既无法联系到同学周伊，也无法招呼水路司机前来接我。

又过了几天，我试着站在沙滩上等船。周围没有人，唯一热闹的是江面上的风。远处偶尔有货轮和挖沙船拖着沉重的步子经过。因为隔得太远，船上的人都听不到我的呼喊，也许他们故意装着听不见。而江面上的那团乌云依旧悬在那里，像是要下雨。

世界末日仿佛已经提前来临，而且只落在我一个人身上。如果手机丢了，相当于在一个月前我亲自把自己送到了一个有去无回的荒岛上。虽然这里有足够的食物和水，但是当日子一天天过去，慢慢地我开始觉得自己被世界抛弃了。手机，那个曾经让我憎恶的黑色牢笼此时已经化身为人类的怀抱在等着我归来。

"难道要我烧了这个避难所才能引来救援的人吗？"这个戏谑的念头开始从脑子里冒出来的时候，我更觉得自己的生活充满了荒诞。还有，我那位没有出生的嘉木舅舅，在我想找他时却总也联系不上了，恐怕他是忙着恋爱去了。

可是我喜欢外面的世界吗？不确定。突然想起很多年前嘉木舅舅曾经给我讲过一个骑马的故事。当年我在高考时取得了地区最好的成绩，知道消息后全家人都为我高兴。之后我骑车去学校拿了录取通知书，没想到在回程的路上见证了一起车祸。我看见一辆小汽车翻在了水稻田里，在它不远处躺着一个穿绿裙子的姑娘，白花花的脑浆流了一地。虽然我没有立即吐出来，但当时的场景足够触目惊心，以至于在接下来的很长时间我几乎骑不动车，只好把车子放倒，就近找了一片草地在河边躺了下来。

就在这时嘉木舅舅头顶着刺眼的阳光走了过来。

"是骑死马好还是活马好？"嘉木舅舅直截了当先问了一个问题。

看了看倒在一旁的自行车，我说当然是骑活马好，没有哪位将军是骑死马去打仗的。

嘉木舅舅又问，你能预测将来吗？

我说不能。

嘉木舅舅说那好，让我们先设定下面这种情况：

（一）你在骑马，而且是一匹健康的马，你和马都在朝前走。

（二）因为未来是不可知的，你和马都被蒙上了眼睛，塞住了耳朵，但是你仍旧在朝前走。

（三）在你前面不远处有一条繁忙的铁路，或者数条，那里经常有火车经过。

在这种情况下，你可能会因为骑马穿行铁道而被火车撞倒。是不是？

我说是。

嘉木舅舅说，如果那天你骑的不是活马而是一匹死马，这种悲剧就不会发生，是不是？

我又看了看倒在一旁的自行车，说好像是这样。如果我骑的是死马，就会一直停在原地，除非火车脱轨，否则火车不会伤害到我。而且就算火车脱轨也未必能伤害我。

嘉木舅舅说，这世界有一半骑活马的人，还有一半骑死马的人，骑活马表面上是风光一些，实际上也无非是铁轨这边的人想过去，铁轨那边的人想过来，互相看个热闹而已。你可能不会同意我说的，我只是想告诉你一个事实，骑活马不一定比骑死马的人命更好一些。

没等我完全反应过来，嘉木舅舅又头顶着刺眼的阳光走了。

syllogism and moulin rouge

年少时许多话我都听得不是很懂，回想起来嘉木舅舅说的好像也不是全无道理。

在外面闯荡了几十年，现在我厌倦了过去的生活又骑着马回来了。我骑的马和它的主人一样依旧是既看不见也听不见，只顾朝前走。而无数铁路就在前面，无数火车就在前面，谁也不知道将来会发生什么。

不知道过去了多少天，一个人在岛上，我开始发现自己对一切美好事物都变得无动于衷，包括野花、夕阳、星空、微风轻轻拂动树梢，还有我活泼的三段论与红磨坊。不是有人说过吗？不怕理性一无所成，就怕激情一无所剩。大概又过了两周无聊的日子，看着太阳升起又落下。有一天晚上无意中发现我的手机被压在了不锈钢笼子底下，而且脏得一塌糊涂。糟糕的是，电话卡也不见了。

"混蛋！"我敢断定是红磨坊怂恿三段论一起干的。

然而此时找遍了五楼也不见它们的踪影。当天色暗下来，红磨坊嘴里叼着一只麻雀回来了，紧跟在后面的是三段论，它迈着悠闲的外八字步，依旧是一派领导视察狩猎者归来的表情。

站在门口，看着它们一步步靠近。直到脑袋顶着了我的脚尖，红磨坊才抬起头。看到我手里握着手机，它往后退了几步，正好和三段论撞在了一起。

"为什么这样对我？"我有点愤怒。

"主人，我们想把你的笼子也拆掉！"三段论和红磨坊稍微迟疑了一会儿，然后异口同声地冲着我喊道。它们是那么理所当然，不容辩驳。

好吧，争执无益，也许两只猫都是出于好心。有一个事实很清楚，虽然它们每天都叫我主人，实际上却随时都在牵着我的鼻子走。另一方面，我又觉得它们也被什么神秘的力量牵引着。就像名义上有自由意志的我们。有时候我真觉得整个地球人都是猫，也被人关在笼子里提来提去。那一刻，我觉得自己和两只猫以及我遇到的昆虫没什么两样——都是耗材，都是实验品，都是笼中之物。

如果真是被困在这个万物实验室里，我不必抱怨什么。自从江遹离开以后，一直是两只猫在陪伴我。就算是实验品，在成为废料以前，实验品与实验品之间也需要慰藉。即使我们不能互相理解也没有关系。想起在我和江遹居住的小区有一个怪人，大概六十岁，他每天都背着一把吉他和一群老头下棋，有时候还会为边上有人不断支招拂袖而去。然而我们从来没有看见他拿出吉他弹过。有一天实在忍不住了，就问他是不是什么著名乐队的，我虚伪地说他和某个事实上并不存在的明星长得很像。老人说他根本不会弹吉他，背的这把吉他是他养的宠物，而且背了快二十年了。开始我很不能理解这种行为，后来想想也觉得没什么，这世界太孤独了，不仅是人与人之间需要慰藉，人与物之间也一样。一个人背着吉他终身不弹，说不定他本人也是一把没有人弹的吉他。而且对于一把吉他而言，谁又能说被弹就一定比不被弹更好呢？毕竟，那些名义上被命运垂青的人与被命运抛弃的人，最后都会老去。就像两碗米饭，你吃与不吃它们最后都会腐烂。这时候我又想起嘉木舅舅，也许没有开始的人生是最好的，而已经开始的反而都没有想象力了。

"是这样的，凡·高的画再好，还是不如一个空画框。《向日葵》里只有向日葵，《星夜》里只有星夜，而空画框里有一切。有时候无比有还多一些……"

我听到嘉木舅舅的声音，环顾四周却没有看到他。想起很多年前曾经和伊丽莎提议过，如果我是艺术家或策展人，会办一个空画框展览。每个空画框都有自己不同的尺寸，观众看到什么就是什么。

而且在美学上这也符合所谓"作者死了"的时代内涵，我说。

不过伊丽莎当时好像没有听懂我在说什么，她喜欢色彩，也喜欢破坏，但绝不喜欢虚无，更理解不了古代中国哲学里的从虚无到虚有。

我又想起了缪远清，这个年少时我曾经近距离接触过的好艺术苗子，和伊丽莎一样最终都没有成为职业画家。二十年后的一天我曾经在汉口的一个名为"才华横溢"的图文工作室里和缪远清见过一面。也许是因为怀旧，我请他画了一幅肖像，我以为他会拒绝，印象中成年人的时间就算是闲着也总是不够用的。缪远清想了一下，说好吧，于是在局促狭窄的工作室里给我画了一张速写。当时我就坐在他的对面，低头看着手机，像是一个疲惫的旅人在祈祷。在接过那张中规中矩的速写时我对缪远清说，你要是把我画成一只甲虫，你就是艺术界的卡夫卡了。

缪远清问，为什么？看来他不明白，我欲言又止。既然他现在生活得挺好的，就没必要让《变形记》来污染他，让卡夫卡的甲虫爬满他二楼的工作室。

"哦，你是说甲虫啊，那本书我大致翻过，80 年代的人都知道。"过了好一会儿，缪远清反应过来。他解释说做他这一行的平时活得就像艺术甲虫，而不是艺术家，而且这些艺术甲虫总要跑出去低声下气地和甲方爸爸谈生意。

"你知道的，没有一个甲方爸爸不认为自己是艺术大学的校长。想赚甲方的钱，就得做甲方的虫……"

听到这我心头微微一颤，不经意间突然想到了劳特累克的红磨坊海报以及早已依稀难辨的伊丽莎，不知道她是不是也变成了缪远清所说的那类艺术甲虫。不过这个念头很快就过去了。

工作室冷冷清清，几个小时也无人来访。随后在我的提议下，缪远清订了几份外卖，包括听起来血淋淋的夫妻肺片和土匪猪肝，外加两个蔬菜，再从楼下商店买了几瓶啤酒就这样我们对吹起来。缪远清感叹当年自己一心想考中央美院，但是几次都没有考上，大好年华浪费在没有意义的事情上。

"还不如那天晚上一起去找仙女呢！"说着说着缪远清就笑了，不过很快他又变得深沉，"哎，为了艺术起早贪黑，那些年真的是心里从来没脏过，身上从来没干净过。很多年过去才知道那时其实都挺傻的。那根本就不是学习艺术，而是练习填空。毕加索到我们这里来也只是个庸才。蒙克也是。哦，名字我想不起来了，还有一个画家，专门画长脖子女人……"

我说我知道他，莫迪利亚尼。

"相机都发明那么多年了，我们还在要求画得逼真，真的是往木头上教。很多年前我曾经看到一句话，大概意思是艺术最重要的不是逼真，而是扭曲。起初我不是太能理解，认为人家是在胡说八道，后来觉得这句话是有一定道理的。"缪远清继续感慨，好像要把一辈子的苦水都倒出来，"你还记得我家里有好多铅笔吧，哪是学素描啊？完全是在纸上挖煤。所以说，我是为了艺术做了几年煤矿工人，而你是为了煤矿工人当了几次矿工模特。"

听完一乐，我说这个比喻倒是挺有趣的，不过原本比较浪漫的事情经你这样一说变得有些苦难深重了。

"更严重的是后来的塌方。"缪远清说。

"什么意思？"

缪远清喝下最后一口啤酒，将筷子在桌上顿了顿，接连夹了几粒花生米，停了一会儿说最有想象力的那个自己其实在日复一日的素描训练中给活活砸死了。

我说，素描不重要吗？

"素描重要是重要，但想象力和思想更重要啊。回头你看看毕加索少年时画了什么就知道了。他关心人类的命运。毕加索那么小就那么有想法，而我们的美院考试不要艺考生有想法，你说一个没有想法的人怎么会有想象力？"

这一下轮到我沉默了，我们研究生入学考试还在出填空题，毕业论文答辩的教授们还在讨论字号和标点，这让我觉得特别对不起那些学生。看着缪远清懊恼的样子，我说十几岁的时候我还动过念头学艺术，不过没有得到嘉木舅舅的支持。

大概是在高一刚开学后不久，嘉木舅舅问我为什么想去学艺术，当时我正坐在学校后的大树底下，将双脚泡在溪水里。

我说艺术有无限可能。

然后嘉木舅舅问了接下来的问题：

"你是喜欢直线还是曲线？"

我说当然喜欢曲线，因为女人的身体、天上的白云还有艺术都是曲线，而数理化都是直线。

"但是，曲线就一定无限吗？"

"是的。"

"圆是不是曲线？"

"是的。"

"可是圆封闭了自己。直线虽然有问题，但直线是开放的。它也有可能无限延伸。"

嘉木舅舅说其实不管直线还是曲线，它们只会在一定条件下是无限的，而在其他条件下又是有限的。

那时候我不能完全听懂嘉木舅舅在说什么。过了一段时间我再次和他提到想学艺术时他又问了我一个问题：

"你是想成为歌德，还是成为毕加索？"

我说我想成为毕加索。

"可是毕加索已经有人做了。你再想想。"

就在我不知道如何作答的时候，嘉木舅舅说："可怜的孩子，歌德也有人做了，人生不是抄作业，你最好的选择是成为寒屿。你不是想成为诗人吗？去做你最擅长的事情，那里有你的热情和命运。"

"还有一点你要知道，诗人是瀑布，农民是河流，你要脚踏实地做一个诗人里的农民，也要世事超然地做一个农民里的诗人……"

嘉木舅舅的意思是我根本没有绘画方面的天赋，我的天赋是诗歌。而即使要写诗，也应该写自己的。然而几年后当我考上大学又阴差阳错地丢弃了诗歌，最终选择了与昆虫为伍。

"我曾经那么热爱诗歌可是又为什么远离了诗歌？"很多年后当我再次与嘉木舅舅谈起这个话题时，他的解释是我害怕失败会污染我对诗歌的爱。

"当你爱上了一个女人，并且把这个女人捧上神坛时，你不仅把自己装进了笼子，而且你还会彻底失去性欲。"

说到这，嘉木舅舅没忘来一段香艳的故事，也不知道他是从哪听来的。

话说某一天，一个孤独的女人被路过的酒鬼强奸了，起初女人还激烈地反抗，不过没多久就积极配合起来，而且感恩戴德，认为自己这是苦尽甘来，多年等待终于有了报偿。

一周以后有警察来找她，说那个男人投案自首了，希望她配合调查。

接下来的事情变得有趣了。

站在理性的角度，也是警察的角度，女人确认那个酒鬼强奸自己了。可是从感性上说女人又认为当时自己是幸福的，而且还想要，此后几天她甚至还做了春梦。一个典型的先强奸后恋爱的故事。

"后来呢？"

"后来女人既想帮男人脱罪，又想让男人得到应有的惩罚。"

我说有意思啊，感性让两个可怜人走到了一起，理性又让他们分道扬镳。

嘉木舅舅滔滔不绝的时候，我正在办公室填写一堆表格。这个故事让我想起中学时听到的一桩旧事。那是在20世纪80年代，当时在桃花源传得沸沸扬扬。许多细节也可能是瞎编的。说的是两兄弟外出旅游，中途遇到一个女孩。大家一见如故，晚上三人在同一家宾馆开了房。半夜弟弟没忍住，摸黑进屋把女孩给强奸了。

转天女孩报了案。等警察来了，弟弟矢口否认，而哥哥原本啥也没干反倒心甘情愿领了罪。具体是谁强奸了自己，女孩并不知情，法官其实也不确定，毕竟那时候 DNA 检测技术刚起步，尚未广泛运用。

当然，强奸犯还有可能是兄弟之外的第三人。可为什么哥哥那么勇敢呢？如果你认为哥哥顶罪是因为受到胁迫、收买或者代弟弟受过之类的那就大错特错了。真实原因是他患有先天性阳萎，此前不仅为此和老婆离了婚，还受了老婆一家极其恶毒的言语羞辱。现在他之所以冒领强奸，只是为了能够借助犯罪档案掩人耳目，换个方式"青史留名"，也算是在想象的现实中让自己做一回堂堂正正的男人。

"是的，'在想象的现实中'，这是一串怪词。"我补充道。

"这么说男人阳萎比强奸的罪过还大一些。"嘉木舅舅叨起了烟斗。

"好像是这样。强奸伤害女人，阳萎辜负人类。"

"难怪现在闹人口荒了！"嘉木舅舅若有所思，突然急转直下，"那你还忙着填表？"

我说是啊，为什么我还在填表？那一刻我更清晰地意识到自己和许多人一样，为了表面上好看，正在走上一条不归路。而人们之所以热爱表格，一大原因是表格能够证明一种不存在的存在。

"来首歌？"缪远清打开手机。

"随意！"我朝他端了端酒杯。

没想到手机里飘出来的是我熟悉的法语歌《香榭丽舍大街》。

缪远清说他喜欢上"香颂"① 这个词了。

---

① 法语"歌曲"的音译。

伴着婉转的歌声，我开始浮想联翩。上中学时，我和缪远清、周伊三人都幻想着到外面的世界去流浪。三十多年后，我在外面转了一大圈身心俱疲地回来了，周伊正在出发的路上，而缪远清不再做任何打算，他觉得能平安活着就挺好。

"其实从前我也谈不上有什么雄心壮志，不像丢勒那样认为自己是天选之人，一定背负着什么特殊的艺术使命，也没有像米开朗琪罗那样要解放囚禁在石头中的天使，我只是想凭借着对艺术的热爱让自己离开原来的小地方，让生活更自由一些。早些年我幻想最多的是背着一个画夹在世界各地旅行，如果身无分文了就在路边支个摊子给人画像。你看纽约有些华人艺术家就是这样活下来的。不过后来仔细想想我觉得也没有什么意思。严格来说那不是画画，而是借别人的脸印钞票，而且是小面值的一张一张地印。慢慢地我就放弃了出国的想法。偶尔我会在武汉的地铁里给人画像，而且分文不取，不过我得承认在咱这里对即兴艺术创作不是那么友好，我甚至遭受过别人的白眼。"

"为什么？"

"当我把肖像给他们时，有的人的确很激动，有的则以为是骗局，所以非常警惕地看着我。再加上从中学到现在我一直留的是长头发。"

"中国人活得是有些累，每天紧绷着无数根弦，防火防盗防同胞……怪只怪现在骗子太多了。"

"总之，后来我差不多放弃了，只是偶尔在地铁里看到老外时悄悄地为他们画上几张。有一次是一名年轻女子，红裙子，三十多岁，那天我打算去古德寺附近见一个客户，当我把画好的肖像给她时，她先是一惊，接着竟然激动得非要拥抱我……她会一点中文，说是从巴黎南部不远的一个地方来的。不瞒老弟，这是我唯一拥抱过的外国女人。考虑到她是从从法国来的，那天我还向她推荐了古德寺，那里不仅有欧式建筑，还有座四面佛，代表慈悲、仁爱、博爱和公正。"

"记得够牢。"

"以前给古德寺和四面佛画过速写。其实佛能管好慈悲就不错了，多了真管不过来。再说这世上哪有什么公正？"

"有点意思。古德寺好像也管爱情，你可以和法国姑娘来一段古德寺情缘。后来有联系吗？"

"没有。"

"有点遗憾！"

"是的，可说不定人家是仙女呢！我记得你好像说过，仙女只会见一面，能见第二面的只是村姑。"

"是啊！所以有句话说'人生若只如初见'。无论如何，你在给人免费画的时候已经像天使了。你的法国仙女长得漂亮吗？"

"应该还可以。不过没看清。来，为仙女干杯！"

"为仙女干杯！"举起杯子我一饮而尽，"你不是一直在给她画像吗？"

"当时整个车厢的人都戴着口罩。"

"她叫什么名字？"

"没来得及细问，可能她自己说了但是我没注意。"

"没找她留个电话、邮箱什么的？"

"留了电话，不过我没有打。这些年我信佛了，我们缘分没到。"

"怎么算是到了？"

"比如我们俩沦落在一个荒岛上，世界上只有她和我两个人，哪怕语言不通，哪怕她来自法国巴黎，我来自中国小镇，我们也会相依为命。佛教讲缘起性空，世上的男男女女现在都喜欢挑三拣四，当然我也很挑，有些故事无法回头……其实我后来明白，在这个环境下不合适的人，在另一个环境下可能又合适了。古人讲'夫妻本是同林鸟，大难临头各自飞'，怪不得人，环境不同了，关系也就变了。"

我感叹道，听你这么一说世界末日好像还挺有希望的，以前我们总想着到外面去，觉得到了外面人多了机会也就多了，迟早会遇到一个可心的女人，后来知道人多的时候和自己抢机会的人也多了。现在到处都是人，这不仅放大了每个人的贪欲，而且让每个人同时成为了别人深不可测的贪欲的一部分。

"说到底还是缘分没到！"缪远清说，"而且我觉得社会这么发展下去越来越渺茫。以前的人在地上，像石头放在哪是哪，现在的人在天上，飘到哪是哪。"

我说是啊，以前的人追求的是海枯石烂，现在的人习惯的是逢场作戏，你我这样的中华田园娃只能远远看着。

缪远清说，托资本家的福，现在满世界都是小仙女姐姐，但男人都跑光了。就算有七仙女天天下凡到人间洗澡，牛郎好像也没心思去偷她们的衣服了。如果想看仙女洗澡，手机里有的是。

我说是啊，仙女太多，牛郎已经不够用了。重要的是时代变了，牛郎不但学会了清心寡欲，而且有了自己的电子后宫了。

缪远清说，现在都有电子寺庙了。以前看点佛学类的书，可是后来觉得没啥意思。日本有个禅师，名字忘了，他的弟子写了本《弯曲的黄瓜》，名字有点好笑是吧？没有什么不敬的意思。这个禅师的第二个老婆就是让一个疯和尚给砍死的，所以有人的地方都不安宁。这禅师用枯笔写的"如来"两个字，怎么看都像是"奴隶"。阿弥陀佛，我这么说有点不敬了。但我还是想说，与电子如来对应的同样是电子奴隶……

就在缪远清频频与我举杯的时候，我的思绪不由得又飘回我们一起寻仙女的那个夏天的夜晚，一条暗夜中的乡村公路，两双风尘仆仆的一字拖，还有伴随着一踏一踏的少不更事的醉意。继而我又想起生死不明的莱蒙德小姐，这么多年过去，不知道现在她怎么样了，我还不曾闻到过她的香气。乳香，那个被解释为无趣的丁酸酯的物质，据说只能从前世做过情人的女人身上闻到……

由于后面还要赶火车，那天和缪远清一起吃完饭后我就走了。印象最深的是他红着脸把我送上出租车，拍了拍我的肩膀说其实自己当年没考上美院也挺好的，这是个不成名就失业的专业，考上了大概也是当炮灰。那一刻我觉得缪远清是在安慰我，几次落榜的人也是我。直到上了火车，汉口越来越远，我还在想曾经为他当过的那几次人体模特，似乎是好心做了错事。而他那幅不知道写给谁却被我拿走的书法"与你同行"在此后的若干天里又总是在我眼前挥之不去。

第 26 节　杰克船长

syllogism and moulin rouge

一只瓢虫死了，死在我摊开的黑色日记本上。一大早我就发现了这出惨剧。

　　它是在一个人为的二维世界里被活活累死的。

　　昨天下午百无聊赖，我从露台上捉住了这只瓢虫，当时它似乎不会飞。最初我只是想让它陪我在桌子上玩。为了让它不至于乱跑，我还在日记本上画了一个圆圈。

　　接下来这个小可怜就不停地围着这个圆圈转圈。我发誓，当时我绝对没有害死它的意思，我只是想让它多玩一会儿旋转木马。没想到中途有什么事我出去了一趟回来就给忘了。哎，怪只怪小东西一直想找出路，像极塞巴斯蒂安死掉的样子。

　　这件事让我多少有些自责。对于那只死去的瓢虫来说，毫无疑问我已经变成了一个恶神。人就是这样，害怕恶神又充当恶神。可我是无意的。

　　没过多久，天下起雨来。从远处走过来一个人影，我看见他同时撑着几把雨伞。没错，是我聪明而不拘一格的嘉木舅舅又来看我了。仅凭经验他就知道我对目前毫无生气的生活早已经充满了厌倦。

"是的，起初是你厌倦这个世界，你用一生的时间厌倦这个世界，时间、空间和人，这些都让你厌倦……而世界厌倦你只需要一根烟的工夫，准确说是掐灭一根烟的工夫。"嘉木舅舅说。

说到底是我和世界互相厌倦，这下扯平了。我说。

"你还需要一种厌倦。"

"是什么？"

"你需要厌倦厌倦本身。可怜的孩子，宇宙就这么一丁点大，你逃到哪里去呢？哪个地方不下雨、刮风或者出太阳呢？而且你完全可以把自己想象成和我一样并没有出生的样子。虽然你来到了这个世界上，你也可以想象自己从来没有来过，只是像上帝一样远远地看着自己的人生，你是不存在的存在，这样整个世界以及你的生活也会变得轻盈起来。"

我曾经在火车上读到一句话，大意是在令人厌倦的旅途上，一个性格明快的伙伴胜过一顶轿子。对于我来说，嘉木舅舅就是这样一个胜过轿子的人。

天色渐渐暗下来了，停止胡思乱想，充上电，打开手机，终于有机会上网了。到处是第三次世界大战即将爆发的消息。当我重新钻回我们这个时代的笼子，意外的是，在网上我还看到了自己死去的消息。有媒体甚至以"一个昆虫学家之死"为题写了报道，当然他们列出的也只是一些我表格上的成就。

如我所料，开学一个月单位没有找我，也没有报案，所有同事都确认我死了，而且发了沉痛的讣告。他们甚至确定了我从失踪到死亡的具体日期。因为我没有填表，而且超过一个月的时间没有在线上打卡证明我活着。不得不说，学校逻辑很缜密，一个人既没有辞职，又没有打卡，而且为了周密起见奥德里奇教授还破天荒地打了一次我的电话却联系不上。不是忙音，而是关机了。他和记者是这样说的。根据这些细节，只能判断我已经死掉了。十分遗憾的是有关我的讣告措辞不够严谨，说我的离去是"昆虫界的损失"，仿佛我真的是一只人形昆虫。

如果你也被语法绕糊涂了，我可以举个简单的例子，如果是一个动物学家死了，讣告上不能说他的死去是动物界的损失，逻辑是这样的。

先是被两只该死的猫关在了江心岛上，接着又被撰写讣告的同事误杀了。当然粗心的奥德里奇教授一定不是有意的，我知道他是一个幽默的人，我们曾经一起参加过昆虫学会最重要的学术会议，当时他已经一星期没有排便了。我劝他最好去医院看看，他笑呵呵地说这有什么好着急的，哪个成功人士没有点积蓄啊？事实证明他是对的，事实证明便秘之事对他的生活和工作确实没有什么影响。就好比童年，有时候我觉得童年也是一种宿便，大多数人带着它平平安安一直活到了老。更别说神话中还有獬豸，现实中还有蚁狮。这几天在岛上我偶尔还会找根小棍子在一些沙窝里挑蚁狮玩，这些可爱的小动物。

而且这世上带薪拉屎、浑水摸鱼的人那么多，相较而言心甘情愿便秘，不去马桶上挣扎着浪费工时的人终归是要敬业一些。

尽管在哲学上我认为所有的牢笼是绝路又是桥梁，但我还是相信这次我被两只猫和一纸讣告送上了绝路。一种熟悉的厌倦感再次袭来，并且将我紧紧包裹。在短暂的愤怒之后，我关了手机，决定留在岛上安静地接受我已经死了的事实。机会就在眼前，我知道很多时候人是需要被动解放的。

在岛上继续看书，时而东游西逛，我想让自己彻底放松下来，仿佛第一次来到这颗星球，什么也不想记起，什么也不必盼望。恍惚之间我看到一只公鸡在啄食一片面包，当中间都啄光了，它也懒得啄了，只是把剩下的一圈比较硬的面包皮套在了脖子上，悠闲地踱着步子。有一次我在树底下坐了两个小时，只为看几只七星瓢虫在地上新落下来的树叶上嬉戏。我从来没有看到过这样动人的场面，这些小精灵排着队，像极了一群游乐场的孩子。它们从叶片慢慢爬上微微抬高的叶柄，先原地转上几圈，然后抬起鞘翅，伸展出藏在里面的褐色软翼，扑腾起一阵小小的气浪飞走了。就因为这些动作，我怎么能责备这些昆虫没有表情呢？它们甚至在不经意间谱写了诗歌。而在不远的地方，三段论和红磨坊玩得越来越野，同样是在不停地转圈、追逐，仿佛整个小岛都活蹦乱跳起来。近来三段论越来越像个小跟班，走起路来远不像从前那么威风凛凛，以至于我都怀疑它那豪迈的外八字步要被红磨坊训练成内八了。

接下来的一天，三段论和红磨坊照例早早出去，很晚也没见它们回来。奇怪的是转天依旧不见它俩的踪影。直到第三天早上，红磨坊拖着疲惫的步子回来了。

"三段论呢？"我问。

"死了。"

"啊！"我心头一惊，"怎么死的？"

"可能被红磨坊咬死了。"红磨坊说。

"红磨坊？你？可你们一直是朋友，为什么要咬死它？"我既困惑又愤怒。

"不是我，是红磨坊，另一只红磨坊。你知道的，我是有虎斑纹的彩狸，我叫杰克船长。你肯定知道的，我可以把眼镜蛇活活打死，如果你再年轻一些，脾气再暴躁一点，我在你身边会长成老虎，可是你年纪大了，没什么希望了，即使身体里原来有老虎，现在也已经变得驯良。"这下轮到红磨坊愤怒了，准确地说是红磨坊二世怒了，一股脑儿说了一堆。

"好吧，杰克船长，到底发生了什么事？"我十分着急，像外出的鸟回来后发现森林烧光了，我想知道这几天发生的一切。

杰克船长说前天它和三段论在野外继续找昆虫玩，突然听到一只猫在叫它们的名字，于是就跑过去了。

"那是一只无毛猫，有点像斯芬克斯，但是身上有层薄薄的卷毛，所以看起来又像绵羊，它的眼睛蓝得吓人，无毛猫说我占了它的名字，必须把名字还给它。而且最好离开主人和三段论。你知道三段论现在和我很好，我们当然不会同意这无理的要求。结果就打起来了。红磨坊是前几天才知道女主人死了的消息的。我们打打歇歇，伤心完了红磨坊还问我这么多年过去了你为什么没有和女主人一起走。红磨坊说当年女主人虽然差点把它给害死了，但它还是挺怀念你们四个在一起的日子……"

说完杰克船长趴在地上一动不动，一副生无可恋的样子。

"你知道红磨坊这些年都在哪里过的吗？我们一直以为它已经死掉了。"我像是犯了大错的孩子，说话开始小心翼翼。

"主人，红磨坊说了，因为没有毛，所以这些年它大多数时间都在南方。像候鸟一样，只是差不多到了夏天才会回北方。"

"自己跑回来的？"

"不是，它会扒绿皮火车。除了有一年它怀孕了。"

"啊，红磨坊当妈妈了。"

"是的，生了一公一母。据说第一年那两个小家伙还跟红磨坊跑过一回北方。后来就都不见了。所以还是红磨坊自己南来北往。想想它独自坐在绿皮火车的车顶上，披着斗篷，迎着大风，虽然很辛苦但也是挺酷的，像比鲁斯大人。"

"那不是很冷吗？你都说了，火车那么快，风那么大。"

"是啊，我也这么想。所以我特别强调可能它往返都是在夏天嘛。"

我说都怪我不好，没有照料好"无毛怪"。

"最后红磨坊和三段论又不知道为什么打起来了，而且打着打着不小心一起掉进了江里。我在岸边守了两天，但是它们再也没有回来……"

杰克船长继续说道，差不多拼尽了最后的力气。

我说就这样吧，如果三段论和红磨坊是被江水冲走了，但愿它们以后在一起吧。还有就是从今往后我只叫你杰克船长了，你跟着我好好过日子吧。

天渐渐暗下来，晚上不想吃饭了。就寝前突然想起很久没有收到嘉木舅舅的信了。我知道自从我搬到了岛上，就算他再忙至少也会给我来封信的。

黑暗中下楼，在大门口的邮箱里果然发现一个包裹。心有灵犀，这是我和嘉木舅舅的默契。

回到楼上，拆开包裹，里面是嘉木舅舅的《人类孤独状况百科全书》草稿。草稿上还特别附了两张便签。嘉木舅舅终究是个体面人，他不忘向我强调这一切目前还只是草稿，不能完整地体现自己的水平。

书稿粗略地罗列了一些关键问题，比如婚姻、工作、友情、孤独、原生家庭等等。让我感兴趣的是他写在便签上的《无知之幕——写给寒屿的诗》。对的，嘉木舅舅居然亲自给我写诗了。

我摔下悬崖，
撞在石头上摔死了，
石头是无知的。

我掉进水里，
精疲力尽，被水淹死了，
水是无知的。

我陷落在人群之中，
从此失去天空的方向，

人群是无知的。

这世界可能没有那么多的恶意，
是无知的事物
毁灭我。

在另一张便签的反面，嘉木舅舅还回忆了最近几起自杀性的报复社会事件，问我人类是不是有"陪葬基因"，否则为什么窦娥当年受了冤屈不去要官府人员的命，却诅咒天下大旱三年，是为死的人更多吗？为什么要拉那么多垫背的？还有那个开车撞死几十个人的司机。嘉木舅舅接着问，为什么许多人没有渴望和其他人一起来到这个世界上，却渴望一起离开？是因为害怕孤独吗？

"哎，不展开了，难怪那么多人盼望世界末日！总之，人是一个孤独的谜团。"这是嘉木舅舅写在最后的结论。

不一会儿，电闪雷鸣，天又下起雨来。恍惚之间我看到了远方的广场上是铺天盖地的无人机和机械狗，却再也看不到人了。一个声音若隐若现，当大雨连日不歇，在大水涨上来之前，或许人就已经消逝了。

这天晚上我是抱着可怜的杰克船长一起睡的，不巧的是在快天亮的时候做了一个噩梦。传清老和尚在一个月圆之夜圆寂了，在梦里心头一紧，我说老和尚我还有些问题要请教呢！奇怪的是醒来后我竟然不知道是喜是忧，更多是茫然。一个人是生是死，谁知道呢？许多人也在传说我死了，甚至还发了讣告，其实只是我和他们不再生活在同一个世界而已。

哎，这么多年了，每天恍恍惚惚，我甚至连自己是否真实存在过都不确定。嘉木舅舅曾劝我不要介入他人因果，可生活偏偏让我每天都困在别人的因果里，仿佛从来没有走进自己的命运。江遹也说人最难的不是逃出命运之手，而是走不进自己的命运。也许我一生下来就被掉包了，也许是活着活着把自己弄丢了。从逻辑上说，如果现在的生活不是我想要的，那我活的就不过是一条假命。像一朵玫瑰马不停蹄地只为变成荆棘，风尘仆仆几十年，我一直在自己的生命城堡外徘徊。而现在，大雾升起，我几乎望不见城堡的踪影。

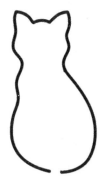

syllogism and moulin rouge

你知道寒山吗？我能抵达吗？这是我在中学文学社社刊上提的几个问题。当时做了一组有关唐朝诗僧寒山大士的专题。在船上聊天的时候，周伊已经完全不记得这事了，更不知道《人问寒山道》这首诗。

人问寒山道，寒山路不通。
夏天冰未释，日出雾朦胧。
似我何由届，与君心不同。
君心若似我，还得到其中。

我曾经将这首诗当作毕业赠言，留给另一个皮肤黝黑的漂亮女生，同学们都叫她"黑牡丹"，黑牡丹以为我在追求她，把毕业赠言还给了我，此后我们再无联系。几十年来黑牡丹和我寻不着的寒山一样无影无踪。不过后来我觉得寒山是一个人，又是我遇到的无数人；寒山是一座山，也是我想念中的无数山。当周伊那天提到寒山和他的故事博物馆时，让我心头一震，并再次想起一位诗人，年轻时他说想留下思想和儿女，还说寒山一直在那里，不仅田野挤满了月光，而且那里的旗帜向尘世的方向飘扬。

说来奇怪，躺在医院病床上的时候，我好像梦见了故事博物馆的寒山，以及一把嵌在他蝴蝶骨里的刀，甚至我又听到寒山差人来找我了。可能的话我想找到这家故事博物馆。如果恰巧那天寒山不在，接待我的也可以是与我素昧平生的另一个自己。要是那样，我又该如何向另一个自己讲述自己的一生？告诉他我身外有万物，我身内有众生。

由于油印机和蜡纸都被学校收走了，瀑音文学社的社刊当时只出了三期。最后一期刊发了我的一个短剧，讲的是一对男女的相逢与告别。具体细节我已经忘得差不多了，只记得几段对话。

女人向男人求爱，男人说，当我们天各一方时，你和我有各自的大海。当我们终于相遇时，却像两条搁浅的小船，哪里都不能去。我们以这样的方式上岸了，你知道我内心的悲伤吗？

女人的回答是，你为什么要留恋大海上的生活呢？为什么不抛弃那条破船呢？陆地这艘船还不够大吗？如果是因为迷恋海浪的反复无常，难道你走过的道路还不够颠簸吗？

情窦初开的年纪做这样的思考，难免让人觉得少年老成。

生活就是这样，不是在海上颠簸就是在岸上颠簸。

几十年后，当我无意间困于荒岛，知道它的奇妙之处就在于我在颠簸的陆地与海洋之间找到了一个临时的安身之所。然而在这天晚上，我竟毫无征兆地梦见了劳歌，一个我努力忘记而在前面从来没有提及的女人。

是我的梦背叛了我。

这一夜我和杰克船长正在一条小巷子里漫无目的地走着，顺路拐进了一座五层小楼。那是一间空旷的办公室，里面落满灰尘，除了随地散落的一些螺丝帽和稻草，一个人都没有，然而在墙上我看见挂着一本崭新的十六开的大书，上面用仿宋体印着"劳歌诗选"。我把书取下来，走上五楼的天台，开始翻阅它。不幸的是上面全是我看不懂的语言。过了好一会儿，我听到一个女人的声音，是劳歌抱着孩子出来了，另一只手里还提着一瓶红酒。就这样我在梦里喝多了，醒来时自己仿佛还说着酒话。迷迷糊糊中我看到三段论和红磨坊变成了一蓝一红两只甲虫，正躲在草丛里讨论人类的过去和未来。

"你知道吗？其实蛇是伊甸园里最先吃禁果的生物，所以说蛇是先知。"蓝色甲虫一边说一边敲着嘴里的烟斗。

"奇怪了，为什么上帝不善待先知？"红色甲虫问。

蓝色甲虫没有回答，只是自顾自地继续说伊甸园的古蛇最早其实是一条有翅膀的白龙，所以人的灵是一条白龙。而白龙是在被上帝惩罚以后变成蛇的。

"你看，白龙的舌头被剪成了两半，失去了语言能力；四肢和翅膀被砍掉，从此只能终身在地上爬行。人是受了白龙的所谓蛊惑，吃了禁果，才真正有了自己的生命。可人类一直还被蒙在鼓里，事实上人所谓的原罪根本不在人本身，而在于人有了生命。换句话说，人是在有了生育能力以后才被逐出伊甸园的。"

"既然这样，在偷吃苹果之前，没有生育能力的亚当和夏娃不过是上帝驯养在伊甸园里的两只没有痛苦的骡子。"

"是这样的。"蓝色甲虫笑了起来。

"这么说，夏娃被赶出伊甸园之前已经怀孕了？"

"是这样的，你的推理完全正确。"

"可为什么人类现在不爱生孩子了？"

"是啊，这不是昆虫能理解的事情，因为我们更贴近自然。毕竟人类是高级动物，不像六条腿的生物这么简单，我发现人类是一个奇怪的物种，他们并不完全属于大自然，而是更多属于自己变来变去的观念，是一团雾。就像美国有些走火入魔的民主党人，幻想拿政治正确填饱肚子。"

"有趣！"

"据我猜想，现在不想生育的人类应该是盼着回到伊甸园里去，他们想重新做回亚当和夏娃。"

"会不会又有新的白龙来蛊惑他们，让他们吃树上的苹果，然后上帝再一次实施惩罚？"

"不会，任凭苹果烂在枝头，新亚当、夏娃不会再听见白龙的召唤了，因为他们坐在树底下正忙着看手机。"蓝色甲虫说，"而且，你知道的，上帝早已经被人类杀死了。"

"撒旦呢？"

"撒旦也死了。和从前的白龙一样，撒旦不是邪恶的，只是自由的。"

…………

渐渐地，两只甲虫从我的梦里消失了。

劳歌是我在德国遇到的哲学博士，她主要研究荷尔德林的诗意哲学，我们曾经在离柏林墙不远的一家咖啡馆里度过了我这一生中最美好的下午。劳歌最有趣的事是创立了一门自己的语言，不为交流，而是为了思考和做梦。这件事我小时候也干过，但是浅尝辄止，主要是为了记情感日记。对了，我们还用荷尔德林的诗句做过三段论游戏。

人充满劳绩，但还诗意地栖居于大地之上。

我充满劳绩，还没诗意地栖居于大地之上。

我不是人。

记得另外两句分别是"诗人是酒神的神圣祭司，在神圣的黑夜中，他走遍大地"和"命运并不理解莱茵河的愿望"。诗人荷尔德林既是劳歌的研究对象，也是神一样的存在。同荷尔德林一样，她相信诸神隐退发生在技术出现之后，是技术把人和大地分割开来，也把人和神分割开来，从此人类进入到一个无家可归的状态。从前一个人无论是走向远方还是回到出生地都是诗意地还乡，而现代人正在萎缩成一个个怕死的流浪者。当人神性的根基消失后，这个世界到处都是不同职业者，有教师、铁匠、思想家，但是没有一个真正意义上的人。

"不用等到机器人和仿生人出来，恐怕人都已经被重置或者替换了。"我笑着说虽然今天是第一次见面，但已经陪你喝了很多年悲观主义的咖啡。

"未来社会一定是个机械昆虫满天飞的世界。不过也不是只有悲观吧，在这场大替换当中诗人可能会活到最后。"

就这样我们讨论得入迷我听得也入迷，恍惚之间坐在我面前的仿佛是蕾切尔·薇姿扮演的希帕蒂亚。当我们谈到人的困境时，我们又像是《柏林苍穹下》里的两位天使，只能看着人世间的种种却无能为力。

"我太喜欢《柏林苍穹下》了。"劳歌说。

我说我也是，我们谈到了彼得·汉德克的诗，以及岁月从何开始，宇宙从何结束。

我说等回巴黎后一定再修一个有关诗歌的学位。那时候劳歌还没有结婚，额头总是梳得整整齐齐，却在一个人生计划里挣扎。转天中午劳歌还要拖着两个大箱子赶回国的飞机，所以接着我又从酒店过去一直把她送到了机场。现在劳歌不仅在柏林定居下来，而且早已经是三个孩子的母亲了。这个猝不及防的梦让我半夜醒来，突然又有点失眠了。坐起身，简单地给劳歌写了一封信，我把刚才的梦告诉了她，并且特别强调"如果天亮再告诉你，我怕梦境已经变凉了，虽然热天还是热天"。

我可以说谎吗？

这世界有很多美好的东西，有的是上帝打碎的，有的是我自己打碎的。试想一下，你有没有这样的经历，独自披星戴月走了很远的路，只为赶到某个地方去打碎一个精美的瓶子……还好，在有关劳歌的梦里，为了不打碎那美好的东西，我选择了自生自灭。像是清晨飘浮在山谷里的雾霭，当它自行散去的时候，山谷依旧是山谷。

记不得是从什么时候开始我把劳歌唤作"劳"的。意乱情迷，我曾经和嘉木舅舅说起过希望劳是我唯一的女人。没有说出口的是，只有在劳是我的女人时，我的勤劳才有意义。

后来我选择把劳忘记。这该死的情欲，差点毁掉我最后的一块净土。

之所以想找一个小舅妈是因为我相信只有在嘉木舅舅那里才能留住纯粹的精神恋爱。其实嘉木舅舅原先也试着接触过一个三十多岁的女人，她身材高挑，皮肤白皙，有个能生养的大屁股，以前做过两年火漆印章的小本生意，后来觉得没什么意思就什么事也不干了。虽然被时代划入了"四无五失"①人员，可真正让嘉木舅舅望而却步的是那个大屁股女人坚持认为自己不是女人。

"有意思吧？！至于究竟是什么性别她也说不清楚。你看国外那些玩身份政治的政客和左派，他们将人不断分类啊分类，两条腿掰成四条腿，四条腿掰成八条腿，八条腿掰成十六条腿，总想着从里面找出抽象的生殖器。哎，什么事情推到极端就会走向反面。你在巴黎待过，多样性是值得尊重的，但这样毫无节制地搞下去，不是十个性别够不够用的问题，我听说现在有一百多个性别了，过几年还是不够用。你知道的，这里面的绝大多数性别都不是自然形成的，也不是来自人类的社会实践，

①"四无"指无配偶无孩子、无工作无稳定收入、无法正常交流沟通、无房子车子；"五失"指生活中遭受失败、失意、失衡、失和和失常等问题。

而是那帮拿人做实验的疯子掰着手指推导出来的。再这样胡闹下去，恐怕几十年后会是一人一个性别，一人一个物种……"嘉木舅舅有些愤愤不平。

我说你这是偏见，认真的嘉木舅舅，这样的想法最好不要让人听到，连年轻的学生都会反对你。

"那些虚假的理性啊！正在把人类带进多样性的死胡同，把本来就没有形成的人类撕得四分五裂。"说到这，嘉木舅舅敲了敲手里的烟斗。

我说你不用担心自己，没有谁能分割得了你，你是不存在的存在，只有我看得见你，而且是绝对的男性，永远器宇不凡、文质彬彬。相信我，你肯定会找到一位清纯可爱的小舅妈，而且就像诗人必有夏日之心一样，她必有女人之心。我知道现在男人是越来越不中用了，女人正在抛弃男人，男人正在抛弃自身，为此我总是想到这样并不愉快的场景：一个软塌塌的男人，提着一部手机，看见一个女人的阴部长了一只高跟鞋等待另一个女人来穿。

至于这个荒诞的场景有什么寓意，其实我也不清晰，但它总是在我的脑海里漂浮，挥之不去。

给嘉木舅舅找小舅妈的事情一直不顺利，这大概和我不怎么上心以及嘉木舅舅有段时间过得十分消极有关。当时他在北京的一家大医院里做保安，主要负责维持就医秩序。和其他人不一样，嘉木舅舅别在腰上的橡胶警棍是五颜六色的。更离经叛道的是，他的手里永远卷着一本佩索阿的诗集或者格里耶①的小说，而且他戴的那个有破洞的帽子里还养了一只落单受伤的菲比霸鹟。当菲比霸鹟从洞口钻出来的时候，就像是顶着一个报时的闹钟："主人，该起床了！"

由于每天在医院看够了生老病死，在给我写信时嘉木舅舅总是不停地摇头。

"人这一辈子啊，刚从医院来，又从医院走，其实在世上也没几步路要走呢！"

几天后我是坐在小区外人工湖边的长椅上给嘉木舅舅回信的。当时天空飘着细细的冷雨，我已经绕着湖水走了两圈。那一天我第一次意识到自己是个有一百条命的连环杀手，我一次次杀死自己，也一次次逃之夭夭。

现在我不想再做杀手了，想和自己和平共处一起好好活下去，不羡慕谁、不当炮灰也不求任何人。人这一辈子最后一定是会腐烂的，但总有几天闪闪发光，是不朽的。即使那几天孤孤单单。

在给嘉木舅舅的回信中，首先声明我不是从医院来的，这一点我的母亲可以作证。我说我想回到 1985 年，当时我还在山坡上放牛，但是不知道有什么办法。那一

---

① 法国作家、电影编导，新小说派理论家。

年父亲和母亲都还在，我的世界虽然不大而且贫穷，但是还算欣欣向荣。

这一次我们又谈到了我失踪的父亲。很多年前嘉木舅舅曾经说过如果小鸟是在天空消失的，也将在天空寻回。可是几十年过去了，我的父亲，这只大概是翅膀硬了的小鸟再也没有飞回来。那时忍不住想等自己哪天翅膀变硬了也不回来，不过直到现在我的翅膀也没有硬起来，而另外一个该死的地方偏偏没有软下去。我是说那个说不清道不明，并不由我控制的欲望之源还在。

像谷川俊太郎在诗里说的，我已经握着欲望之源把活着喜欢过了。坐在湖边，我意识到自己在发烧，我感觉自己身体里的雪都融化了。奇怪的是从那一刻起我仿佛喜欢上了生病。我想不清楚是什么原因，也许是人只有在生病时才能把自己从世界之口里夺回来。

"不只是世界荒诞，同样荒诞的还有荒诞本身。为什么非得去寻找意义？你在哪里哪里就有意义。"对于嘉木舅舅的这段话，我原样抄了一遍。我说虽然很认同，不过我已经不关心意义这件事了，只想好好活着是真的。

直到信纸快用完了我才进入到对嘉木舅舅的安慰环节，先是回忆了他给我讲过的割稻子的故事，并借王阳明的"山高万仞，只登一步"八字收尾，大意是虽说人生三万天，但其实只有一天，就是眼下的这一天。同样，一个人就算是走遍千山万水，人生也只有一步，就是脚下这一步。本来我还想说，喘气是一件很自然的事情，一个人没必要为过去已经喘过的和将来还没喘的气忧虑时，明显觉得身体不适，就匆匆收笔了。

最后没忘嘱咐嘉木舅舅千万不要给我发电子邮件，传统邮政慢就慢点，因为我的邮箱塞满了各种通知和需要填写的表格，我不想再付费来给邮箱扩容了，也懒得去删除那些垃圾邮件，太费时费力。总之嘉木舅舅只给我寄手写信就好。

无论是纸质的还是电子的，我不喜欢填表，只喜欢写诗。有的诗是写给读者的，有的诗是创造读者，召唤神灵。虽然我写诗从来都是秘不示人。我早该把世界拱手让给喜欢填表的人。我有个学生在业内取得了优异的成绩，因为不会填表在学校里什么也不是，他穷得叮当响经常来找我蹭酒喝。当时我想给他的校长写封信，建议学校引入一点诺贝尔精神，关注一下不愿填表的青年教师，最后想想还是多一事不如少一事，既然我自己都已经病了就不要抢着去当医生了。

寄信的那个清晨，天阴阴的。由于小区附近的邮筒早几年就都已经死掉了，和往常一样，我亲自去了邮局。然后又赶到艺术馆做那个有关天敌昆虫的讲座。说来也巧，几十分钟后我在电梯里遇到了江通，当时她正抱着一束鲜花，不知道是她要送给谁的还是谁送给她的。我的记忆有些恍惚了，反正最后我们非常幸福地在一起生活，江遹还悄悄地帮我向《巴黎评论》投了几篇诗稿并且意外地刊发了……大概是这样。

再后来，当嘉木舅舅和我提起那句"山高万仞，只登一步"时，我差不多已经把许多事都忘记了。我只想说人生太短了，这么多年过去，现在回想起来，我和江遹在一起的日子也许只走了半步，只待了半天。

松尾芭蕉说得好啊，生命仅仅是斗笠下的一块阴凉。

柔软的翅膀

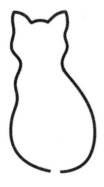

syllogism and moulin rouge

昨晚做了一个久违的春梦，想不起对方是谁。嘉木舅舅说过的，春梦的本质是与自己交欢，梦醒后不要惆怅，简单回味就好。想起刚才快乐过后，似乎有个模糊不清的女人在床边不断地拉拉链，发出嗞嗞的声音。更糟糕的是那个叫朱相爱的女人，每天还是时不时地在我的脑子里呼喊"你轻点，滚开！"为阻止某个可怜的男人扒她的衣服。而这些天我发着的烧也一直没退。

醒来，在床上躺了很久，想象江心岛像一根拉链的拉头，将两边的江水链牙一般分开。被分开的江水在路过江心岛后还会在岛尾交合与重逢，而我和世界的这根拉链被拉开后，只能是离得越来越远了。

我知道我是一个人，但是我并不孤单，生活早就教会我如何以自己的方式成群结队，走完这匆忙的一生。岛上的风好大，我朝着荒野走去。虽然杰克船长温顺地跟着我，但这几天累坏了，我甚至能感觉到它在嘟囔，说到了你这鼻涕越来越长尿越来越短的年纪应该多在家里待着。可是我还是倔强地走了两公里，用塞巴斯蒂安的话来说我们这些被高维生命圈养的人形昆虫更应该在荒野里生活。

跨过一条小水沟，在一棵大树底下坐了下来，旁边有几个红色的塑料袋在舞蹈。

"嘿，什么是鼻涕越来越长尿越来越短？"我问杰克船长。

"你和奥德里奇教授说过，到了'春去花还在，人来鸟不惊'的年纪啊，人就该安顿自己的灵魂啦！"杰克船长装作很无辜的样子。

我说好吧！我不记得了，我还能够惊起飞鸟，像你这般口无遮拦，横冲直撞，也许该叫你"休谟之狗"，毕竟"理性是激情的奴隶"。

"休谟是谁？他为什么养狗？"

"哲学家。"

"不要！哲学家没有好东西。"

"为什么？"

"哲学家喜欢盖危楼，但是他们只让别人住进去，自己早就跑光了，或者住在宫殿里。"

"好吧！也许你是对的。叔本华就是这样，一边忙着投资，一边告诉别人活着没意思。不过苏格拉底没有跑。哦，对了，还有一种情况，有的人跑了反而是为了留下来。你不想做有智慧的人吗？"

"不想。我只想野蛮，啊，野蛮真好……你呢？我是说你想做动物吗？略带野蛮，可以随意躺在地上的那种。"杰克船长开始跟随大风转起圈来。

"想过。而且我的生活就是万物的命运。"

大概沉吟了半分钟，我接着说，"年富力强时我曾经以为自己是一条可以夏眠的肺鱼，就算被人当成土砖砌进墙里，也可以在大雨滂沱的时候从泥墙里游出来。"

"现在呢？亲爱的主人。"

"嗯。一只脱壳了的甲虫。不对，更准确说是一条沙漠甲鲶，历经千难万苦，只身游过了漫漫黄沙，刚刚下到水里，又遇到了命运这个渔夫撒下的网。"

站起身，我说杰克船长，走吧！

现在想不了那么多是是非非了，凭直觉我喜欢荒野没有逻辑也没有词语，喜欢只是行动而不去思考。就像风刮过一个地方不必了解它是哪座城市，一切都是大地初开的样子，我捉住一只红色的虫子又释放了它，不必琢磨它为什么不叫玫瑰或屎壳郎。那一刻我想记住它的样子而忘记它的名字。如果塞巴斯蒂安在，他大概会对我说你的诗现在越写越好了。我会再一次告诉他我不想在实验室里工作，而要在蓝天下工作。感受一阵风吹过来，又一阵风吹过去，而我永远在大风的中央。

"你在干吗呢？"我听到一个声音，是嘉木舅舅。

"我和风在一起，想象每阵风都必须永存，而我却在慢慢消散。"我继续闭着眼睛。

"打算把自己彻底关在岛上了？"

"这个死了的人，想歇一歇了。"

"死了也没事，很多诗人的未来就是从死亡开始的，比如你喜欢的荷尔德林。"

"可是我是作为一只昆虫死了。"

"作为诗人你还活着。一条命，两条命，原先五条命……可怜的孩子，你还没死，你还有三条命。"

"如果在岛上，半条命就够了。"

"但你还有三条命，而且其中一条命是你内在的神性和善良。即使另外两条命没了，你还会在这世上活下去。"

"可是我病了，重度梦溃疡，而且大家都知道我死了，嘉木舅舅。"

"不要想那么多，可怜的孩子，这些年你是病了，这一点的确不假，但是你独一无二的世界没有病，你去哪里都是自由的。江遹不是和你说过吗？过客没有故乡也没有他乡。不要因为跌倒了就害怕做梦了……梦想这东西，既毁灭人也成就人。"

"你不是说骑死马不比骑活马更好吗？"

"是说过，但是什么马都不骑最好。"

"我是真的病了，也可能死了，嘉木舅舅……你说得对，梦里什么都有。但是凭我的经验梦里只有厕所是真的。"我想起小时候，凡是梦里撒出来的尿一定会流进现实的床上。唯一例外的一次是我摸黑站着尿在了米缸里。

此刻，听着呼啸而过的风声，我继续一动不动地站在野地里。脑子里不时闪现前几天在梦里看到的那本《劳歌诗集》，它像蝴蝶一样不停地扇动着两只十六开的翅膀，里面有文字掉下来，慢慢地是一些螺丝帽，还有齿轮……过了许久，当我再次睁开眼睛，发现嘉木舅舅已经走远，只有杰克船长继续趴在我的脚边，肚皮一鼓一鼓地打着盹。

过了一会儿，杰克船长醒了，它说自己刚才做了一个奇异的梦，遇到一只野猫。野猫是几个月前从一个叫猫岛的地方逃出来的。据说自从猫岛被人占领后，现在猫都不自由了。前不久，和岛上其他所有野猫一样，它们被要求参加培训以领取捕鼠证，而它不服管就逃出来了。

歇了歇杰克船长接着说："我看见你和另一个男人站在一起说话，之后那个男人变成一道金光飞走了，而你呆呆地站在原地。"

我"啊"的一声，心想会是嘉木舅舅吗？他和我差不多一起长大，却没有太受尘世的干扰，几乎是我心目中的天使。我说没关系，只要他知道我在尘世受苦，他就会随时回来的。这可能是嘉木舅舅的另一种结局，他世事洞明，却继续保持着自己的孑然一身。

你知道我为什么要研究鞘翅目的瓢虫吗？不为它们有高超的假死性，也不为它们整容式成长，这或许只是我童年的决定。世人会按瓢虫的种类来区分哪些是益虫，哪些是害虫，什么澳洲瓢虫、孟氏隐唇瓢虫、异色瓢虫、龟纹瓢虫以及黑缘红、大红、二星、七星瓢虫等是好的，小心二十八星是坏的……可是我看到的却是世界上竟然有那么漂亮的生物。它有两对翅膀，最硬的翅膀在外面，那是一对翅鞘，坚硬且有光泽，是世界上最美丽的笼子，可以日夜保护另一对藏在里面的真正用于飞行的柔软的翅膀。

奇怪的是，在得知三段论与红磨坊一起消失的那个晚上我又看见了塞巴斯蒂安还有他的帕斯卡。

"塞巴斯蒂安，你现在过得怎么样？"我问。

塞巴斯蒂安没有说话。过了好一会儿，他说自己日复一日还做着相同的梦。最近想去圣米西亚岛。他好像知道两只猫打架的事情，说如果有需要可以暂时把帕斯卡寄给我。

我说暂时哪也不想去，虽然我在岛上又望见了那座山。这时候一名戴着蓝色面具的女子走了过来。

"塞巴斯蒂安，你还好吗？三段论和红磨坊都还好吗？"

我说我们现在在一个岛上生活。和法布尔一样，那里有我的"荒石园"。另外还有小司马老师的一栋房子，房子里已经长了不少杂草，他等待的世界末日一直没有来，而我暂时做了园丁。

不用问，戴蓝色面具的女子是江遹。回国后只有江遹知道塞巴斯蒂安是我曾经用过的法文名。我们坐在江边的沙滩上聊了一会儿。江面上不时有货船经过，江遹说最近她喜欢上了世界各地的海岛，前不久去威尼斯买面具的时候还特别去了一趟色彩明亮的 Burano[①]，那里有许多五颜六色的房子。江遹还问我有没有想过一起去圣米西亚岛，接着又问我未来有何打算。

我低着头，羞怯地说其实想不了那么远，最近只想写一部长诗，认真回忆一下这些年我与几只猫一起生活的日子，还有你、塞巴斯蒂安、嘉木舅舅和帕斯卡。对了，嘉木舅舅前不久帮我找了一个小舅妈，终于结束了几十年的单身生活。他现在戴着一顶桦树皮的帽子，看起来像古人一样风流倜傥。至于小舅妈不仅聪明贤惠，眼睛像星星一样闪亮，而且出门时同样喜欢带一把雨伞。小舅妈和嘉木舅舅是在半轮明月书店认识的，两人后来还办了一个虚有诗社，并一起去现场观看了 2024 年奥

---

① 布拉诺岛。

运会在塞纳河上的开幕式。那天坐在河边都被雨淋得湿漉漉的。夜幕降临,当女歌手在人工浮岛上唱响列侬的 *Imagine*(《想象》)时,两人从看台上一齐跳下塞纳河游到了浮岛上。那是一条漂流的小船,上面还有钢琴、灰烬和火焰……这一切或许完美地诠释了什么是流动的盛宴。帕斯卡现在的毛是绿色的,我的梦溃疡也好一些了,至少在江水漫上来之前我这里一切都挺好的。另外,现在我还有杰克船长,就是你捡回来的那一只戴眼罩的彩狸。江遹说那就好。当我抬起头的时候发现江遹已经不见了踪影。

2024 年 6 月 6 日—7 月 27 日,病中

后　记

生命中有太多不可预料。2024 年春天，以为此后再也不会写作了，却在此后兵荒马乱的两个月里从零开始，交叉着在手机备忘录里写完了一部长篇小说、一部诗集与一部中短篇小说集。除了读者手中的《三段论与红磨坊》，还有即将要出版的《宇宙并不拥有自身》和《圣米西亚之梦》。这是我的生活第一次真正进入"双抢"状态，既要向命运抢我的身体，又要抢我的灵魂。

而生命之不可预料也正是它最迷人的地方。善与恶的转换，理性与感性的纠缠，闪现于我们眼前的无数人与物的面孔，种种无畏、无力与勇敢，以及绝境逢生，都是平凡生命的一部分。

时常觉得命运待自己不薄。命运不仅给了我几十年独立思考、写作的能力与经验，无穷无尽的梦，还给了我足够多刻骨铭心却又不至于彻底摧毁我的磨难。

虽然每日清高勤苦，不过这些年我多少有些辜负这份厚礼，没有将更多宝贵的时间用在文学上。时光不会倒流三十年。事实上从高中开始我就知道唯有文学可以让我更好地抽身于现实的樊篱，以旁观自己之痛苦，管窥人世的酸辛。

几个月前在医院穿越地狱之旅，有句话时常萦绕于心——我的生命如此丰饶，一场暴风雨接着一场暴风雨。

为什么有些闪亮的句子会自动地从身体里飘出来，安慰这颗落难的心？或许这就是人有灵魂的明证吧。而现在我更相信平行世界。

"三段论与红磨坊"几个字也是6月份在写诗的时候突然冒出来了。因为生病，前面写的几十万字小说完全停摆，而在我的写作计划里，现在这部小说只是不速之客，像一个从天上掉下来的孩子。

想表达什么？表格化的世界，厌倦与逃离，想象与存在，还有爱与世态炎凉，种种人生困境以及永恒的孤独结构……都不重要。重要的是，不预设金科玉律的创作给了我前所未有的自由，而我亦有幸编写自己的文学宇宙编年史。

至于弥散在小说中的种种哀伤与迷茫，我更愿意将它们视为对人的境遇（human condition）之呈现——这也是我持续关注的，而非简单地与读者讨论个人生活里的成败得失，或者像有些浮于表面的历史学家一样简单地说几句人性的坏话，贪婪、恐惧、愚蠢……然后呢？这些内容世世代代已经说得足够多了。

感谢 2024 年的这两三个月，像被某种神秘抓住了手，我几乎是靠直觉和梦境完成了这部小说。正如此刻，当我从马桶上站起来，脑子里突然冒出一个奇怪的想法，"嘿，你是不是该给塞尚笔下的某个苹果写封信？"

而活跃在小说里面的那些人物，更像是一个个从我生命中走出来的神祇，无论他们担当着怎样的角色……说不定可爱的嘉木舅舅和伊丽莎还有奥德里奇教授还通过信，谁知道呢？

具体到写作本身，其实谈不上受了谁的影响，直到小说开印之前偶然读到阿兰·罗伯-格里耶的一段话，大意是"我们这一袋"再也不能像巴尔扎克那样写作了，世界既不是荒诞的，也不是无意义的，而是像迷宫一样存在着。就像我们经过的二十世纪，它是不稳定的，浮动的，不可捉摸的，外部世界和人的内心都像是迷宫。

格里耶的这些想法在一定程度上表达了我对小说的态度，即我之所以写作是为了更好地了解迷宫一样的世界和迷宫一样的自己。在此基础上，小说就成了我在误入人世大迷宫时抓住的阿里阿德涅线团。至于格里耶的小说写得如何我并不清楚，也不十分在意。当然说起来也有些遗憾，在布雷斯特读书的时候完全不了解当地曾经有过这样一位特立独行的作家，当时他还活着。而那时候我的心思全都放在了想象中的所谓人类进步事业上面，不知道写小说同样可以向着未来回忆。

值得高兴的是，现在我可以全心全意为心中的蓝图写作了。

走在身体下坡、灵魂上坡的人生中途，还需要特别停下来感谢生活，以及我所坚持并热爱的一切。磨难另说。无论毁灭与成就，自知冥冥之中有天意。

熊培云

2024 年 10 月 9 日

J. H. 街

图书在版编目（CIP）数据

三段论与红磨坊 / 熊培云著 . -- 长沙：岳麓书社，
2024. 12. --ISBN 978-7-5538-2133-7

Ⅰ . I247.7

中国国家版本馆 CIP 数据核字第 2024TB7679 号

SANDUANLUN YU HONGMOFANG

三段论与红磨坊

著　　者：熊培云
监　　制：秦　青
责任编辑：刘书乔　田　丹
特约策划：曹　煜
责任校对：舒　舍
封面设计：利　锐

岳麓书社出版
地址：湖南省长沙市爱民路 47 号
邮编：410006

版次：2024 年 12 月第 1 版
印次：2024 年 12 月第 1 次印刷
开本：855mm×1180mm　1/32
印张：14
字数：258 千字
书号：ISBN 978-7-5538-2133-7
定价：98. 00 元

承印：北京嘉业印刷厂

如有质量问题，请致电质量监督电话：010-59096394
团购电话：010-59320018